奪心疫

沐謙 著

推薦序　一場誰也不能倖免的奪心之疫——讀沐謙《奪心疫》

資深小說作家　東燁（穹風）
現為高中國文老師

（請放心看完推薦再讀文本，本文無爆雷）

那天，豪富藥商雲氏一家丟了一個無關緊要的女兒；而後，神秘的修仙聖地峭山「好學觀」裡，丟了一本不容弟子擅取翻閱的禁書《季孫神丹》；更不久後，靖春縣與鄰近幾個縣轄，就爆發了詭異恐怖的紫皮症。因縣令力邀而來調查此案的翟千光，冒著鄉人指責，將遺體解剖後發現，所有死者都有一個共通點——他們的心臟都在沒有外傷的情況下，不翼而飛了。

有富商失去了女兒、有門派丟了禁書、有怪病死者遺失了心臟，而我想提醒翻閱這本書的讀者朋友，慎選翻閱的時機，否則你可能也會跟我一樣，丟了一整晚的時間。

畢竟，這不是一個闔上書本，你說停就能忍得住暫停的故事。

認識沐謙是在三年前一次文學寫作班的課程。面對四、五十位參加者，身為導師的我竟無法及早發見她的優點，想來既是慚愧，但也深感慶幸，還好那三天課程當中，我們沒有讓一位優秀的創作人失去了寫作的動力與信念，於是三年後，我收到了這位「畢業生」的訊息，她的《奪心疫》終於要出版了。

一個故事要融合武俠、修仙、悟道，以及推理、愛情等諸多元素，本來是類型小說的創作中，非常難以把握分寸的挑戰。作者必須能夠控制每一種類型特質的份量，又要將這些特質充分發揮，還得將整篇故事應有的氛圍徹底連貫，在一個長達十餘萬字篇幅的作品中，實屬不易，尤其對年輕的創作者而言，他們有太多的生活紛擾，時時可能動搖寫作一個故事的初衷，然而在《奪心疫》裡，不但沒有那些令人擔心的毛病，甚至直到故事的最終一章，始終都瀰漫著劇情起伏中，作者不停想自我探問並提醒讀者反思的議題。

要以「救贖」的觀點來切入《奪心疫》，似乎也是可以的。太多人在坎坷顛沛的生命之旅中，都背負了自己的故事，無論是在小說或現實中皆然，即便到了今天，咱們誰不是走進酒吧（海產店也可以），故事比錢包厚的人呢？然而這些沉重包袱的釋放，究竟是仰賴自我的超脫，還是他人的伸出援手？

《奪心疫》裡沒有完人，誰都帶著顯或不顯眼的殘缺，但有人學會了自我原諒，那可能是瞬間的頓悟，或漫長的磕碰，甚至是生死大劫的轉折，最後才完成了對自己的救贖；有些則執迷不悟，困鎖在一生的執念中，終而串起了作者精心設計的佈局，才走到最後的完結。但這個結局我不能說，你們可以自己看。

《奪心疫》原來不只是一個在某種類型框架中進行的文字遊戲，作者顯見有其更大的企圖，透過一篇故事而形塑出諸多人物，讓他們構成一幅豐富的眾生相，並在故事中提醒我們：疫病其實不是最可怕的，真正讓人不寒而慄的，是那些我們明知轉念即可釋然，但偏偏卻又執著不放的貪嗔癡。

你說，活在這個瘟症橫行、戰爭猶存，人與人始終撕不下面具而又困於愛恨情欲交纏的時代中，我們誰能不是《奪心疫》中的雲婭、貳過道人、杜孟恆，甚至可能是雲頌卿之流？當文字終於到了掩卷之際，才讓人深深喟然，原來作者擘劃的，居然是一場誰都沒能倖免的迴圈疫難，無論是故事主角或身為讀者的你我，大家都為之心奪。

而因為沐謙已經把人心映射得太鮮明，以至於在這個故事中，從第一章就讓人驚豔的古典文字風格表現，竟然已經變成她次要的優點了。

沐謙的《奪心疫》是一次非常優秀的挑戰，無疑地她是成功了。在已經愈來愈少時間可以閱讀的狀態下，大多數所翻閱的稿件，通常都是一行又一行批註點評的文學獎作品，再不就是校內公文或相關行政業務的說明瑣碎，偶然能收到沐謙的邀請，趕在讀者諸公之前，拜讀完這篇作品，確實讓人有種滿心歡愉而慶幸創作世代果然已經延續接棒的喜悅感。

我會很期待沐謙的更多作品，相信你們也會。

二〇二二年四月十七日桃園　大溪

推薦序　寫作像是一面鏡子，會照映出某一部份的自己

「故事革命」創辦人　李洛克

沐謙出版的第一本小說《奪心疫》，我很榮幸看了兩遍，第一遍是在第三屆兩岸青年網路文學大賽的評審工作，當時我就給了《奪心疫》相當高的分數，作品架構完善，運筆也相對成熟，劇情編排富饒趣味，在我心中已屬佳作，果不其然《奪心疫》後來就奪得了大賽的優秀獎。

再一次重新閱讀，已過了兩年半的時光，沐謙通知我《奪心疫》有機會出版了，想請我撰文推薦，我又重新拜讀了一次。這一次則不像之前有評分的任務在身，我可以純然欣賞與感受故事，讀起來的味道又全然不同，我想這也是閱讀故事的樂趣，相同的故事在不同的時空閱讀，給讀者的感受都是不同的。相同的是《奪心疫》依然那麼出色，闊別了兩年後的閱讀，還是可以讓我想起當年初讀的驚豔。

《奪心疫》是女主角雲炤的成長史，在不透露劇情的前提下，我只能說情節安排得不落俗套，我們對仙俠小說的想像可能經常是拜師學藝、修仙煉丹、懲惡尋寶等等，但《奪心疫》並不過度強調這方面，沒有疊床架屋一堆世界觀的資料設定，而是把重點放在雲炤的怒、雲炤的委屈、雲炤的盲目，單純地把她的故事講好，最後結局也帶了一些善惡與成長的哲思，在有限的篇幅裡把情節與主題表現得極好。

故事中幾段視角轉換的敘寫掌控得恰如其分，在非主角的視角時不會讓讀者不耐，又能剛剛好製造懸念，看得出沐謙的寫作功力是游刃有餘，甚至有牛刀小試之感，總覺得她還可以掌控更複雜的劇情線與多角場景，這讓我很期待之後她將會寫出多麼壯闊的作品。

在閱讀中，我總是忍不住會將沐謙的形象與雲韶重合，思考著各個角色的觀點，是沐謙自身幾分之幾的切片。當然，作家筆下的人物這麼多，人物不可能每個都是自己的化身，但熟於寫作的人也心知肚明，角色多多少少都會沾染一些作者自己的影子，或夾帶了作者一部分的觀點。

沐謙筆下的雲韶，堅毅且快意恩仇，想做的事就一定會做到。這些好的面向，也有點像我所看到的沐謙，在寫作之路上參加著比賽、尋找著出版機會，鎖定了目標就必定會堅持達成。

對一個新人作者來說，兩年半是很長很長的時光，長到會讓許多人放棄寫作、放棄追求出版。但沐謙用她對寫作上的堅毅做到了，她自身的故事肯定比書裡的故事更加曲折，就像雲韶心裡有一團火一樣，我相信沐謙心裡一定也有一把寫作之火熊熊燃燒，才能支撐她走過等待出版的漫漫黑夜。

我常戲稱：「寫作是一條不歸路。」嚐過寫作美妙之處的人，一生都不可能忘記這種滋味，就像某種癮頭一樣，是戒不掉的。就算有時人生際遇不同，有時會暫時放下寫作，但愛寫作的人終究會找回自己的初衷，投影自己的人生體悟寫下新的故事。

我的確從《奪心疫》裡感受到沐謙非常豐沛的情緒，也是這些情緒讓她寫出這部有意思的小說，很期待沐謙的下一部作品，讓我可以看到更多不一樣的她、看到更多有意思的故事。

推薦序　「奪心」疫情下的善惡之戰

醫師作家　糖翼（《笪歆魂》與《急診實習戀愛學分》作者）

初次認識沐謙、認識《奪心疫》，是在我的寫作社團舉辦的活動上，沐謙帶著這部作品來進行交流回饋，恰好由我負責，當時便對這部作品印象深刻：行文對白流暢、用詞遣字精準，勾勒出優美壯闊的東方仙俠世界，鮮明立體的角色遊歷其中，爾虞我詐，一段又一段峰迴路轉的劇情，搭配創意十足的設定，更令人讚嘆作者的功力。而事後積極與我們討論、展現謙和親切與修稿決心的沐謙，亦令我刮目相看。

近兩年後，沐謙告知出書喜訊並邀我寫序，我也有機會搶先一睹修改後的《奪心疫》。一口氣閱畢以後，大感驚豔！本就底蘊深厚的故事，在沐謙悉心修稿後，劇情更為完善、一氣呵成，角色的情感鋪陳更加細緻、使之益發立體，互動也更顯真摯，讓故事的核心概念更加清晰。

我看到了一位傾力把故事說好的作者，和一部值得細品的小說，在令人又愛又恨的主角雲炤成長歷程、冒險奇遇背後，是關於恩與仇、善與惡的探討。

雲炤貴為人人稱羨的富家千金，何以鬱憤得打算走上絕路？原生家庭的欺壓，能如何在人的心中累積巨大的仇恨？原以為乖戾的少女能在好學觀脫胎換骨，卻又遭逢不幸，恰遇邪道誘惑，就此踏上魔道。

我們看著雲炤心狠手辣的殘害性命，冠冕堂皇的自欺欺人，卻無法一口咬定這名少女就是邪惡，因為我們看見了長年面對欺凌的警戒心與復仇的執念，是如何扭曲了雲炤的心。

我們當然不至於像杜孟恆那樣為她痴狂，恐怕也無法像翟千光那樣大度容讓，但當我們跟著雲炤想通誰才是罪魁禍首時，依然會為了雲炤的際遇咬牙切齒。

當我們以旁觀者的角度，發現雲炤是因視角偏頗、無法綜觀全貌而陷入執念，也意會過來，深仇大恨之人，或許有未曾言明的苦衷。

書末提及，「善惡自在人心」，善或惡，可能因為不同的角度而有不同的結論，沒有絕對的答案，因此，沒有人該依此決定他人的生死。

當雲炤漸漸明白這樣的道理，我們也漸漸明白，雲炤心中善念尚存，只是人生的不幸與性格的偏執導致她走上歪路，所幸最終仍有被救贖的機會。

幸有杜孟恆，提供她自幼缺乏的關愛與陪伴，幸有翟千光，深信魔道上沒有哪道檻是過了就無法回頭的，幸有貳過道人……好吧，我就不繼續爆大家雷了。

親愛的讀者，趕快翻開下一頁，投身這場「奪心疫」的破案奇旅吧！

推薦短語

沐謙以優美精煉的文字，帶領讀者走進俠義的世界。

書名《奪心疫》已揭開主題，以武俠故事搭配疫情的設定，不僅結合時事，更顯得別出心裁。故事中帶點懸疑的氛圍，以查案為主線，一步步揭開謎底。而武俠世界的情義深重、愛恨糾纏，也在這樣緊湊精彩的劇情下，緊緊牽動著心頭。

愛情犯罪小說家　海盜船上的花

目次

楔子

夜露深重，雲霧氤氳，遠離塵囂的蜿蜒山道上，一名背著粗布包袱的瘦削青年正快步往山下走去。此時天寒地凍，草木都結了霜；青年口中呵出的氣凝成陣陣白霧，身上卻只穿著單薄的麻布衣衫，彷彿無懼寒氣襲人。

剛拐過一處山坳，前方樹叢忽地刷啦一響，幾條人影竄出，橫在狹小的山道間，擋住去路。月光自雲間滲入，灑在這些人身上，只見每人臉上皆佈滿了灰色斑點，橫眉豎目，甚是猙獰。

然而這些人的面孔再可怖，亦比不過那青年的臉龐。但見他前額凸出，雙眼碩大如銅鈴，眸色暗如死灰，直勾勾瞪視前方，宛若勾魂攝魄一般，教人不寒而慄。

陡遭惡霸攔路，那青年卻是面不改色，止步道：「在下早已對村長言明，此病症在下也是愛莫能助，諸位卻仍窮追不捨，究竟意欲為何？」

當前一名虬髯大漢戟指道：「紀高，你花言巧語，矇騙得了村長，可難道當咱全村都是傻子嗎？」

他身旁一個瘦子也道：「況且你鬼鬼祟祟，非得在這個時辰匆忙離村，若不是心裡有鬼，何須如此？」

紀高唇角上勾，笑道：「光憑這點便質疑在下，黃兄，你這也太不講理了吧？在下身有要事須連夜趕路，難道還得跟你報備不成？」

另一名黑臉膛的漢子道：「那日老子可是親眼見到你夜晚在井邊徘徊，隔日一早村中便有人發病，若不是你搗鬼，又會是何人？」

紀高淡然道：「劉兄這話問得忒也無禮，恕在下無以應答。」語罷，舉步就要往那瘦子身旁的空隙鑽過。

「休想走！」橫路那三人齊聲暴喝，伸手就往紀高身上抓來。紀高矮身閃避，說也奇怪，那山道寬度分明已容不下第四人，紀高卻仍在一霎眼間，快如電閃地竄出，使得自左右攻來的虯髯大漢和黑臉漢子皆撲了個空，收勢不及，直往瘦子身上撞去，「啊喲」連聲，三人跌成一團。狼狽起身後，卻見紀高人早已在數丈之外，往下坡而去，身法飄忽，簡直不可思議。

「紀高，快給老子站住！」諸人哇哇大叫，拔足追趕。眼見就要接近紀高背後，忽地他左手一抬，一陣青黃霧氣散逸而出，瞬間將眾人包圍在內，伸手不見五指。

「這是什麼妖術？」「老劉，快別讓他逃了！」「光說廢話，你自己怎又不去追？啊喲……這姓紀的著實邪門……」

吵吵嚷嚷了好半晌，霧氣才漸漸散去。三人雙手亂揮，好不容易目能視物，卻早已不見紀高的身影。

「人上哪兒去了？」那姓黃的瘦子第一個跳起來，欲待追趕，卻是腳步虛浮，一個踉蹌又跌倒在地。

「老黃你搞什麼？」黑臉漢子語音方落，亦是咕咚一聲倒地；那邊廂虯髯大漢也是相同情狀。

三人掙扎一陣，始終無法起身，只得癱在山道上大口喘氣。那瘦子嘆道：「咱三人當真沒用，這就讓賊人逃了，如何對得起全村父老？」

虯髯大漢道：「老黃，這姓紀的身懷妖法，咱們是鬥不過他的了。」言下頗為頹然。

黑臉漢子忽地撲簌簌落下淚來，佈滿斑點的臉龐，在黑暗中變得更加扭曲，「咱們這些粗魯漢子也就罷了，但我女兒年方十二，這一臉灰斑，無從救治，將來教我如何替她找個好歸宿？倘若這一輩子都嫁不了好人家……唉，唉，我可真不敢想。」

三人相顧嗟嘆，陷入愁雲慘霧。

正動彈不得、瑟瑟發抖之際，忽聽得腳步窸窣，逐漸往這兒靠近，一路行到三人倒臥之側，才停了下來。

三人已被寒氣凍得四肢麻木，神智渾沌，夜色朦朧中也看不清來者相貌。只感覺那人低頭端詳了片刻，這才一聲嘆息，開口道：「唉，這回終究還是失敗了。」嗓音相當熟悉，卻是紀高去而復返。

「紀高！你……你究竟……」瘦子出聲質問，卻連一句話都說不全，牙關喀喀作響。

紀高卻恍若未聞，自顧自地道：「看來還是得另尋他法才成。」語畢轉身緩緩走了。

「紀……紀……」瘦子和那虯髯大漢相繼大喊，卻只能發出嘶啞的喉音，眼巴巴望著紀高的背影越來越小，沒入幽暗山林間。

一旁黑臉漢子則是雙眼緊閉，一動也不動，嘴唇越來越紫。驀地，一片霜花自闃寂夜空中緩緩飄落，停在他的頰上，良久良久，猶自未融。

一

峭山那座好學觀

（一）

雲家宅院的朱漆大門後，左右各植一株桂樹，跨門而入便是桂香沁鼻，神清氣爽。及至入內，迴廊繚繞，草木成蔭，深不見底，既如入仙境，又似要將整個人丟失一般，再也踅不出來。

因此雲家九小姐雲妱總能在這院內尋得一處庇蔭之所。午後陽光露臉，雲妱打一株杏樹後拐出來，蹲在樹腳，悄悄從懷中掏出一只罩著粗布、憨態可掬的木偶，對著它喃喃叨念。

「娘親，若你如今還健在，是不是就會好好疼我，會做杞子桂花糕給我吃，像二娘待雲彤、雲冀那樣。你是不是還會替我買漂亮衣衫，我也就不必天天看雲媖那臭丫頭顯擺，大紅大紫地在我面前晃悠，都討厭死了……」

她雙唇念咒似地蠕動，一股腦不停。樹影扶疏，遮蓋她蜷在地面一隅的小小身子，看來格外纖弱。

「你在幹什麼？」一個懶懶的嗓音橫裡打岔。

雲妱怵然一驚，忙將木偶往懷裡一揣，起身回頭。

是雲彤。他身上是簇新的寶藍長衫，頗有雍容華貴之氣；雙手負在背後，眸子半睜半閉，不懷好意地對她上下打量。

「三哥。」雲妱隨口喚了聲，卻不接他的話。

「我問你，你在幹什麼？」雲彤又說了一次。

雲妱耷下眼皮道：「我在做什麼，好像不干三哥的事。」

雲彤眼簾卻整個掀開了，裡頭閃過一絲光芒，哼一聲道：「你不說我也知道，又把那破木偶當作你親娘了？可憐，可憐，想必是又遭五娘打罵了？沒人疼的滋味不好受吧？要不來我房裡，哥哥給些杞子桂花糕你吃？」

方才雲炤聲音雖細，大抵還是給他偷聽去了，因而以此來羞辱她。她深吸一口氣，仍耷著眼皮，道：「二娘做的點心又不是要給我的。三哥好意我心領了。」

雲彤冷冷地道：「我對你說話，你對我正眼瞧也不瞧，是誰教你這樣目無兄長？」往前跨一步，伸手要去拽她下頦。

驀地雲炤右手一揮，雲彤還未及反應，便眼前一黑，瞳中一陣扎人的刺痛，不由大叫出聲，忙伸手往眼皮上按。卻聽得腳步踢躂，雲炤已然跑了。

「站住！雲炤，你給我站住——」雲彤雙手亂舞，眼睛兀自痛得流淚。半晌好不容易睜眼，看見手指從臉上抹下的粉粒，才知雲炤往自己臉上撒了一把泥沙。原來她早在站起身前，就已抓了一把土握在手中，作為防備。

雲彤怒不可遏，吼道：「這野蠻丫頭！」忙舉步追上。

然而迴廊曲曲折折，雲炤早已左彎右拐，不見影蹤。雲彤追了幾步便放棄，微微冷笑：「雲炤啊雲炤，你能跑到哪去？我只消告到五娘那兒，你就要吃不完兜著走。」

他忿忿轉身，正要舉步，卻又停下來，腦子轉了轉，想到了更好的主意，遂嘿嘿一笑，轉往東廂走去。

一隻烏鴉展翅掠過天際，嘎嘎大叫，雲炤這才驟然驚醒。她已窩在白牆邊一整個下午，不知不覺睡著。這兒是廢棄廂房後方，少有人會前來，加之雜草叢生，剛好可遮住她瘦小的身影，故竟在此打盹了大半天都無人發覺。

然而天色染緋，已是向晚時分。這日恰巧是冬至，按雲家慣例，這天全家大小都會同桌吃飯。倘若開飯時雲炤人未到，只怕招來的責打只會更加慘烈。何況她的肚子也已咕咕響個不停。

她幽幽一嘆，緩緩往飯廳走去。跨入門檻，見廳內大娘、二娘、三娘、四娘、六娘，以及她母親，和一眾兄弟姊妹都早已坐定，只有父親不見蹤影。看樣子父親就連冬至也忙著做生意，不回來吃晚飯了。

雲炤對著滿桌的人斂衽行禮，道：「對不住，我來遲了。」悠悠晃晃走到桌旁坐下，抬眼見到大娘神情肅穆，雲彤則正與身旁的老四雲冀咬著耳朵，滿臉幸災樂禍。他白天被泥沙沾染的藍衫已換下，現在身上是一襲湖綠色繡金絲長衫，一般地華美奪目。

雲炤收回目光，卻不敢望向母親。

「好了，動筷吧！」大娘一聲令下，桌邊窸窣，大夥紛紛開飯。

飯桌上一時寂然無聲，只聞瓷碗及杯盤碰撞的輕微聲響。良久，大娘才輕咳一聲，徐徐說道：「炤兒，你爹爹近來公務繁忙，似乎疏忽你的功課了。你可記得《論語》學而篇第二章，怎麼讀來著？」

雲炤正夾了一塊雞肉送入嘴裡；這一來筷子停在口邊，將雞肉咀嚼吞下也不是、夾出也不是，尷尬地僵著一忽兒，才放下筷子，用衣袖遮著口鼻，朗誦道：「有子曰：『其為人也孝弟，而好犯上者，鮮矣；不好犯上，而好作亂者，未之有也……』」

她嘴裡塞著雞肉，說起話來含含糊糊，口齒不清。不只雲彤、雲冀那兒發出細微的訕笑；另一邊雲嬿、雲媖也互望了一眼，雖未出聲，眉梢眼角卻帶著嘲弄之意。

「好，」大娘打斷雲炤的背誦，「從學而篇第六章繼續吧。」

雲炤趁著她說這句話，忙胡亂將雞肉嚼了吞下肚，險些沒噎著。她摀嘴咳了兩聲，掐著胸口應道：「子曰：『弟子入則孝，出則弟，謹而信，汎愛眾，而親仁……』」

「停，」大娘輕輕舉起手，「你記得倒牢，挺不錯啊。不過，入則孝、出則弟這句話，是不是有身體力行了呢？」

雲炤一悚，果然大娘拐著彎要她背誦《論語》，便是雲彤給捅出來的。她戰戰兢兢道：「女兒不知大娘有何教導？」

大娘拿起手帕蜻蜓點水地抹著唇，淡淡掃她一眼，「手足之間，爭執難免；但有什麼話不能好好說，非要動手動腳？」

那邊廂雲彤笑得越發張揚了，唇角勾得像要與眼稍連成一線。雲炤眼珠子骨碌碌一轉，輕描淡寫地道：「若大娘說的是今日午後與三哥的事，那是他先挑釁女兒的。」

大娘「哦」一聲，蛾眉緩緩聚攏，「你倒是說說，彤兒是怎麼挑釁你的？」

雲炤卻頓住了。雲彤聽見她對著木偶稱呼「娘親」、嘲諷她沒人疼的事兒，要是在滿堂家人面前宣之於口，倒楣的決計不會是雲彤，只會是她自己。

尤其母親也在場。她幾乎可感受到母親兩道如電的冷光，正直勾勾鎖在自己身上。

雲炤餘光將飯桌掃了一輪，手足都是一臉看好戲模樣，幾個姨娘則是悶不吭聲，無人為她說一句話。她遂把心一橫，不疾不徐道：「方才背誦的《論語》，說的皆是兄友弟恭之道，可沒有任何一句話在說姊妹的。」

桌邊一陣窸窣如漣漪般散開，大娘雙目一瞪，冷冷地道：「我今日可不是要聽你在這兒嚼舌根的。你不分青紅皂白就抓著泥沙往彤兒臉上撒，要是沙中有甚尖銳之物，弄瞎了他該如何是好？你就算挖了自己的雙眼也陪不起他這對招子！」

「放心，他要是瞎了，我也不會挖自己的眼來陪。他才不配。」雲妱此話一出，頓時滿堂譁然。小一輩的全都交頭接耳起來，幾位姨娘則是坐立難安。雲彤神色複雜，冷然盯住雲妱，目光帶著幾分興奮、幾分凶狠。

大娘手掌一拍桌面，霍然站起，喝道：「夢紋，你瞧瞧你女兒，你都是怎麼教她的，竟如此殘害手足、頂撞長輩！」

雲妱的母親一直木著臉，此時才悠悠起身，對著大娘一揖，道：「妱兒這孩子啊，妹妹怎麼教都教不會，實在力不從心，還是得有勞姊姊多多關照了。」竟是渾然漠不關心。

大娘就未見過這般無賴且無恥的母親，不由氣急攻心，哈哈一笑，「果然，果然，什麼樣的母親，就有什麼樣的孩子。好，我這就替你管教女兒。來人！」

兩名家僕匆匆上前，大娘指著雲妱道：「將九小姐拖下去，在祖宗牌位前罰跪，讓她好好懺悔，跪不到兩個時辰不准起身。」

雲妱被拖出飯廳時，仍兀自掙扎嘶喊：「你當著所有人面公審我，又算是什麼好榜樣！放開我……」但人小力弱，自是掙脫不了，聲音隨著人影漸漸消失在暮色裡。

她母親卻連回頭望一眼也沒有，只淡淡說聲：「多謝姊姊。」便若無其事地坐下，撈起一匙翡翠魚羹送進嘴裡。

滿桌家人均對其投以駭異兼之譏笑的目光，不住低聲議論，直到大娘氣呼呼喊道：「安靜、安靜。」騷動才漸漸趨緩。

（二）

夜半三更，月鏡高懸，雲紹方舉步維艱地從祠堂裡出來。雙膝已疼痛欲裂，顫抖不止，剛從蒲團站起時，還險些就撲地跌個狗吃屎。

整晚她幾次懇求那兩名守門的家僕，讓她早些離開；兩人卻盡忠職守得很，說大夫人吩咐過，要她跪滿二個時辰，少一刻都不成，早被她在心裡祖宗十八代全都問候過一遍；至於那大夫人姜嫻純和雲彤二人，她更是極盡惡毒之能事，所有想得到的罵人詞彙全都用上了。

夜色清冷，寒氣自領口、袖口鑽入，浸得她直打哆嗦。一路顛簸地繞過蜿蜒遊廊，才總算摸回房內。裡頭朱夢紋正閒散地倚在榻上，榻前燒著一盆暖爐，滿室生溫。她見到雲紹，淡然道：「你回來啦。」

雲紹「嗯」一聲就沒了，自顧翻找膏藥。朱夢紋靜靜瞅著她，忽道：「那雲彤今日究竟對你說什麼了？」

雲紹絳唇一顫，道：「也沒什麼。」

朱夢紋輕嘆一聲，掀開罩在身上的毯子，下榻走道她身畔，字字犖犖道：「炤兒，到底是什麼，老實告訴我。」

雲炤心口緊了起來，「雲彤那人你又不是不知，能講得出什麼好話？你就別問了。」

朱夢紋倏然伸手，扣住雲炤手腕；另一隻手則逕往她兜裡掏摸。雲炤尖叫出聲：「你幹什——」

朱夢紋手一探就抓住那只木偶，立時搶了過來，放開雲炤的手腕。

雲炤猶自嚷著：「快還給我！」伸手要奪，朱夢紋卻推了她一把。雲炤剛跪了一夜，雙足癱軟，一個不穩便踉蹌倒地，摔得臀部悶痛不已。

朱夢紋冷笑一聲，舉起木偶湊近眼前端詳，道：「莫非你還在發那春秋大夢，妄想那短命的賤人是你母親？」

「還……還給我……」雲炤掙扎起身，死命撲向朱夢紋。朱夢紋柳眉一豎，反手一個耳光扎扎實實摑在她臉上。

雲炤原本如明鏡一般的光滑臉蛋，登時紅腫起來，五指印在上頭，像黥面似地。她眨巴著鑲嵌纖長睫毛的眼睛，淚水撲簌簌落了下來。

「哭，哭什麼哭？」朱夢紋一陣厭煩，隨手一扔，將木偶丟進暖爐裡燒了。但見爐火必剝，眨眼就將木偶吞沒。

雲炤哭得更大聲了，整個人趴倒在地，瘦弱的肩膀不停抖動。

朱夢紋在她身側蹲下，揪起她頭髮，雲炤又是一聲淒厲，眼淚鼻涕在臉龐氾濫成災，凌亂不堪。

「我自然是虧待你了，以致你打從心底不想認我是你娘，是不是？事到如今你還是寧願認那個短命早死的狐狸精做娘，是不是？」朱夢紋語調冰冷，寒入人心。

「她不是狐狸精，她不是，你才是！」明知這樣硬來，只會招來更劇烈的毒打，雲俖仍不管不顧，胡亂吼道。

果然朱夢紋手一使勁，竟真的揪下她一把頭髮來，痛得雲俖嗓子都喊啞了。朱夢紋尖聲道：「你說我是狐狸精？你有種就再說一次！你這小賤婢，當年若不是你害我滑跤小產，我怎會有今天？我沒將你這賤婢撕爛了丟到河裡餵魚，還讓你在家裡吃好喝好，已算是厚待，卻沒料到養你這麼大，卻是生來忤逆我，讓我受氣的。你這忘恩負義的小賤婢！」

說著手一舉，又是一掌要搧下去。這次雲俖來得及反應了，往旁邊一滾避開，繼而手腳並用，狼狽起身，奪門而出。

朱夢紋也不追趕，恨恨地啐了一口，又慵懶地倒回榻上。

雲俖在宅院裡橫衝直撞，不知能去哪裡。夜空寂寂，這裡名為她家，她卻竟連個容身之處都沒有。她邊走邊啜泣，一股子茫然失措，走著走著卻往父親的房裡去了。

雲家老爺雲頌卿忙著經營藥材生意，日日應酬夜歸。雲俖遠遠望見父親房裡透出光亮，顯是才剛回來，尚未歇息。

她上前敲了門，咿呀一聲門開了，雲頌卿身著綢緞睡袍站在那兒，見到雲俖涕淚縱橫，雙眼腫得不像話，臉上又一個新鮮熱辣的掌印，心中便有幾分了然，道：「又和你媽鬧翻了？」

雲俖哭道：「爹爹，我真不能和媽媽待在一塊了。你得幫幫我。」

「這夢紋的脾性我可也真奈何不了。你就少些衝撞你母親不成嗎？我平日公務繁忙，也處置不來這麼多事。下次再這樣，去找你大娘主持公道吧。」

且不論那姜嫻純是否真能主持公道，今夜雲絽的安身之處已是個問題。她急道：「那你也得給我個地方過夜啊，我今晚是不能回房的了。」

雲頌卿無奈一嘆，實無耐性和一個哭哭啼啼的女孩兒糾纏，只得吩咐下人騰出北側那間空著的廂房，打理好被褥，讓九小姐歇下了。

雲絽道謝退下前，雲頌卿忽叫住她道：「絽兒，你的生身母親的的確確就是朱夢紋，不是什麼趙如嫣，你可別再幻想了。」

雲絽兀自淚眼瑩瑩，也不答話，行個禮便走了。

整個雲家上下都將朱夢紋作瘋婦看待，是打雲絽有記憶以來就開始的。而她，九小姐雲絽，就是那瘋婦的女兒，是烙在她身上怎樣也抹不去的印子，並且遲早會跟她母親瘋到一塊去。

近兩年來雲絽的種種行徑，更加證實了雲家人的預測。

那是從她十一歲開始的。那日秋季午後，雲絽在院裡無意間聽見下人閒磕牙，提起雲老爺和五夫人朱夢紋當年相識之事。

雲絽知道那年雲頌卿是與商場同道一起到隴西尋覓珍稀藥材，一去就是大半年，在當地結識了藥房掌櫃之女朱夢紋，而有了雲絽；後來雲頌卿返鄉，便帶著朱夢紋母女一道回來了，並將其納為五房。

然而從下人談話中，雲絽卻意外聽見：雲頌卿在隴西的豔遇，實則不止朱夢紋這一樁。彼時雲頌卿還結識了一名老拳師；那老拳師有個女兒，名叫趙如嫣，生得花容月貌，性情溫婉大方，雲頌卿立時便上了心。兩人好上後，給朱夢紋覺察了，嫉妒心起，一狀告到老拳師面前去。

老拳師知情後勃然大怒，找上門將雲頌卿痛毆一頓，險些將他雙腿打折了。還是趙如嫣在一旁哭哭啼啼，拖住老父，雲頌卿才得以倖免。然無論雲頌卿如何信誓旦旦，言明會納趙如嫣入門，並一生一世善待，老拳師仍不願答應讓女兒委屈做小。

雲頌卿只得帶著朱夢紋和剛出世的雲佋，黯然返鄉。回到豫地隔年，隴西捎來一封信，說趙如嫣自他離去後久病不癒，竟爾撒手人寰。

那陣子雲頌卿時常在夜半負手望月，思及舊情，空自嗟嘆。有下人曾聽見老爺喃喃低吟著什麼「孩子」的，估計當時趙如嫣已懷有雲頌卿的骨肉，卻未足月就小產。此事在雲家僕婢間傳開後，還有人揣度，許是趙老拳師為保全女兒名聲，硬是下藥流掉了孩子，才使得趙如嫣身子孱弱，就此一病不起，芳魂殞逝。

到得後來，甚至更有人臆測，其實趙如嫣早已生下孩子，趙老拳師不願閨女未嫁生子之事流傳出去，遂祕而不宣，讓雲頌卿和朱夢紋將孩子帶回撫養，並假借是朱夢紋所生。

謠言越傳越烈，終於傳到了主子耳裡。雲頌卿聞言大怒，重重責罰了所有亂嚼舌根的下人，並嚴禁雲家上下再提此事。

因此雲佋在雲家生長了十一年，從未聽過這段軼事。想是事隔多年，大夥早已鬆了戒心，才又在茶餘飯後時偷偷聊起。

雲佋聽聞後大為震懾，夜夜輾轉反側。難怪從小到大，旁人見了她只說她長得像父親，有圓潤的臉蛋、一對風流的眼睛和細長的柳眉；卻鮮少聽聞說她哪裡像朱夢紋的。再三思量，不禁更加懷疑，自己的生母或許當真如謠傳所說，是趙如嫣而非朱夢紋。原因是她自小受盡朱夢紋打罵虐待，從未像其他兄弟姊妹一樣，在母親身上享受過慈愛之情。

據雲家人所說，朱夢紋是在第二胎小產之後，才性情大變。

朱夢紋嫁入雲家後不出一年，雲頌卿又納了六房，對朱夢紋便興致大減，加之妻妾成群，一個月進她房裡不及三次，以致她在雲家地位日趨低落。好不容易朱夢紋懷上第二胎，滿心期盼這胎是個男孩，能拉抬她在雲家的地位。

然而造化弄人，一日她攜著四歲的雲炤到院內鯉魚池畔玩耍，雲炤奔跑時摔跌了，雙手亂抓，竟抓住朱夢紋的衣襬，害她滑落湖中，肚子在石頭上一撞，鮮血染紅了整座池子。

朱夢紋殷殷企盼的男孩就這樣沒了，日日以淚洗面，蓬頭亂髮，茶飯不思。就這樣哭了月餘，開始將滿腔惱恨灌注在雲炤身上，怪她害死了未出世的弟弟，更害得自己唯一的指望成了空，因而動輒對雲炤潑婦罵街、拳打腳踢。這般行止，絲毫不像對待親生女兒；就連低三下四的奴僕，也未曾遭受朱夢紋如此欺壓。

朱夢紋這一「瘋」，不止雲頌卿對她愛憐盡失，雲家上下更是看她不起，自也連帶看不起鎮日鼻青臉腫、四處倉皇躲藏的雲炤。

早年遇上雲炤受虐，雲頌卿還會對朱夢紋出言勸戒；但他忙於經商，常不在家，朱夢紋一再故我，他也難以顧及。且雲家妻妾兒女眾多，雲炤既非男孩，雲頌卿便無暇在她身上多費心神。至多只在雲炤哭哭啼啼巴上他跟前時，才暫且出手管一管。

而後在雲家會欺凌雲炤的已不僅有朱夢紋，包含雲彤在內的一眾兄弟姊妹亦對她冷嘲熱諷，捉弄挑釁。雲炤反抗越烈，遭受的待遇就越慘，直如過街老鼠一般。

她因而打從心底恨起朱夢紋，也恨著整個雲家，越發堅信自己的生母就如謠傳一般，是早已病逝的趙如嫣，而不是這狠毒瘋癲的五夫人朱夢紋。

雲炤常常把玩的那只木偶，據傳是趙如嫣親手雕刻並相贈雲頌卿的。雲炤聽聞此事後便向父親吵著要。此時雲頌卿對趙如嫣情懷已淡，一個木偶也沒什好珍藏的，遂答應了。在那之後，雲炤時常對著木偶喃喃自語，將木偶當作是「生母」趙如嫣；僅有在這樣的時刻，她才覺著自己是個曾有慈母的孩子。

雲炤蜷縮在雲頌卿房間北側的廂房裡，雖暫逃風暴，但想著這些往事，卻越來越難過，眼淚將枕頭染濕了一片。

翻覆了大半夜，始終無法成眠，直到幾絲天光滲入，已近晨曉。她柔腸百轉，暗暗下了決心，於是掀開被褥下榻來，穿起鞋子溜到後院，推開側門，悄悄竄了出去，一路步行至雲家宅院數里外的寧姬湖畔。

雲炤悄立垂柳旁，雙目幽幽，凝望遠方，瞳中映畫天光水色，那景緻卻只從瞳面反射出來，而未進入她眼底。

她自天色微曦時步行至此，已然日上三竿，街道上人煙也漸漸多了起來。然而那些熙來攘往，雲炤全然充耳不聞，滿腦子只想：「若從這裡跳下湖去，那就一了百了，什麼苦都不必受了。」

又想，若自己死了，這世上只怕半個會為她傷心落淚的人都沒有，更加萬念俱灰，淒然欲絕。但垂眼望去，湖面幽森，深不見底，只怕裡頭會有海怪或鯊魚之屬，將她撕扯咬爛，死前還要遭受萬般苦楚，那就糟了。

踟躕之際，又忖著若這番放棄，回頭又能去哪兒？一想到要回家繼續過那非人的日子，她便把心一橫，閉緊雙眼，縱身朝湖裡躍下。

（三）

鼻尖還沒碰到水面，驀地裡一股巨大的力道一引，雲娉身子不由自主向後翻仰，啪的一聲重重摔在扎實的泥土上。

這股勁道來得古怪，雲娉駭異莫名，忙睜眼東張西望，四周卻並無旁人；往後一瞧，才見兩丈開外站著二人。其中一人是個頭頂冠髻的長鬚老道，雙眉下垂，面容慈和；另一人則是個少年，膚色黝黑，濃眉星目，看上去年紀與她相去不遠。

那老道雙手負在背後，溫言問道：「小姑娘，你年紀輕輕，究竟是有何委屈，竟要像那寧姬一般投湖自盡？」

雲娉猶自驚懼，手忙腳亂站了起來，拍拍屁股上的塵沙。難道方才是這兩人救了自己？但兩人距離尚遠，說什麼也不可能在拉了她之後，又瞬即移動至其當下站立之處。她開口要說話，卻「我……我……」結結巴巴地說不全。

「什麼我呀我的，你是啞巴嗎？」那少年歪嘴道。

「孟恆，不得無禮。」老道出聲斥責，轉頭又向雲炤道：「你聽過寧姬的故事嗎？」

雲炤想起年幼時，曾聽雲頌卿說過寧姬的故事：據傳數百年前景岫鎮上有妖怪出沒，每日都會吃掉一名少女。某日鎮上一名姓寧的農家女攜著兩個妹妹到湖邊玩耍，忽地遇上妖怪竄出、叼走寧姬的小妹。寧姬旋即喊道，願意以自身代替，求妖怪放過她的兩個妹妹。妖怪遂放開寧家小妹，張口將寧姬吞了，卻也為她捨己為人的心意感動，從此不再現身吃人。鎮民感念寧姬情操，遂將此湖命名為寧姬湖。

當下雲炤默默點頭，黯然道：「倘若今日遇上妖怪的是我的姊姊，定然不會為我挺身，反倒會先將我推出去做妖怪的大餐。」

她想起雲嬿、雲媖，深信不疑她們絕對會這麼做。

老道「哦」一聲，若有所悟，道：「孩子，我帶你去一個地方，你來不來？」

雲炤略一遲疑，暗忖這老道來路不明，怎能莫名其妙跟了他去？但轉念一想，自己原本都是要尋死之人，縱有險惡在前，又有何懼？不如就前去瞧瞧，反正最糟不過就是個死，遂道：「好啊。」

老道微微一笑，袍袖緩緩抬起，雲炤頓覺鬢髮輕揚；緊接著一股力道拂來，她像是胸口被繩子縛住似地，整個人被往前帶了兩丈遠，輕飄飄地落在老道身旁。

「這……這是怎麼回事？」雲炤震驚不已，這等神奇法術，她此生從未見過。

那少年孟恆瞅瞅她，嘴角帶一絲得意之色，像是在說：「大驚小怪。」

老道攜著雲炤和孟恆，疾行若飛，頃刻已來到郊外，往岫山上去。地勢越高，越是險峻。老道卻絲毫不以為阻，腳下片刻不稍停。

一路上老道問雲炤，叫什麼名字，來自哪裡，為何尋死。雲炤一一據實答了，老道邊聽邊搖首喟嘆，頻頻說道：「可憐，可憐！」這同樣的詞兒雲彤也對她說過，語調卻是大不相同。

一旁孟恆也不住偷眼瞟她，神情古怪，說不出是悲憫或是訝異。

終於老道在山林間一處空地停下腳步，將兩個孩子輕輕放下。雲炤四顧張望，眼前一座道觀，白牆灰瓦，形貌古樸，襯著滿山擎天松柏，悠然而立，匾上以篆體書著「好學觀」三字；觀中隱隱傳來嬉鬧聲。

雲炤偏著頭，覺著這觀名好生奇怪。那老道這才介紹道：「我法名貳過，這是我的小徒杜孟恆。」

雲炤一聽更是大奇，想起《論語》中，子曰：「有顏回者好學，不遷怒，不貳過，不幸短命死矣。」這道觀名喚「好學」也就罷了；這道人法號竟叫貳過，如此負面，當真聞所未聞。

貳過道人明白她心思，微微一笑，道：「法名貳過，自然是為了警醒自己，也教導徒弟：為人須謹記不貳過。」

雲炤一上來見這道觀和道人，命名皆取自《論語》，她的好感頓時便去了幾分。她在家裡跟著兄姊們一起讀書，背誦那些四書五經、孔孟之道，聽多了父慈子孝、兄友弟恭云云的玩意兒，自己親身經歷的卻全不是那麼一回事，只覺格外錯亂。

兩個孩子跟著貳過道人踏入觀中，眼前偌大一座庭院，左首種植一畝灌木，飄來淡淡草葉清香。院中十餘名少年正玩耍笑鬧，踢毽子、蹴鞠、追逐躲藏的皆有；一見貳過道人進來，紛紛停下動作，行禮道：「師父！」

貳過道人微微頷首，那些孩子又繼續玩了起來。雲妱目不轉睛地望著，眼波盈盈，豔羨之色溢於言表。

這些遊戲無什稀奇，是雲彤、雲冀他們也常常在家裡玩的，只是從來都沒有雲妱的份。她只能自個兒在院內一角捏捏泥人兒，弄得滿手髒汙，回房後還得遭朱夢紋白眼嫌惡。

「喂，雲妱，一起來啊？」杜孟恆叫喚道。雲妱望向他，但見他眼神熱切，並對她伸出一隻手。雲妱略略猶疑，偷眼瞄向貳過道人，見他微笑點頭，她旋即笑逐顏開，搭上了杜孟恆的手。

杜孟恆拉著雲妱加入那群踢毽子的，也拿起一只毽子遞給雲妱。雲妱接過了，卻囁嚅道：「我不會。」

杜孟恆訝道：「你竟然不會？好吧，那我教你。」於是從接、落、跳、繞、踢等動作一一解說。雲妱學得相當快，不一會兒已漸得要領，玩得起勁，雙頰漸漸酡紅起來。

庭院裡清一色均是少年，雲妱是裡頭唯一的女孩，眾人對她相當好奇，紛紛問她怎會隨師父至此。雲妱沒心思交代自己險些投湖的慘痛遭遇，只道：「道長在路上遇見我，見我無聊，就帶我來啦。」

過了約莫半個時辰，貳過道人朗聲道：「好啦，該進去讀書了！」眾少年齊聲答應，魚貫入了室內，只留下雲妱一人。

雲妱在原地踟躕，不知所措。貳過道人跨步上前，道：「你是要回家，還是聽我講課？若要回家，我即可送你回去，讓那批徒兒自行溫書。」

雲妱立刻道：「我也能聽道長講課嗎？」她其實並沒那麼愛讀書，但比起聽課，她更不願回家去。

貳過道人微笑道：「那好。」攜了她手，走進堂內。

裡頭擺了兩排書桌，眾徒端坐席間。貳過道人示意雲妱在末首坐下，便踱至前方講起課來，講的是易經「天地否」一卦。雲妱未學過易經，聽得一頭霧水，但有些句子仍約略懂得：「大往小來，則是天地不交而萬物不通也，上下不交而天下無邦也。」「否終則傾，何可長也。」說的是否極泰來。

莫非這道長是在暗示，她雖逢絕路，但今日之奇遇，實為否極泰來之相？

但這些念頭，只在雲妱腦裡一掠罷了。她小小年紀，也不知這來路不明的好學觀及貳過道人是否會給她帶來危險；只覺這道長和徒弟們待她相當和善，甚至比她血濃於水的家人更易令她心生親近。才來了一個上午，她竟就對好學觀戀戀不捨起來。

晌午雲妱留下來用膳。好學觀菜色清淡，雖比不上雲家大院的珍饈美饌，雲妱卻吃得津津有味。飯罷，貳過道人對雲妱道：「你來大半天了，我送你回家吧！」

雲妱不自覺又紅了眼圈兒，拉住貳過道人衣角道：「道長，我明天還能來嗎？」

「你要再來，自是不妨。不過，明天我可不能再去帶你了，你得自己上山來。你可以嗎？」

雲妱站在崖邊，俯瞰下去，但見谷中雲霧氤氳，山壁陡峭。若她要自己上山來，只怕將有一段艱苦跋涉。但想貳過道人攜著二童，臉不紅氣不喘，也能在兩盞茶時間內到達。她多花一些時間上山，也就是了。於是點頭道：「我可以。」

「好！」貳過道人語音一落，便攜起雲妱，飄然下山。

路途中清風襲人，好不快意。雲妱全神貫注，默默將下山道路記在腦海裡。

頃刻間已來到山腳下的寧姬湖旁。貳過道人輕輕將她放下，說道：「好孩子，你的人生還長著呢。日後你天天上山來，我教你許多本事，讓你將來不再懼怕母親和兄弟姊妹。千萬不可再自尋短見，知道嗎？」

雲炤心頭一陣溫暖，噙著眼淚點了點頭。貳過道人微微一笑，轉身而去。但見他足不點地，幾個起落，就消失了蹤影。

（四）

「顧嬤嬤，你聽說過『好學觀』嗎？」一回到家，雲炤便對宅中的年老僕婦問道。

顧嬤嬤在景岫鎮住了六十年，對當地最是熟悉不過。聽雲炤這麼一問，她卻瞇著眼沉吟半晌，說道：「沒有，老奴從未聽見過。」

「那貳過道長呢？走路像在飛，還會隔空將人拉過去，像會法術似地！」雲炤指手畫腳地說。

這些話，雲炤是不敢對雲家其他任何人說的。若讓人聽見她撞見了一名會法術的道人，鐵定認為她是真瘋到家了。整個雲家只有這顧嬤嬤最是安分守己，對於與她無關之事，從不多管多問，因此雲炤不怕她洩露自己說過的話。

即便這些話聽來不知所云，顧嬤嬤仍神色如常，搖頭複述道：「從未聽見過。」

雲炤略感失望，喃喃說道：「連你都不知，那可真奇了。」緩步踱了開去，失神地杵在山茱萸旁拔著葉子。

她畢竟只是個十三歲的孩子，一日之內發生了這一連串，自然而然就將尋短的念頭拋到腦後了。

她滿腦子都在想，這貳過道人是什麼來歷？觀中那些少年又是什麼來歷？方才玩得太起勁，竟渾沒想到要開口問。連顧嬷嬷都未聽說過這座道觀，著實奇怪；想來這貳過道人攜著眾徒，避世而居，因此鮮為人知吧？

這晚她仍賴在北首廂房，不肯回去與朱夢紋同室而眠。翌日天還未亮，她又悄悄下床，穿上短衣短襖溜出門，逕往峭山方向奔去。

依照昨日在腦中記下的路徑，走了近一個時辰，山路越來越陡峭，雲媌早已累得氣喘如牛，停下來歇息，拿起皮水囊汩嘟嘟喝著水。陽光已從雲隙瀉出，抬眼一張，上山小徑草木掩映，望不見盡頭。昨兒貳過道人步履如飛，帶著她匆匆經過，不一會便即到達，還以為路途不遠；未料親自走一遭時，這山路卻宛如無止盡一般，走了老半天還沒見到好學觀的影子。

歇息少頃後再度動身，卻越走越是步履蹣跚。好不容易看見嵌在山光雲影中的好學觀，已是日正當中，人也委頓不堪。

觀前，貳過道人正雙手攏在袖中，衝著她笑吟吟地，彷彿早已候她多時。

「快進來吧！」

雲媌喘著氣，跟在他後頭進了觀。堂內眾少年正一人一個蒲團，悄無聲息，面朝內壁打坐。雲媌一怔，沒料到觀中弟子除了讀書，還要學打坐。

「你若要來觀裡學習，那麼大家上什麼課，你也得跟著上。每日辰時開始學武、練氣；巳時起會有半個時辰讓大夥休息，接著便要讀書。你今天第一次來，遲些無妨；但明日起若要再來，就須得在辰時抵達。晚了一刻，就只好先請你下山去了。這是觀中的紀律，明白麼？」

貳過道人神色慈和，目光中卻自有一股威嚴，令人望而凜然。雲炤心頭一緊，原以為貳過道人只是好心讓她來和大家一起玩耍，卻沒想到還有如此嚴厲的規矩。

然而這情緒只在她心裡過了一過，她便立時堅定地點頭：「道長，我一定會守規矩，每日辰時來到這裡。」

貳過道人微微頷首，「好！那麼你先過去，和大家一起打坐吧。記得氣沉丹田，胸無雜念，先做到這兩項，就可以了。」伸手指著一個空著的蒲團，位置恰好在杜孟恆旁邊。

雲炤應諾，輕巧地走到蒲團上坐下，雙手擱在膝上，閉目靜坐。她注意到自己坐下時，杜孟恆眼睛微張一條縫，瞟了瞟她又迅速闔上。

上午學完打坐，下午貳過道人則教弟子武術，一些指掌拳法之屬。雲炤沒有底子，貳過道人便指點她蹲馬步和弓步等基礎，要她自己在一旁練習。雲炤心裡納罕，這道長讀書也教、打坐也教、武功也教，傳授之學問如此廣博，果不愧「好學」之名。那麼他的行走如風、隔空施力之術，難道也是武學，而不是什麼法術？

這日貳過道人要杜孟恆帶她熟悉好學觀環境。庭院裡的那片灌木，鬱鬱蔥蘢，都是不同的草藥。有時觀中弟子生病受傷，若是輕微的，往往會自行將草藥搗碎了治療。弟子讀書的大堂是「勤學堂」，習武時則在側邊練武廳；此外還有藏書樓、後殿，以及供著歷代祖師的寶殿等等。

雲炤隨杜孟恆踅著轉著，看到什麼都覺得新奇，心中興奮不已。

接連月餘，她日日皆早早就寢，凌晨上山，傍晚即歸，在好學觀按照觀中安排，認真學習，身為大戶千金，竟不畏翻山越嶺奔波之苦。與之相較，其餘弟子都住在觀中，不須如此跋涉，更突顯雲炤的堅毅。貳過道人看在眼裡，暗暗嘉許。

只是他也看得出，這女娃戾氣頗重。儘管勤奮好學，但若弟子問及她的父母手足或家中之事，卻極易使她臉色倏變、唇角抽搐，幾次甚至與人大打出手。她只學過不足一月的功夫，自是比不過好學觀弟子自小練武，三兩下便被撂倒在地；然而她脾氣極倔，倒地後仍不服輸，狠咬住對方小腿，一味使勁蠻幹。貳過只得親自將他們拉開，對弟子嚴加責罰。

對於雲炤，他則肅然告誡：「你來這裡學習，不該因旁人三言兩語就動手動腳。雖不合規矩，但你並非我門下弟子，我無法對你施以懲戒，只得記上一筆；若是再犯，你便不能再上山來了。」

雲炤心中一凜，垂首應諾，此後果真不再衝動出手。

杜孟恆看在眼裡，便將雲炤拉到一旁道：「你這般打法，難怪打不過，只會被當瘋……呃，我是說，打架得有技巧的。」他見雲炤玉頰一顫，連忙改口。

雲炤沉默一忽兒才道：「我自小天天在家裡挨拳腳，我打不過別人，往往只能一股子發狠反抗，習慣了。」

「師父不是也教你了嗎？以後學著用出來，別再那樣瞎打。」

這話雲炤聽進去了，靜靜點了點頭。下次來果真潛心記憶，反覆練習，熟稔動作招數，不再失控亂打一通。

雲家九小姐日日成天不見影，不免引人說三道四。但每當家中有人問起，雲炤便充耳不聞；若阻攔她出門，她便狠勁上來，齜牙咧嘴、拚命抵抗，有時大夥也懶得與她攪和。

雲家大少爺雲舒、三少雲彤、四少雲冀、五少雲奉年齡較長，已受父親之令，到藥材行實地學習，日後好接手事業，也少有空閒來找雲紹麻煩。

只是二小姐雲嬿及其餘年紀較幼的兄弟姊妹還在，碰上了總不免還是會爆幾句口角。況且，還有朱夢紋。

朱夢紋這人的脾氣，總是說來就來，陰晴難測。雲紹這般鎮日不在家，且似乎比以往精神奕奕了許多，不再老是皺巴著一張臉，這樣她也瞧不順眼了，將雲紹揪過來道：「你現在不跟你娘一起睡，過得倒是樂乎！」

「那又如何？跟你一起只有挨打的份，為何要和你住一間房？」雖明知面對朱夢紋，硬碰硬肯定是討不了好去，她卻老是嚥不下這口氣。

「誰准你這樣忤逆犯上？」朱夢紋伸手就要一掌。

雲紹已學了月餘的功夫，雖然粗淺，對付母親卻已是綽綽有餘。當下她低頭閃過那一掌，足尖在朱夢紋膝後一勾；朱夢紋一個踉蹌，旋即摔倒在地，哇哇大叫。雲紹不等她掙扎起身，一溜煙跑了。

她繞過廊廡，跑得過急，迎面與婀娜而來的雲嬿撞個滿懷。這一撞力道過大，雲嬿頭上簪著的步搖叮叮噹噹劇烈晃動，忽鬆脫掉落，在地上刷啦啦碎成一片。

「你這小蹄子！」雲嬿驚怒交迸，「這可是慎哥哥給我的信物……」

雲嬿上個月剛與縣內大儒彭家的大少爺彭慎訂親，那日彭慎送了雲嬿一只紫玉鑲金步搖，鏤蝴蝶雙飛，墜花葉珠串，雕工精細，光彩奪目。雲嬿對之視若珍寶，天天釵在鬢上走來走去，以展示未婚夫待她有多麼情深意重。

「天啊，全都碎了……這教我如何跟慎哥哥交代？」雲嬿心疼地拾起紫玉碎片，不由珠淚潸潸，睚眥盡裂，怒斥：「來人，快捉住這小蹄子！」

她是嫡長女，在家中說話份量自是不同，當下便有一名家丁上前架住雲怊。

雲嬿沉聲道：「掌嘴三十下。」

家丁遂高舉手掌，正要落下，雲怊卻出其不意，一拳擊在他脅間穴道，痛得他手臂痠軟無力地垂下來。雲怊乘隙一鑽，又要跑掉，雲嬿急吼：「快，快抓她去見娘！」

當下便好幾名家丁撲了上來。雲怊人小力弱，面對這些孔武有力的壯年男子，她學沒多久的武功便不管用了，三兩下就遭壓制，手足亂舞淒厲叫喊，被抬著去見大夫人姜嫻純。

雲怊這回闖的禍不小，害雲嬿摔壞了訂親信物，又有雲嬿在一旁哭得淒婉斷腸，姜嫻純自是大發雷霆，下令將雲怊鎖進倉庫，打算將她關在裡頭一整夜，不讓出來。姜嫻純亦叮囑下人，她管教九小姐的事，不須驚動老爺。

雲怊在倉庫裡喊得聲嘶力竭，卻無人敢放她出來。她哭了好一會兒，心知無用，這才抹抹眼淚，安靜下來，暗自做了個決定。

翌日待雲頌卿出門之後，姜嫻純才著人放她出來。雲怊重見天日，也不願徒耗精神替去自己爭什麼公道，回房收拾了便上峭山去。

因受罰而耽擱，抵達好學觀時，已是日正當中。她入了觀，貳過道人正在講課，一見她便道：「怊兒，你今日遲了。我不是說過……」

雲怊也不顧瞧著她看的十多對眼睛，噗通一聲跪倒，伏地道：「道長，求你收我為徒！」

貳過道人放下書本，緩步上前，瞅著她道：「你想做好學觀的弟子？」

雲炤仍伏在地上，聲音悶悶地從臉下傳出：「是。請道長讓我入好學觀，和眾師兄一樣，住在觀中，道長教的，我都會認真學。」她知道門內外有別，她一個多月來雖和大家一起學習，但武功卻只沾粗淺門道，無法得窺堂奧。

貳過道人撚鬚沉吟：「我已十年沒收徒嘍！再說，我這好學觀，從未收過女弟子……」

「道長，道長，求求你為我破一破例吧！我是真心向學，且那個家，我真真是待不下去了……」雲炤說著，不覺哽咽。

貳過道人未答，負著手在堂內來回蹀步。杜孟恆見雲炤趴在那兒，孱弱的肩膀隨著哭泣聲微微抖動，心有不忍，不禁插嘴道：「師父，雲炤在家裡的處境，你也是知道的……」他雖出言勸說，卻也僅止於此。畢竟門戶之事，他一個小弟子亦難以置喙。

貳過道人微微一笑，對杜孟恆道：「若要留炤兒在觀中，我門下都是男弟子，你說她要住哪兒呢？」

杜孟恆一時語塞，搔頭道：「這……的確是個麻煩。」

眾弟子都聽得出，貳過道人這話口吻，顯是有意要收雲炤為徒了。

觀中大弟子卓人岱遂道：「師父，後山張嫂的居處，不是還有閒空的廂房嗎？或可讓雲炤住在那兒？」張嫂是觀內雇來灑掃的婦人，住在好學觀往上一里處。那裡有幾落木造屋舍，是許久前建來讓觀中僕婢或前來參拜的女客居住的。

貳過道人沉吟道：「這倒可行。雖然屋舍荒廢好一段時日，老舊了些；但好好整頓，也還將就得過去。我靈藏派雖未收過女弟子，但其實也從無什麼不准收女弟子的規範。只不過……」

雲炤第一次聽見「靈藏派」這個名號，尚未得暇多問，忙道：「只不過什麼？」

貳過道人微笑道：「只不過，我這小觀出入簡陋，粗茶淡飯，你適應得了嗎？」

「可以的，道長，可以的，」雲炤想也沒想，就一疊連聲道：「弟子可以吃苦。師兄們能，弟子當然也能。」

貳過道人呵呵笑道：「果真是個伶俐的孩子，『師兄』、『弟子』已先掛在口邊了。好，我貳過今日就收你雲炤為第十六位弟子！」

場上歡聲一片，眾弟子皆爭相恭喜師父收了新弟子。雲炤喜形於色，連忙在地上頻頻叩首：「多謝師父！」眼淚不覺淌了下來。

貳過道人笑著伸手將她扶起，旋即正色道：「炤兒，你可記住了：咱們這門派名為『靈藏派』，今日收你為徒，方對你告知；為師乃靈藏派第十二代傳人，到了你們這一輩，便是第十三代。」頓了頓，「你拜師入門之事，家中可會有阻礙？」

「不會的。若有，我也會讓它消失。」雲炤以衣袖拭去淚水，翦水雙瞳中秀色忽斂，取而代之的是一股堅毅光芒，剛硬無比。

(五)

這日回到雲宅，雲炤立時像風一般捲入房內收拾細軟。理好行囊後，便伏在窗前伺候，等待雲頌卿歸來。

月上雲稍時，返家的雲頌卿幾乎是手方觸到自己的房門，雲炤即堵了上來。

「爹爹！」她婉轉喚著，聲音低低的，淒淒的。

雲頌卿略感訝異，軒眉道：「今日又是怎麼了？」

「爹爹，你讓我上峭山的好學觀去住，好不好？」雲炤怕雲頌卿不答應，眼中率先盈了淚；而事實上她想到萬一他不答應，她要繼續困在這大宅也很值得落淚。

「峭山的好學觀？」雲頌卿微微一驚，「你去那地方做什麼？」

雲炤一怔，「爹，你聽過好學觀？」

雲頌卿狐疑道：「你爹為尋訪藥材親自上山下海，怎會沒上過峭山？那好學觀地處偏僻，冷冷清清，你又怎會知曉？」

雲炤自不能承認一度想尋短，只含糊道是自己偷溜出門逛大街時，偶然遇上的了貳過道人，這才隨他上山。又道：「女兒這陣子都上好學觀，去和貳過道長學讀書、學些強身健骨的功夫。道長待我很好，也答應收我為徒，我去了可以和在觀裡做事的大嬸同住，一定會好好的。」

「貳過？那邪門的道士叫做貳過？」雲頌卿蹙眉道，「不成。那道士古裡古怪，不准你去那莫名其妙的地方。」說完就要進房。

雲炤忙拽住他衣角，「爹爹，這道長怎麼古怪，你倒是說說呀！」見雲頌卿似不想多加理會，她急了，跪倒哭道：「爹爹，你就讓我去嘛！」

雲頌卿原不願多交代好學觀之事，此時見她糾纏不休，只得無奈一嘆，將雲炤扶起，說道：「這要從六、七年前的一件事說起。當時有兩個渾身裹得密不通風的男子來到藥莊裡，說要找治療皮膚疫病的靈藥。他們一解開包裹著頭臉的布條，夥計便嚇得倒退兩步。只見兩人臉上布滿密密麻麻的灰斑，其中一人的灰斑更蔓延至頸間，是前所未見的病症。

「那時我恰好在藥莊內，聞聲而出，見狀亦是吃驚。細問之下，得知兩人來自滇池一帶；數十年前村中遭逢劇變，有村人皮膚冒出灰斑，後來染病者越來越多，直到全村人都染上這灰斑疫病。村人走遍大江南北尋訪良醫及靈丹妙藥，都束手無策。直至今日，這灰斑症狀已承傳了四十餘年，其村人仍未放棄求醫，故千里迢迢，找上了咱這兒來。

「我向那二人探詢此病由來。他們說道，其祖輩曾懷疑此疫病乃人為所致，那人相貌奇醜，來去倏忽，所下的毒藥又是前所未見，顯是身懷妖術。可惜這樣的病症，我亦是聞所未聞，自無法提供解方。那兩人只得相顧嗟嘆，黯然離去。」

「居然有這種怪事！」雲炤聽得入神，「不過……這與好學觀的道長有什麼相關？」

「這件事之後不過半月，我行經峭山好學觀，遠遠望見觀前有一名道人，手上似抓著什麼物事，正在仔細端詳。」說到這兒，雲頌卿臉上閃現一絲極其細微的戰慄，「這時忽地眼前一花，那道人竟瞬間站在我面前，笑吟吟地瞧著我，問我要不進觀中坐坐，嘗一杯山中好茶。我大驚失色，這人原本遠在數十尺外，怎地一霎眼就欺近我身前？當下我才看清，他手中捧著的是一隻白鴿，身上長滿灰色斑點，與那兩個來藥莊求治的客人如出一轍！我於是旋即轉身離開，從此不敢再接近那邪門的道觀。」

雲炤猶疑道：「或許你看錯了，那道長手中的鳥兒，本來就是灰色，而不是白鴿。」

雲頌卿臉色一沉，「我當下看得清清楚楚，確是白鴿無誤。並且，這兩件事先後發生，天下哪有這麼巧的事？那道人又如此身法詭譎，必非善類。總而言之，不准你去。」不等雲炤回應，便進房去了，砰一聲關上門。

雲炤愣愣地站在門外，說什麼也無法相信那寬厚慈和的貳過道人會是什麼邪魔外道；況且貳過即使年老，五官倒也生得還算端正，無論如何與藥莊那二名客人口中「相貌奇醜」的下藥之人沾不上邊。她思忖片刻，頓時將心一橫：「你不讓我去，我自己去總行了吧！」

次日她天未明就扛起行囊要出門；然而到了大門時，摸黑跨向門檻，忽覺膝蓋碰上了什麼柔軟的物事。她嚇一跳，驚見是護院劉祝擋在那兒，一對黑粼粼的眼睛正盯著她瞧。

「九小姐，得罪了。老爺吩咐過，這幾天得好好看著你，不能讓你踏出宅子一步。」劉祝聲音平板地道。

雲炤罵道：「誰讓你礙事！」氣鼓鼓地扭頭走了。她知劉祝是武師出身，可不是她這學了點皮毛的三腳貓對付得了，遂不必白費力氣抵抗。

繞到後院側門，一樣有其他護院守著，看來雲頌卿是下定決心不讓雲炤出門的了。

她回到北廂房，喪氣得不知如何是好。整個上午，她幾次到院內徘徊，門口始終有人駐守；連午飯都有下人端過去給他們，片刻不離。

正踅到圍牆邊發著愁，伸手撥弄樹枝，忽地沙沙一響，一片葉子掉在她頭上。她隨手撥去了，緊接著沙沙兩響，又是好幾片葉子落下。她大惱，抬頭一看，赫見一人伏在高高的圍牆上，竟是杜孟恆。

雲炤又驚又喜，放低聲音道：「你怎麼在這兒？」

杜孟恆嘿嘿一笑，「師父料到你多半會被困著出不來，要我來幫你一把。」

「師父竟如此料事如神！快助我出去……啊，等我一會兒。」雲炤說完，躡手躡腳溜回房內，將收拾好的行囊扛在肩上；剛轉身跨出房門，卻忽地被一人迎面阻住去路。

又是她最討厭的雲彤。

她不禁皺起眉頭，道：「三哥今日怎沒去藥莊？」

雲彤嘻嘻一笑，「我受了風寒，爹爹准我在家中休養一日。」說著輕咳幾聲。

雲炤卻見他精神奕奕，看上去不像生了什麼病，遂敷衍道：「那麼三哥還是趕緊回房歇息吧。」便欲繞過他離去。

「慢，」雲彤卻伸手攔在她面前，「九妹妹扛著這麼大的行囊，是想上哪兒去？」

「與你何干？」雲炤急著離開，實無心思與雲彤糾纏。

「你不說，我即刻大叫，讓劉護院聽見了，你可就哪兒都去不成嘍。」

雲炤見著這張半瞇著雙眼的慵懶臉孔，只覺厭惡至極，瞬即一股怒火上來，手掌箕張，使出在好學觀習得的功夫，將雲彤的右手一扭一帶，喀喀連響，雲彤的手骨立即折成三截。

雲彤發出殺豬也似的慘呼，身子癱軟，跪倒在地，眼見自己一條手臂怪異扭曲，嚇得幾欲暈厥。

雲炤冷冷瞧著他，腦海中浮現的盡是長年以來的雲彤是如何欺壓自己；又是如何千方百計捉弄、挑釁她，再鬧到朱夢紋或姜嫻純那兒，害得她若非慘遭毒打，便是給關在祠堂裡餓一整夜。她越想越氣，伸足在雲彤胸前一踹，待他倒地，又一腳踩在他左臂上，足跟一扭，將他左手骨也踏得粉碎。雲彤雙眼翻白，立即暈死過去。

雲炤發起狠來，喀喀喀，喀喀喀，又接連踩斷他雙腿的大腿骨、小腿骨。直到聽見腳步踢躂，有人聞聲趕來，她才連忙溜回圍牆邊，與杜孟恆會合。

杜孟恆張開嘴，正欲問她何故拖延，雲炤便搶先急急說道：「快，快走吧！」

杜孟恆遂不多問，拉住她手，輕輕一引，雲炤整個人便如騰雲駕霧一般，翻出牆外，雙足穩穩落地，站在大街上。

「你這是什麼功夫？好厲害！」雲炤驚呼。

「等你跟在師父身邊好好學，說不定很快就能學到了。」杜孟恆笑道。

雲炤跟在杜孟恆身邊，往峭山方向去。今日終於要離開這個令她活得痛苦憋屈的雲家大院了，不禁越想越是雀躍。

杜孟恆腳步跨得大，行雲流水般前行，沒多久雲炤就連跑了起來都跟不上，叫道：「喂，杜孟恆，你等等我。」

杜孟恆止了步，回頭道：「你現在是我師妹了，該稱我為十五師兄或十五哥，豈能這般無禮？」

「十……十五哥，」雲炤氣喘吁吁道，「你走得太快了，我跟不上。」

杜孟恆微微一笑，「我倒忘了，是我不對。」於是放慢了腳步。

「你不會像師父那樣，把人拎了起來、健步如飛嗎？」

「我還沒有那麼高的功夫。」杜孟恆有些赧然。

「那到底是武功，還是法術啊？師父也會教我們法術嗎？」

杜孟恆略一遲疑，「你既是師妹，那我告訴你應是無妨。師父的確是會法術的，不過，並不輕易教弟子。我們往往得等到拜師多年、學有所成時，師父才會教個一手兩手。」

「哇，」雲炤明眸圓睜，驚奇地眨巴著，「那你學過嗎？你拜師多久啦？」

「我自小就拜師了。方才將你從牆內拉出來，是我唯一學過的法術，叫做『舉重若輕』。」

「這不是和師父拎著人奔跑的功夫很像嗎？」

「不一樣的。我這法術不過是些皮毛，只能拉這麼一下。要像師父那樣帶著兩個人、還能一路飛奔上山，可不知還要再練多久才能學會了。」

一路上，雲炤一個勁兒纏著杜孟恆東問西問，越聊越是起勁，頃刻間便將離家前與雲彤的一番糾葛拋到腦後去了。

到了好學觀，雲炤隨張嫂至居處安頓下來後，便去拜見師父。在寶殿中行完三跪九叩之禮，貳過道人方對她解說：「靈藏派」乃一承襲道家法術及獨門功夫之古老門派。貳過道人年輕時即承傳門內衣缽，在江湖上闖蕩了一番，直至十多年前才來到崤山隱居，並創建「好學觀」，收徒授業。將道觀命名為「好學」，是因靈藏派學問淵博，不只習武、習仙術，也教弟子學文，涉獵包羅諸子百家，以通達世事。只是初入門之弟子，尚不能修習法術；須等三、五年後，文武皆有根基時方能修練。

其實靈藏派門人的最終目的，便是研習修仙之術。只是傳到貳過道人手中，歷經他一番鑽研，認為道家法術並非修仙最佳途徑，因而未著重此道，傳予弟子時便有所保留，每位弟子能學的法術皆僅有一招兩式，且各不相同。

有時貳過道人也攜著弟子下山行濟弱扶傾之事；若路見不平，亦拔刀相助。那日遇見雲妱，便是此機緣。

貳過道人言道，自己年輕時血氣方剛，曾犯下一些過錯，故發願行善助人；而後開始收弟子，收的皆是孤苦孩兒，或是如雲妱這般飽受凌虐者。卓人岱等幾個大弟子都是從襁褓中就已入門，由貳過道人一手帶大；杜孟恆則是未出世時父親早亡，寡母將他養到五歲，也不幸因病過世。杜孟恆一個人哭鬧著溜到大街上，給貳過道人撞見了，便收留之，並將其母好好安葬。

這些年來貳過道人因潛心鑽研修仙之道，較少下山，因而直到現在才又再收雲妱這個小弟子。

雲妱聽著大為感動，傾慕道：「師父果真是慈悲為懷，能遇上師父，實在是弟子的福氣。」

貳過道人微笑道：「人生在世，一切都是機緣。你我成為師徒，亦是緣分。」

雲妱對靈藏派的一切滿是好奇，又問道：「師父，您說我靈藏派人志在修仙；那麼過往的祖師們都真成仙了嗎？咱們又該如何得知？」

「當你到達一定的修為，就會知道了。」

「人成仙了以後，會去哪裡呢？」

「若能成仙，便不會墮入六道輪迴，而能脫離人間諸般苦厄。」

「人間確實是很苦的，可現在我來到好學觀，或許往後就不會那麼苦了吧。」

貳過道人微笑長嘆，道：「你年紀還小，自然不會懂得。漸漸地你就會明白，人間盡是生老病死、悲歡離合，即便是咱們修仙習武之輩，亦不可免。這也是何以修道修仙，如此要緊。」

雲妱側著頭，一時不得其解，問道：「那麼咱們靈藏派的修仙法門，又是什麼？」

貳過道人眼中閃現一道光芒，「只要你好好修習師父所教、聽師父的話，就是離成仙之道越來越近了。」

雲炤不禁困惑，只覺這話也太虛無縹緲。正想再問，卻見貳過道人走到祖師壇前，伸手捻香，從袖中探出的前臂隱約有一塊肌膚皺縮乾癟，且色澤暗黑，彷彿已壞死一般。她微微一驚，道：「師父，你的手……」

貳過道人旋即將手攏入袖中，微笑道：「這沒什麼，毋須擔心。你先好好讀書去吧。」語畢緩步踱出寶殿，留下滿臉困惑的雲炤。

（六）

雲炤很快便適應了在好學觀的深居簡出，每日勤學習武，與眾師兄也打成一片。她是門內唯一女弟子，又年紀最幼，眾師兄總是在各方面讓她幾分。同門學藝，相互切磋，也一同嘻笑打鬧。她活了一十三年，如今方體會到與同齡玩伴交遊之樂。

如今她唯一擔心的，便是雲頌卿遲早會率人殺上崤山來，將她拖回家去。

貳過道人於是攜著雲炤來到觀外，撥開左首草叢，但見裡頭佈了一個八卦陣，一旁點著小盞薰香。貳過道人道：「在此佈陣，所有不宜接近好學觀之人，無論怎樣搜索找尋，都只能在這山林中打轉，找不到這兒。」

雲炤這才放下心來。貳過道人又道：「然而你私自出逃，畢竟不妥。基於孝道，仍須對父母作個交代。擇日寫封信吧！張嫂下山時會替你送去。」

雲炤心想家人雖不曾善待自己，但至少雲頌卿偶爾仍會顧念一些父女情份，使她這些年來不致遭蹂躪致死，遂點頭答應了。當夜她便寫了信，告知雲頌卿自己在好學觀勤於學習，起居有人照料，一切安好，要他不必掛懷云云；信裡無一字提到朱夢紋。次日把信交由張嫂帶下山去。

練功之餘，雲炤也愛拖著杜孟恆到好學觀的藏書樓讀書，就盼能超前進度，及早獲師父傳授法術。當初雲炤首次進入藏書樓，即為裡頭如疊巒般蔓延至頂的書籍震撼不已。貳過道人笑道：「若無豐富藏書，怎擔得起『好學觀』之名？」

藏書樓門柱旁的木檯上擺放了一顆閃耀著亮銀光芒的磁石，門內弟子皆笑稱這是「鎮書之寶」，聽聞具有守護藏書的法力。藏書樓最裡層的幾排書櫃是上鎖的，為貳過道人早年所有，後因故列為門內禁書，若無允許，不得窺探。

那些書櫃除了上鎖，貳過道人還用法力封住了，以免有些弟子會「穿牆取物」。但只要有鑰匙，不須施法就可逕行開啟；鑰匙則由貳過親自掌管。

這日雲炤拉著杜孟恆來到藏書樓，烏黑的眼睛溜溜轉著，問道：「十五哥，那禁書櫃裡都是些什麼書啊？」

杜孟恆搖頭道：「我也不知，師父從未說過。」

「若是禁書，為何不一把火燒了乾淨，還好好鎖在這兒呢？」

「師父定有其考量。」

雲炤噘著嘴，側著頭，望向那幾排封得密密實實的鑲銅鏤花柏木書櫃，心眼兒裡滿是好奇。

杜孟恆卻不像她對這些書本有那麼大的興趣，說道春光正好，應去看看是否有果子好摘，推著她就往屋外去了。

外頭鳥語啁啾，藍穹瀲灩，春意自林間瀉了下來，雲炤也不禁精神一振，張開雙臂，舒心地嘆道：「這兒真好。我若能待在這裡一輩子，都不用離開，那就好了。」

杜孟恆轉頭看她，「難道你會離開？」

雲炤臉色一黯，「師父說，女大當嫁。就算我不想回家，師父也不能將我一輩子留在這兒；除非我想出家做道姑。」

杜孟恆沉默片刻，慢慢地道：「或許，你不出家，還是可以一輩子待在這兒。」

「真的？你有什麼好法子，說來聽聽？」

「嗯……」杜孟恆忽地臉紅，跨大步走在前頭，不讓雲炤看見自己的臉龐，「這腳是長在你身上的嘛，要不要嫁人，總還是你自己決定。你若不嫁，師父也不會勉強你的。」

雲炤一聽覺得有理，頓時展露笑顏，「說得對，萬一嫁錯了人，還要給人欺侮，那還不如不嫁。」

杜孟恆笑道：「你現在學了武功，還怕給人欺侮嗎？」

「會欺侮我的人，不論他打不打得過我，我嫁他又有什麼意思？」

「這話說得也是。」杜孟恆頓了頓：「師妹，你是不是很怕被人欺侮？」

雲炤抿著唇，清風拂起她的鬢髮，襯著的那張臉蛋嬌柔可人，稚氣未脫；但唇角與眉眼間，卻處處是剛硬倔強。「我向來是很怕的。我這輩子最恨的是我母親，還有我家裡的所有人。我天天擔心受怕，怕被他們毆打欺負。但從今起我不怕了，我定要跟師父好好學，讓世人再也不來欺侮我。」

「倘若遇到武功比你更高強的人，那該怎麼辦呢？」

「那……」雲炤略一踟躕。她一向擔心自己起步晚，習武趕不上眾師兄；而外頭人心險惡，比靈藏派門人武功更高者定也大有人在。儘管她已十分努力，但武學造詣仍與那些自小習武之人相距懸殊；至於法術，更是尚未獲師父傳授。她這陣子焚膏繼晷地練武和讀書，就是盼能超前進度。

杜孟恆道：「我說啊，你再怎麼拚命，一人之力終究有限。以後你不管到哪裡，身邊總得有個同伴，在你有難時，助你一臂之力。」

「但是誰能做我的同伴呢？」

「我啊。」杜孟恆雖略顯靦腆，答得倒是毫不猶豫。

雲炤凝眸瞅著他，「真的？」

杜孟恆斬釘截鐵地道：「真的。你自小在家不受重視，很是可憐。從此之後我就在你身邊陪著你、保護你。就算……就算你有天嫁了人，你的夫君欺侮了你，只消告訴我一聲，我一定過去揍他一頓，給你出氣。」

雲炤仍凝視著他，淺淺一笑，輕輕地道：「十五哥，謝謝你。但願你今日對我說的話，不要忘記了才好。」

「我怎麼會忘記？」

「那就好。」雲炤笑了，笑得明亮招搖，嬌媚如花。她沒再多說什麼，轉身踏著小碎步哼著歌就往後院走去。杜孟恆站在那兒望著她婀娜的背影，一時怔了；直到聽見雲炤轉頭喚他：「十五哥！」

這才如夢初醒，快步跟了上去。

花開花落，四時遞嬗，雲炤在好學觀的日子倏忽過了三年，如今已出落成一個嬌豔欲滴的大姑娘了。這些日子她讀書按部就班，武功卻是突飛猛進。從氣功、拳法、暗器到劍術，都已頗有根基。

好不容易，總算盼到了學法術的日子。貳過道人將傳授雲炤的是一招「隔空取物」。

這日雲炤滿心期待，一早便在堂內等候。待貳過道人跨步入內，卻見他腳下輕輕一顛；雖然細微，雲炤仍留上了神。這幾年她察覺師父手腳似乎逐漸變得頗不靈便，並且手臂上的皺縮似乎更擴大了些，連衣領處露出的後頸也隱隱看得見肌膚壞死，就如拜師那日所見的一般。然而每回出言關切，貳過道人總是微笑搖頭，說道毋須掛懷。

她曾私下與杜孟恆談起，他也茫然不知，答道：「師父不願咱們多提此事，咱們也就不宜再過問。」

故當下雲炤雖心下擔憂，卻也僅是秀眉微蹙，不敢出言關切，只全神貫注聽貳過道人講解修仙之術。

「興許你會疑惑，既然修仙為本派最終目的，何以為師授予徒兒的法術會如此稀少？其實修仙成道，與法術並無直接相關。古傳修仙之法，涵蓋煉丹、內丹、法術儀式、練氣等等。本派則是另闢蹊徑，自成一路，歷代祖師皆為成道成仙之人。至於究竟該如何修仙……」

貳道過人清了清喉嚨，續道：「……為師不會明白地告訴弟子。咱們學的是入世、修行，須真心向好向善，而不能執迷於修仙；如此一來，便會背離拜師入門的宗旨。」

雲炤聽得糊塗了，「師父，你不是說過，我靈藏派人畢生修習的目的便是成道成仙？怎麼說執意修仙，就會背離入門宗旨？」

貳過道人微微一笑，「最終目的是成道成仙，但心中卻須放下成道成仙之念。這樣你明白嗎？」

雲炤仍是一片茫然，緩緩搖了搖頭。貳過道人道：「你現下不懂，那也無妨。總而言之，只要是為師所教，認真學習便是。待你歷練足夠之後，自會明白。」

雲炤心中仍存著疑惑，卻是勉勉強強答應了。貳過道人看出來了，也不揭破，兀自撚鬚沉思。

雲炤花了月餘，才漸漸將「隔空取物」之術練得上手，可隔空抓取到一、二丈外的茶盞、鐵劍等物事。儘管她勤奮練習，但此術仍有其限制：歷代祖師中，將隔空取物練得爐火純青者，至多只能觸及三丈之外的物品。

這日正打算向師父請益更深一層的法術，一早貳過道人卻忽地召集眾弟子，言道：「為師從次月起，將閉關修行。閉關時日尚不可知，或許一年半載；然而九年、十年、十餘年，亦有可能。門內一切事務，將暫交由大弟子卓人岱打理。這段期間，眾弟子功課不可荒廢。幾名小弟子的功夫，由大弟子卓人岱、二弟子王珵、三弟子喻閎澈指導。你們三人已學有所成，須助為師一臂之力，照顧同門。「藏書樓之禁書鑰匙，亦交由三大弟子掌管，卻絕不可私自開啟禁書櫃——你們跟隨為師最久，想必不會令人失望。其餘弟子，亦嚴禁閱覽禁書。人岱，你有監督之責。」

這番話一出，不僅雲炤極為錯愕，眾弟子也均大感意外，未料師父竟會突然宣布閉關，這可是眾弟子入門以來頭一遭。

卓人岱問道：「師父此次閉關，可是要潛心鑽研修仙之術嗎？」

貳過道人道：「這些年來我一直苦心鑽研修仙祕法，所成早已跳脫道家典傳的法術修真之學，自成一家脈絡；只是火候一直未到，而無法貿然授予爾等。如今有許多關竅仍未得要領，因此必須摒除一切雜務，閉關修習。此事至關重要，且牽連頗多；為師閉關期間，若無重大之事，千萬不可打擾。」

卓人岱等三人躬身應諾，餘人則面面相覷，心中想的不外是師父欲鑽研的究竟是何法術，竟須如此慎重閉關。然而貳過既未透露，便無人敢細問，想到將有好一段時日見不到師父，均感依依不捨。

貳過將其尚未來得及傳授雲妱的另一招法術「穿牆取物」，交代喻閎澈接手指導。雲妱對這安排不甚滿意。喻閎澈固然武功高強、法力較深，她卻總覺著這師兄說話有些油腔滑調，與她並不相投，平時也較少來往。

貳過閉關以後，雲妱幾次問喻閎澈何時才可開始學習新法術，喻閎澈的回應卻總是「再緩緩」：「師妹，我的靈藏氣功剛修練到了緊要關頭，須得加緊用功，你先等我一段時日。」過了十天半月再問，他才慵懶地前來，要雲妱演示幾招「隔空取物」後，便道：「師妹，你這『隔空取物』尚不夠精熟。待練熟了一些，再來學習新法術，會更加妥當。」

雲妱於是更加緊練習。又練了月餘，這「隔空取物」早已嫻熟至可信手拈來；喻閎澈對卻仍遲未教授她新法術。雲妱心中有氣，忍不住私下對杜孟恆埋怨：「三師兄未免欺負人！師父明明交代他教我法術，他卻百般推諉，究竟是何用意？我要向大師兄告狀去。」

杜孟恆卻躊躇道：「你去告訴大師兄，他雖能主持公道，卻未必真能使三師兄用心教導你。」

貳過傳予每名弟子的法術皆不盡相同，故除了喻閎澈外，並無其他人會「穿牆取物」；倘若他因此心中懷恨，傳授雲炤時特意留了一手，確實連卓人岱也無從著力。想到這兒，雲炤不禁頹然：「那該怎辦？」

杜孟恆沉吟道：「我和三師兄同門多年，依我所見，他為人雖油滑了些，倒也不致違背師命。或許他如此推託，背後另有原由。咱們只得旁敲側擊一番。」

雲炤仍是氣憤未平，懊喪地攏了攏秀髮，柳眉緊蹙，一時卻想不到更好的法子。

（七）

倏忽又過了半月，這日來到練武廳，喻閎澈略加指點了雲炤的一套「淮西豹拳」，聽她再提學習法術之事，方露出一抹輕柔笑意，緩步上前。

「師妹啊，師兄教你法術，你可有何回報？」他靠得極近，身上的蒼朮氣息飄飄幽幽，繚繞著她。雲炤一怔，「小妹……小妹……不知師兄意指為何？」

喻閎澈笑得更深了，雲炤幾可感覺到他噴在自己臉上的鼻息。「今晚三更，到後殿來找我，我教你。」喻閎澈語罷，腳尖一旋，悠然出廳。

雲炤愕然而立，良久才漸漸回過神，欲奔出廳外找杜孟恆，然而跨出一步，想起杜孟恆日前所言，即轉變心意：「三師兄如此古怪，且瞧瞧他這是要幹什麼去。」望見喻閎澈走向偏院，便躡手躡腳，遠遠跟著。

但見喻閎澈一路往寢居走去，入內後即掩上房門。這樣的大白天，靈藏弟子都在用功，如喻閎澈這般躲在房裡偷懶，實在少見。雲炤悄悄往窗縫一張，見到喻閎澈從櫃中拿出一本陳舊的書冊，翻至某頁研讀片刻，便擱下書本，在房內指手畫腳起來，顯是在依書修習。

雲炤心中大奇：「三師兄若是在練功，怎地不到練武廳，非得偷偷摸摸躲在自己房裡？」又尋思：「莫非他這段時日便是忙著在練這些功夫，因而無心教我法術？」

喻閎澈只練了小半個時辰，遠處即響起張嫂呼聲，要眾人前去用午膳。雲炤忙繞到牆後藏身，待喻閎澈推門而出後，便悄悄潛入。她東翻西找了一陣，直到拉開櫃門，才發現裡頭除了幾件衣物，另躺著一本舊書，書皮上以篆體寫著《季孫神丹》四字。

她想也不想，立即將此書揣進懷中，溜出喻閎澈的寢居。

三更時分，雲炤依約來到了後殿。

此處是好學觀中最僻靜之所，距門內弟子寢室皆有段路程。喻閎澈要教法術，選在午夜，又是這樣的地方，顯然心懷不軌。

喻閎澈來到殿外，推門一張，見到雲炤身著一襲縹色輕衫，薄施脂粉，鬟上插一只木蘭雕花銅簪，清雅秀麗。他頓時心搖神馳，難以自禁，嘿嘿笑道：「師妹啊師妹，看樣子你想通得挺快……」

雲炤微微一笑，阻斷他的話道：「三師兄，你掌管藏書樓的禁書櫃鑰匙，卻監守自盜，此事大師兄可曾知曉？」

喻閎澈臉色倏變，沉聲道：「你這話是什麼意思？」

雲炤右手從懷中掏出一本書，高高舉起，便是那本《季孫神丹》，「這本書是禁書櫃裡的吧？今日張嫂清掃眾師兄寢居，小妹恰巧在左近，剛練完了功，便上前幫忙，於是發現了這書。三師兄，小妹這些年日日往藏書樓跑，對每排書架上的陳列早已爛熟在胸，卻從未見過這本書。」頓了頓又道：「三師兄也不必擔心這本書在我手上，大師兄就會不信是你拿的。掌管禁書櫃鑰匙的人是你，可不是小妹。」

喻閎澈驚疑不定，暗罵自己竟如此大意，沒將書藏放妥當。靈藏門規極嚴，盜閱禁書若被發現，決計逃不了重責；貳過雖仍在閉關，但卓人岱代理掌門，也必不會寬貸。他定了定神，哼一聲道：「你想怎樣？」

雲炤淺笑道：「三師兄只要好好教我法術，我便不會去告訴大師兄，自然也不會去告訴師父。此外，你從這本書裡頭學了什麼，可都得教會了我。」

喻閎澈不禁大感意外，道：「教你？你要學這書裡的東西幹什麼？」

雲炤嘻嘻笑道：「三師兄甘冒門規責罰也要盜書，這本書想必有其特殊之處。今日小妹略翻了幾頁，覺得裡頭的學問博大精深；尤其煉丹之術，師父更是從未教過。師兄入門多年，功力自不可與小妹同日而語，想必能夠領會得更加深刻。」

聽她這麼一說，喻閎澈這才心下稍安，尋思：「倘若她與我一同修習，那麼私盜禁書之事，便成為咱倆人的祕密，或許她便不會出賣我。」遂道：「好，我答應你。你先把書還我。」伸手去取。

雲炤卻後退一步，將書藏在背後，笑道：「那可不成。若把書還你了，給你偷偷藏了起來，甚或銷毀，那不就死無對證？三師兄，小妹勸你也不要強奪的好，否則我即刻將書撕爛，你修習高深法術的圖謀立即成為泡影。事後大師兄他們問起來，我便說是你威逼之下，為了自保，這才撕書，想必他們不會見怪於我。」

喻閎澈正揣度著，雲炤不論武功或法術皆比自己弱得多，要強行將書奪回並非難事；然而她若先下手為強，毀去書本，那可不易阻擋。於是只得嘿嘿笑道：「師妹想多了，我又怎會強奪？你既有意修習此書，咱們師兄妹一場，一同鑽研修練，也是應當。我身為師兄，必不會藏私。」

「那好，咱們一言為定。」雲炤伸出手來，要與他擊掌。

喻閎澈卻不伸掌，湊上前去，柔聲道：「師妹，你可別忘了還有一事。咱們今夜之約，所為何來？」

雲炤一怔，不由得心下驚怒，暗罵：「這人簡直無恥！」表面卻不動聲色，說道：「師兄且莫著急，待咱倆學成了這書中的功夫法術，小妹自當有所回報。」

儘管心中鄙薄，她仍勉力擠出溫婉笑意，看在喻閎澈眼裡簡直心癢難搔，不自覺地便伸出右手，與她擊了三掌。

「穿牆取物，無法與隔空取物並用。譬如，你若想拿取隔壁房內桌上的茶壺，可以走到牆邊，伸手穿牆而過，以『穿牆取物』拿走茶壺；也可走到隔壁房內，站在門口以『隔空取物』拿走一丈外的茶壺。然而你若站在這間房的中央，想要取隔壁房內桌上的那盞茶壺，卻是辦不到的。」

達成協議後，喻閎澈終於開始教授雲炤新法術。雲炤學得興味盎然——若非總感覺喻閎澈一對眼睛總是骨碌碌地往自己身上轉，手臂也總若有意似無意地觸碰到她，令她極不自在——這段學習時光著實令人雀躍。

學完了穿牆取物，雲炤旋即要喻閎澈教她《季孫神丹》裡的法術。此書由一名為季孫植的修仙者所著，裡頭記載了煉丹佐以法術得道的祕方。雲炤特意請教了裡頭的煉丹術。好學觀雖種植草藥，但也僅用於治病療傷，並無用於冶煉各類修仙丹藥；故她對煉丹術感到格外好奇。

他們從基礎的「寒蟲吊命丹」等續命丹藥學起，而後學習煉製用以驅敵、下毒等各式丹藥。雲炤越學越是入迷，只覺那《季孫神丹》中所載的修仙之學著實引人入勝，實比貳過當時模稜兩可的修仙之道還要更清楚明瞭得多。有時在夜裡獨自翻閱，竟是不忍釋卷。

如此過了大半年，雲炤在杜孟恆面前對此事隻字未提，只道喻閎澈總算肯教她法術，也會指點她的功夫。杜孟恆見她學得起勁，說起學法術之事總是雙頰酡紅、眼神發亮，也很為她開心。只是她與喻閎澈關起門來都在學些什麼，他無從得知，心裡不免有些吃味。這樣夾雜其中的一絲心事，卻是不必說起了。

待雲炤想從《季孫神丹》裡學的多已學成，才笑吟吟地將書交還給喻閎澈，道：「多謝三師兄這些時日以來的教導，小妹受益良多。這本書就此歸還，此後決不會對任何人透露此事，師兄請放心吧。」語罷襝衽一揖，便要離去。

「且住，」喻閎澈忽叫住了她，「你這就走了？」

雲炤駐足道：「三師兄還有何交代？」

但見喻閎澈兩道目光直直鎖在她身上，眼神流露異樣，雲炤不由倒退一步，心中暗叫不妙：「莫非……他仍記著那件事？」

這半年來她一心求學，早將當初喻閎澈對她的暗示拋諸腦後。儘管覺著這師兄色瞇瞇的頗為討厭，但習得新知的喜悅早蓋過對喻閦澈的反感；況且，她有恃無恐，以為身在好學觀，喻閦澈應不致任意妄為，故當時僅是隨口敷衍，並未當真放在心上，卻未料今日他竟又重提此事。

雲妱臉色一沉，道：「三師兄，你身為師兄，豈能對師妹無禮？你就不怕大師兄知道了，將你逐出靈藏師門？」

喻閦澈卻淡淡一笑：「師妹大概忘了，前兩日山下傳來消息，說洛河決口，大師兄、二師兄和幾位師弟今日皆下山賑災去了。其他人則遠在偏殿打理下月祭拜祖師之事，眼下沒有人會靠近這兒……」

雲妱未等他話說完，垂在身側的手倏地一抓，卻瞬即「哎喲」一聲尖叫，神情痛苦地跪倒在地。只見喻閦澈冷冷地道：「師妹啊，難道你也忘了，我早你十年就已學成『隔空取物』。你初學還不過一年，便想在為兄面前玩花樣，嘿嘿，未免太不自量力了吧？」

原來方才雲妱想趁著喻閦澈說話之時出手，以「隔空取物」制住他頸間要穴；不料卻被喻閦澈搶先隔空攫住她手腕一扭，雲妱即痛得全身痠軟，難以站立。

喻閦澈在她面前緩緩蹲下，右手手指仍扣著她腕脈，輕笑道：「師妹啊，這段時日以來，你以禁書要脅師兄，以下犯上，若非看在你年幼無知，還生了張好臉蛋……」說著左手背輕輕撩過雲妱玉頰，「……只怕我早就無法容你到今日。」

雲妱又怒又懼，身子禁不住發抖，罵道：「三師兄，你敗壞門風、凌辱師妹，就不怕……就不怕遭天譴嗎？你又要如何面對師父和眾祖師？」

喻閦澈微笑道：「你放心，我自不會讓師父知道。」語畢快如閃電的一指，點了雲妱的啞穴，「我畢竟與你同門多年，想必以你的性子，也不會將此事說與外人道的，對不？」

當他貼近時，他面頰的溫熱，簡直要燙傷了雲炤；當他褪下她的衣衫，她感覺正被人剝掉一層皮。她緊咬著下唇的貝齒滲出血珠，眼角沁了淚，卻未曾眨眼；她要狠狠記著今夜的一點一滴，記著眼前這人是如何毀去她好不容易重建的人生。

今日之仇，她此生必報。

二

奪心之疫絕人寰

（一）

孟冬之際，朔風掃過靖春縣境，舉目凋零。向晚時分，天地白茫茫一片，點綴村莊三兩落，燈火三兩星，襯著紛飛的雪點，飄飄蕭蕭，清清冷冷。

雪地裡一白馬單騎，悄然佇立；馬上之人亦是一襲白衣白氅，形體嵌在雪景中，若不細看，幾乎無法辨別。

這人是個二十來歲的青年公子，身形頎長，有著一張如白玉雕琢般的臉龐，劍眉挺拔，鳳目炯炯；頭髮梳得齊整，髻子紮得完美無缺，即使雪花片片飛落，也不曾因而凌亂。一身衣氅繡華絲金線，極為精緻華貴；腰間懸一柄長劍，上頭刻著「如水」二字。

他手握馬轡，一動也不動，入定一般，不知在想些什麼。

忽聽得遠處傳來一陣嬉鬧聲，白衣客這才回過神來，往聲源望去，見是一對少年男女，身穿厚重雪衣，男的笑聲朗朗，女的抿嘴淺笑，一路摟摟抱抱、歪歪扭扭地前行，最後在白蒼蒼的楊柳旁停下腳步。那少女細聲道：「淳哥哥，咱們來堆雪人玩兒，好不好？」

那少年笑道：「當然好！」彎下腰來，伸手就要堆雪。

白衣客見狀喝道：「別碰！」反手一翻，自袖中射出一枚銅錢，打在那少年腕上。

少年「啊喲」一聲痛呼，驚慌轉頭，發覺是白衣客出的手，旋即怒道：「你是什麼人？為何無故打我？」少女亦驚道：「淳哥哥，你沒事吧？」伸手攙住那少年。

白衣客徐徐說道：「河畔的青草都染了毒，還是莫要挖開積雪為好。」

原來眼前白茫茫的積雪，掩蓋著一條結冰的河。少年聞言惱道：「胡說八道！琪妹妹，這人是個瘋子，咱們走遠點。」攜著少女的手轉身便走。

白衣客未再阻攔，只悠悠地抬眼望遠。只見他目光所及之處，兩乘馬疾馳而來，馬上乘客皆穿著靖春縣衙捕快服飾；領頭那人右手高舉，喝道：「葛大人親令，自今日起封閉川魏河，閒雜人等不許接近，違者立斬！」掌中反射出雪地映照的光芒，餘人這才看清，他手裡執的是一枚黃銅令牌。

那對少年男女正要另尋別處堆雪人，一見衙門捕快，都嚇掉了魂，結結巴巴道：「是，是！葛大人……不，不，捕大人……捕快大人……我們這就離開！」兩人偷睨了白衣客一眼，立即連滾帶爬地離去。

兩名捕快趕到白衣客身側，勒馬止步，拱手招呼：「翟公子。」

白衣客亦回禮道：「梁兄、趙兄一路辛苦。這封河之事委實是浩大工程。」

那兩名捕快名叫梁澶、趙赫。當下梁澶應道：「哎，這也沒法子。靖春、康桐、定豐縣衙人手盡出，今日應可將指令傳遍三縣縣境。麻煩的是日後還得日日派員到河畔巡邏，這才要命呢。」

趙赫道：「不過，幸虧翟公子機敏，總算發現了毒源。否則葛大人已為這疫事一籌莫展了好幾個月，頭髮都白了大半，只怕這樣下去，不知還會有多少百姓折損在這瘟疫底下。」

梁澶橫他一眼道：「話可別說得太早，現下可還不知解方呢。」

趙赫卻信心滿滿地道：「有翟公子在，找到解方亦是遲早的事，依我說，倒不必過度煩惱。」

白衣客聞言不禁莞爾，「趙兄如此看得起在下，實在不敢當。不過，在下既然受葛大人之託，自會傾盡所能，消弭這疫事。」

梁澶問道：「翟公子，方才在河畔可有何發現？」

那翟公子從懷裡拿出一樣物事，攤在掌中。梁趙二人湊近一看，見是一束皺縮乾癟的枯草，顏色呈黯紫，相當詭異。

梁澶驚道：「紫草果真蔓延至此，規模著實非同小可。」

趙赫忙道：「這草定有劇毒，翟公子竟赤手拿取，不怕中毒嗎？」

翟公子微微一笑，「趙兄毋須擔心，我當有防備。」

趙赫一拍額頭，「瞧我，竟忘了這些毒啊藥啊的，是翟公子的絕學之一，原是自有解方。」

梁澶道：「不過這草的染毒跡象可是聞所未聞，翟公子仍須多多當心才是。」

翟公子漫不經心地頷首，自顧沉吟。趙赫道：「翟公子可有頭緒？」

翟公子道：「眼下還不敢斷論，在下須得再持續追查。」

梁趙二人互望一眼，梁澶說道：「那須我二人如何協助，再請公子吩咐。」

翟公子拱手道：「吩咐二字豈敢當？承蒙知縣大人看得起，小弟不過略盡綿薄，協助查案罷了。梁兄、趙兄不嫌小弟礙事，那就好了。」

雙方各自謙讓一番；翟公子說道此案有些關節他頗有疑惑，欲自行前去探訪，便與梁趙二人暫且別過。

「嘿，梁兄，如今可總算知道，葛大人何以對翟公子如此器重了吧？」策馬返回縣衙路上，趙赫對梁澶道。

梁澶一路上皆繃著一張臉不說話，此時才哼一聲道：「莫要把他捧上天了！我便是不信任這翟千光，誰知他那『常樂門』是什麼來歷？我可真不明白了，他當初究竟是如何博得葛大人歡心，竟可讓葛大人對他如此死心塌地？」

趙赫沉吟道：「我也只聽說，從前葛大人還在軍中做都事時，遭敵軍追趕，被逼到懸崖邊。是翟公子恰好路過，以一擋百，打退追兵，救了他一命。當時葛大人受了重傷，差點活不成，那翟公子略加施針救治，葛大人隔天竟就神采奕奕，傷勢也好了大半。」

「道聽塗說罷了！」梁澶仍是一臉不以為然，「這小子打扮花稍、油頭粉面，像個娘們似地，老子一見就沒什麼好感。葛大人還要咱們供他差遣，好不氣悶。」

「可近來案情在翟公子相助之下，頗有進展，咱們也可稍稍穩住陣腳。否則衙內給這疫事搞得人仰馬翻，咱像無頭蒼蠅般亂竄，根本辦不出什麼名堂來。」

「天下就有這麼巧的事，他才來不久，就馬上在那花二杯中發現毒物？緊接著又查到那片紫草？誰能想得到要挖開積雪查看？再說，他要查案，為何要鬼鬼祟祟、獨自前往，也不讓咱們跟？要是問我啊，我會說摸不準他就是下毒鬧起這瘟疫的元兇呢！」

「這……但那天咱們在村裡尋訪，不過是偶然到花二的茶棚裡歇腳，翟公子又要如何事先在茶裡下毒？」

「這又有何難？他只要在衣袖中、指甲裡預先藏好了毒，就可神不知鬼不覺在你我面前下藥。」

「但他這樣做，又有何目的？」

「我怎猜得到這小子在想些什麼？興許是作亂後再挺身而出，一舉滅了瘟疫，便可藉機向官府邀功、謀求一官半職吧！」

趙赫搔搔頭，覺得梁澶此言似乎有些牽強；但他素知梁澶最看不慣這種裝腔作勢的美貌男子，每當提起翟千光，總要冷語譏刺一番，故聳了聳肩，不置可否。

另一頭翟千光駕著白馬，一路循川魏河下游疾馳而去。冰天雪地中，鼻孔噴出的氣息都要結成霜。馳出數里後，翻身下馬，抽出腰間「如水劍」在雪地裡挖掘。雪地裡漸漸透出點點紫紅，直到半尺見方的地面都露了出來，赫然是一大片豔烈的紫色枯草。

他劍眉微蹙，心想：「看樣子這毒早在河川冰封以前，就染上了。」

再劈開枯木樹莖，更赫見裡頭經絡也都是豔紫色。接著上馬離去，每隔幾里路便下馬查看，河川沿岸的草都是豔紫一片；此現象越往下游，規模越大；但若遠離川魏河畔，便未得見。

他又刮了些紫草放入囊中。而後對著河川冰面映射出的容顏，伸手理了理頭髮，這才兜轉馬頭，到村子裡尋店鋪打尖。

進到八楊村時，夜色已深。他來到村中最大間的「福安客棧」，一跨入門內，頓時驚了一驚。掌櫃是個中年男子，額間一團茄皮紫，呈桃花形狀，神情委頓；他上前招呼時，翟千光亦瞥見他腳步虛浮，指尖也隱隱透著紫色。

翟千光目光如電，在客棧裡掃了一圈，見到至少三、四人，身上皆有局部皮肉泛著紫光。有的在手掌，有的在耳上；還有一名婦人是頸間有幾道紫痕。她以領巾繞住脖子，試圖遮掩，然而彎腰時領巾一滑露出紫痕，立時被翟千光瞧見了。

他暗自嘆氣，忖著果然在川魏下游的村莊，「紫皮症」疫情越趨猖獗。

掌櫃與店內夥計見翟千光衣飾華美，認定他來自富貴人家，都不敢怠慢了，端茶倒水、熱湯夜宵侍候得殷勤周到，就盼能多賺幾筆賞錢。不料這富公子除向夥計要了盆巾和一碗清粥、幾碟小菜、一壺濃茶，其餘的都一一回絕，並隨即掩上房門。夥計討了沒趣，都背地裡嘀咕，以為遇上了肥羊卻竟連一點油水都沒撈到。

翟千光窩在房裡吃粥啜茶，鎖眉沉思，在桌旁一路坐到子夜。萬籟俱寂之時，忽聽見一聲淒厲慘叫劃破長空。

他霍地站起，推門而出，逕往樓下衝去。客棧裡有零星住客亦被聲響吵醒，惺忪著睡眼出來查看。翟千光四處奔走，問道：「是哪裡傳出的？」諸人皆搖頭不知。

緊接著又是一陣驚叫，內堂傳來一疊連聲：「顏……顏……顏掌櫃！」「老天爺啊……」

翟千光趕了上去，伸手撥開站在門前發愣發抖的夥計，竟見到掌櫃躺在地上，雙眼圓睜，臉色煞白，額間那團紫顯得格外濃烈招搖。一旁幾個夥計則早就嚇得無法動彈。

翟千光湊上前，探手到顏掌櫃鼻間一探，已毫無氣息；再搭脈搏，亦無動靜。他不假思索，立即伸手解開顏掌櫃前襟。

「喂！這位公子，你在幹什麼？」夥計忙出聲阻止。

翟千光毫不理會，將掌櫃裡衣也解開後，細細查看，見其肥厚的胸口皮肉無傷，卻有一處指頭大小、約莫半寸深的凹洞。

他疑竇頓起，對著屍體喃喃道：「得罪了！」抽出匕首就往掌櫃左胸劃下去。

「啊！」圍觀的夥計和客人見此情景，瞬即譁然，當下便有幾個年輕力壯的看不下去，要上前拉住這公然殺人——或毀屍——的兇人。

然而翟千光頭也沒回，左手隨意一揮，砰砰、嘭嘭聲響夾雜著嘶吼慘呼，兩名壯漢便往後斜飛出去，跌得四腳朝天，哀哀呻吟。

眾人見翟千光看似文弱，竟如此身懷邪術，都驚得呆了，無人敢再上前。

這場混亂，翟千光恍若未聞，自顧拿刀剖開顏掌櫃的胸口，雙手扳住傷口邊緣往旁一分。

但見黑幽幽的血洞中，空空蕩蕩，心臟早已不翼而飛。

（二）

「我說翟老弟啊，你查案歸查案，何以如此貿然驗屍？你這豈不是找本縣麻煩嗎？」靖春縣衙內，知縣葛培獻焦躁地走來走去，氣急敗壞地說道。

卻見眼前的翟千光負手而立，雙眼半睜，不疾不徐道：「葛大人，那些身亡的紫皮症患者，一旦送進衙門裡，哪還有小弟解剖勘驗的機會？那些大人們一會兒說毀損屍身，會招致厄運；一會兒又說小弟是邪魔外道，須關押起來審問。若非這次小弟當機立斷，剖開屍身，又怎知死者心臟竟會不知去向？」

「這……」葛培獻一時語塞。儘管翟千光解剖屍身、逆天無道之舉，早已引起縣內輿論喧騰；當時在客棧中目睹此景的夥計、住客，更驚嚇得閉門不出，連呼作孽。然而死者身無外傷，心臟卻竟然消失無蹤，此乃重大發現，翟千光確實功不可沒。

葛培獻只得咳了咳，道：「但你怎知這死者的胸口有蹊蹺？」

「小弟並不知道。只是一解開衣衫，便發覺胸口有處凹洞，因而立即剖開。不過……奇怪的是，若是以指力傷人，如此深入皮肉，理應受傷流血才是；但這屍身卻是表皮絲毫未損，此中緣由，一時難以參透。」翟千光略一沉吟，「大人，小弟以為，其餘紫皮症亡者的屍身，也都應解剖查驗。」

「不可能！」葛培獻旋即吼道，「那些亡者早已入土為安，難道還要去掘墓開棺、解剖屍身？這要本縣如何對死者親屬交代？又如何防堵縣民悠悠之口？萬萬不可！」

翟千光輕嘆，「我原知大人不會答應。那也罷，小弟只好另尋門道。」

葛培獻心中忽升起一絲不安，忙道：「本縣警告在先，你可休想私自溜去挖出死人來！」

翟千光微微一笑，「大人休要驚慌。小弟若要幹這種事，定會神不知鬼不覺，不給大人招來煩擾。」

「你……」葛培獻只氣得差點沒腦溢血。但他清楚翟千光，他要做的事，只怕天下找不到一個人能夠阻擋，只得換了話鋒道：「話說回來，這紫皮症竟會腐蝕心臟，而致整顆心被吞噬殆盡？」

翟千光搖頭道：「小弟不這麼認為。」

「那會是……？」

「若死因是毒素侵蝕心臟，不會直到整顆心都不見了才死。」

「此話有理。那麼……豈難道……」

「若非毒素在一瞬間就可將整顆心吞沒，那就是——有人取走了人心。」翟千光緩緩說道。

葛培獻詫道：「可屍身毫無外傷，該如何取心？這全然說不通啊。」

「據我所知，這並非不可能。」翟千光睨了他一眼，「只是不知取心之人用的是什麼手法，以致會留下那凹洞？對方究竟是什麼來路，仍待追查。」

「別賣關子了，你的推論如何，就直說吧！」

翟千光卻如預料中的淺淺一笑，搖了搖頭道：「此事尚未明朗，小弟不敢斷言。不過大人請放心，小弟必定全力以赴，查個水落石出，平息疫事。」

葛培獻欲言又止，最後只無奈長嘆，坐倒在椅上，「翟老弟，本縣自然是信得過你，才會特意登門拜訪，將你請出山來。不過，這段時日本縣耳中聽見的流言蜚語，我雖未往心裡去，應付起來也著實麻煩。你就算給老哥哥行行好，言行多加留意些，成嗎？」

翟千光對著葛培獻一揖，「小弟理會得。這陣子給大人添了麻煩，著實惶恐。」

話雖如此，他看起來卻毫無惶恐之象。葛培獻又是一嘆，揮手道：「行了，你去吧。若有任何發現，再報給本縣知道。」

翟千光躬身應諾，退了出去。

跨出縣衙，外頭冬陽融融，往身上灑落。連日飛雪，直到今日好不容易才有了一絲暖意。翟千光牽起白馬，惜惜撫著馬鬃，往大街上信步走去，一邊從懷中抽出一本冊子，仔細翻閱。

此冊由靖春縣丞林述所書，數日前被翟千光借來研讀。上頭記錄了紫皮症疫情延燒始末：端啟廿二年，亦即今年秋，靖春縣境開始有縣民身上出現豔紫色斑點或紋路，起先僅小小一塊，後越擴越大，到後來甚至有人全身都佈滿紫斑，且色彩鮮豔，猙獰可怖。

此病症最初是在八楊村內一名七歲小兒身上發現的。其父母以衣物圍住他頭臉，帶他出門尋醫。但求遍八楊村及鄰近村落，所有大夫皆束手無策，聲稱從未見過如此怪病。孩童的父母只好將其藏在家中，以免怪模怪樣嚇壞旁人。

無獨有偶，靖春縣衙中一名捕頭也染上同樣病症，而向葛培獻告了長假，在家休養。漸漸地八楊村中閉門不出之人漸多，村民這才驚覺疫病早已蔓延。但奇怪的是，無人知曉此病從何而來、又是如何傳遞。患病之人除了皮肉生出紫斑、身子容易虛浮無力之外，並無其餘症狀。不出一個月，疫情已從八楊村擴散至整個靖春縣，甚至是緊鄰的康桐、定豐等縣。人人皆說不準此病是否為人傳人，一時間人心惶惶，相互猜疑起來。

此病雖對人體無顯著傷害，紫斑卻是無論如何無法消退；尤其是愛美的女子，一旦染上此病，只得成天以頭巾裹臉，羞於見人。

再不久，竟傳出有紫皮症患者身亡，死者乃八楊村中一名六旬老叟。此案通報官府後，仵作查驗屍身卻見毫無外傷，也無宿疾，無法參透死因。同一天，縣衙有人前去那名染疫的捕頭家中探望，赫見其妻小披麻戴孝，原來捕頭早已身亡；家人怕被鄰人當作瘟神看待，故不敢聲張。

縣衙驗屍後，發現二名死者情狀相同，胸口都有一處小小凹洞。但仵作驗屍，從來不會傷及屍身，更不會解剖查驗。並且，即使發現此情狀，對於釐清案情亦無幫助，故只暫且認定為紫皮症奪命時之特有症狀。

紫皮症奪命的消息一出，民間更是一片譁然，人人自危。此後又接二連三發生紫皮症患者死亡案件，一樣驗不出明確死因；並且死者未必是紫斑最為嚴重者，有的甚至身上僅有幾點零星紫斑，卻仍一夕暴斃。

整座縣城瀰漫著愁雲慘霧，日日可聞嗚咽悲泣。

此病前所未聞，且無藥可治，官府裡忙得焦頭爛額，徵集了境內所有大夫，夙夜參詳，都研究不出所以然。此事鬧到了皇城，皇帝親下聖旨，要靖春、康桐、定豐等縣限期撲滅瘟疫。地方官一籌莫展，無計可施，葛培獻這才想起過去認識的一位奇人，故對另兩縣知縣說，要請將此人請來，或有一線希望。

於是葛培獻親自去了一趟赤嶺，千里迢迢，將隱居山中的修仙門派「常樂門」傳人翟千光請下山來，欲重金禮聘，要他為這紫皮之疫想想法子。

翟千光一口答應，卻婉謝重酬，只道濟世助人，乃修道人職責；只是他要如何查案，須葛培獻承諾不予干涉，還得盡力支援。葛培獻當即允諾，並交代縣衙差役：凡是翟公子有任何指示，一概遵從照辦。

然而不久後葛培獻卻發現，執行起來著實不易。

首先翟千光一介布衣，衙役卻要供其差遣，不免心存不服。並且四下議論紛紛，指他衣著華麗，又生得俊美異常，臉蛋簡直比女子還要精緻，十足是個紈褲子弟模樣，哪裡像個「修道人」？再者，他查案方式極為奇特：時常凝眉閉目，半晌後忽地睜眼，即刻要求衙役前往他所說的處所。衙役依言趕到現場，便赫然發現有紫皮症患者身亡案件。接連幾次，無一或爽。

這一來眾人都說，翟千光既然身有異能，可感應到病發身亡者的所在，卻為何不能及早感應、搶在病患死前挽救人命？

對此疑問，翟千光則面色凝重地道：「那是因為，這些人死前都毫無徵兆。」

亦即，這些死者都是在一瞬之間暴斃而亡，與一般重病身亡者死前會遭遇一番痛苦的情形，全然不同。故有人便推論，或許這些死者並非死於疫病；但亦有人提出，此病前所未見，或許發病時在一眨眼便能奪命，也未可知。

種種猜測，莫衷一是。

翟千光之異能，僅能即刻發現死者，而無助於阻止疫情擴散和慘案發生。於是便有人揣度，這翟千光甚至可能還是共犯，才會如此清楚事發時間和處所。衙役心有猜疑，受他差遣時又更加不甘不願。更雪上加霜的是，翟千光竟提議解剖屍體。此言一出，眾人盡皆變色，衙中縣丞、書吏等都喝斥起來，罵他膽大包天，行徑荒誕；更有人指他定然就是兇嫌，對死者懷有深仇大恨，殺了人還不夠，還想毀屍洩憤。

若非葛培獻始終堅稱相信翟千光定能破案，只怕他早已被眾人轟出縣衙。只是無論葛培獻再如何站在翟千光這邊，都無法同意讓他解剖驗屍。

後來的轉機，乃是翟千光終於發現紫皮症起源的線索。

那日他偕梁澶、趙赫出外查案，來到八楊村中花二的茶棚喫茶歇腳。正要飲下一杯龍井，翟千光忽覺茶葉不對勁，說嗅到裡頭有腥臭味，不可飲用。梁趙二人神色茫然，都道不覺有異。

翟千光將茶倒在路旁的黃狗面前。那狗舔了茶，不出一炷香時間，鼻尖竟隱隱泛出紫色。梁澶、趙赫，以及一旁的花二夫妻皆駭然變色。

翟千光上前攫住花二與花嫂，捋起兩人衣袖，赫見夫婦倆手上皆有零星紫斑。

夫婦倆知道翟千光等三人是官府來的，當即下跪求饒，惶惑不安，都道並不知茶水中有毒。夫婦倆染上紫皮症已有三個多月，卻不知究竟如何染疫。茶棚裡賣的茶向來汲取自川魏河水，廿年來皆無事，且茶水清甜，令人稱道。此時雖已入冬，河川結冰，但他們在冬季亦會去川魏河鍬下冰來，化了沏茶。

翟千光聞言便前往川魏河，鍬下一塊冰，湊近一嗅，果然有股極淡的腥味，與花二茶棚裡的茶氣味相同。

詢問梁趙二人，得知村中飲水，半是井水、半是河水。四處尋訪之下，粗略發現患紫皮症的，多是家中慣飲河水，或是曾在外頭餐館飲過河水沏的茶、吃過沾染河水的食物。一些幸而未曾染病者，則是數月來皆只飲過井水。

翟千光等三人回到縣衙，將此進展通報葛培獻，言道：「靖春、康桐、定豐三縣，都位於川魏河畔，故縣民最先染病；看來禍源就是這條河，不會有錯。」

葛培獻遂下令衙役將消息傳遍縣境，以及康桐、定豐縣衙，動員調查染病者飲用水源，所得結果皆與八楊村情況雷同。數日前，翟千光到了川魏河畔查訪，挖開積雪，更赫然發現紫草。

此時川魏河已結冰，入冬後飲用河水者已較為減少。但三縣縣衙仍頒令禁止縣民飲用川魏水；並派快馬至川魏沿河縣城，告知川魏水不可再飲，亦不可引河水灌溉。

翟千光心中則另有謀劃。他身邊成天有衙役跟著，即便在患者身亡時立時趕到，亦無法解剖驗屍，故那日才特意支開梁趙二人，獨自到客店打尖，不料恰巧發現死去的顏掌櫃，竟是胸中無心。

然而重重疑竇仍未能解。

若禍害源自川魏河，那麼出現疫情的夏末開始，河川應早已染毒；何以當時河畔草木皆無異樣，而後才染成紫色？

這會害得人畜草木都染紫的毒物，從何而來？

那些身亡的紫皮症患者，因何而亡？

又是什麼樣的患者，才會走上慘遭奪心之厄運？

這些疑問，在縣衙每日議事時都反覆討論至深夜，仍毫無頭緒。

翟千光近日來立了功勞、使案情有所進展，諸人已逐漸對他改觀；故每回遇到瓶頸，一眾目光便盡皆朝他射來。

而他也僅能悠悠地、緩緩地搖了搖頭。

（三）

翟千光披星戴月，孤身來到靖春與康桐交界的荒郊墓園。

凜冬夜半，寒氣襲人；尤其在這陰魂繚繞的墓區，更顯森冷。翟千光站在墓頭凝目而視，身上的藏青長袍映著月光，閃閃發亮。

「李姑娘，我這麼做，是為了替你討回公道，亦是為了此案得以水落石出，使眾多生靈免於災厄。你地下有知，千萬莫怪。」

他對著那座刻著「愛女李彩燕之墓」的石碑喃喃說道。接著從懷中取出兩紙符令，一手一張，高舉雙臂，在空中交錯揮舞，口中念念有詞。

比劃半天後，將兩張符貼在石碑上；再抽出匕首，凌空一劃。

隆起的墓中央竟緩緩裂出一條縫，接著越裂越大，土堆分至兩旁，露出一口石棺。

「起！」翟千光喝道。

棺蓋隨即緩緩升至半空中。裡頭躺著的是一名雙目緊閉、形容枯槁的少女。屍身已開始腐朽，發出陣陣惡臭；但那乾癟發黑的軀體上，斑斑點點的紫痕卻依然鮮明——尤以額前那一枚桃花狀的紫斑最甚。

翟千光跨步上前，匕首朝她胸口插了下去，一刀劃開，接著雙手輕輕扳開她胸前破口，往裡一張。

胸腔裡沒有心。

他細細查看良久，發現屍體除缺了心，其餘臟腑並無異狀。好不容易檢視完畢，這才站起身來，從行囊中取出一只白瓷瓶，倒了幾滴液體在少女屍身的胸腹破口。

只見刀傷緩緩癒合，結成一條細縫；細縫又逐漸淡去消失，全然不留痕跡。翟千光又沉聲道：「闔！」

棺蓋緩緩降落，蓋回棺上。

他撕下墓碑上的兩紙符令，再念了一段咒語，墓穴便緩緩闔上，終至完好如初。

旋即回身上馬，絕塵而去。

數日後，翟千光正在縣衙為他安排的住所「丹承行館」中閉目打坐，思索這陣子以來的發現，趙赫忽上門來訪，說道是葛大人遣他過來，要他跟在翟千光身邊打打雜。

翟千光聽了卻微微皺眉，道：「我這兒沒什麼事好做，葛大人的好意我心領了。」

趙赫卻低聲道：「翟公子，葛大人自然知道你不想帶幫手。可為了日後方便行事，就當作是幫他個忙，稍稍平息外頭的閒言碎語可好？」

翟千光這才領會。原本在葛培獻令下，他到了靖春後，不管去哪兒都有人隨侍在側；但近日他實在不堪其擾，嫌人手礙事，遂把人都遣開了，獨來獨往，逕行查案。如此一來謠言又起，說他恃才傲物，又仗著葛大人器重，目中無人。

他雖對這些流言毫不在意，但葛培獻身為知縣，總是得顧慮旁人感受，好歹派個人在他身邊做做樣子。而這趙赫恰好是衙門中對翟千光較無反感的，且為人耿直熱心，當是合適人選。

翟千光只得嘆道：「好吧，是我想得不夠周全，讓葛大人費心了。」

趙赫笑道：「翟公子哪裡的話？你殫精竭慮地查案，原是顧不到這些瑣事。不過公子請放心，趙某決計不會給你添麻煩……」

他話未說完，翟千光忽覺心口一震，隨即鳳眼圓睜，喝道：「趙兄，隨我來！」飛身搶出門外。

趙赫嚇了一跳，不知他突然之舉，究竟在鬧什麼玄虛，只得急急跟在他後頭出了行館。來到馬棚，見翟千光跨上白馬，他便也跨上自己的，跟在白馬後頭朝東疾奔。

一路來到鄉村田間，翟千光在一座農舍前勒馬止步，躍下馬來，砰一聲推開門闖入農舍內。趙赫緊跟在後，竟驚見內堂地上橫著一名老嫗，身上布滿紫斑，雙目緊閉，面色慘白，顯已死去。

老嫗眉心，透著一朵紫色桃花。

「趙兄，請你四處查看，兇嫌是否留下行蹤？」一聽翟千光此言，趙赫立即應諾，去巡農舍四周。

翟千光在老嫗身畔蹲下，拔起匕首，正要劃向她胸口，身後陡然一聲尖叫響起。

他止住動作，回頭一望，見到一名少女站在門口，正驚恐地看著他。這少女容顏清麗，眉目如畫；身上是粗布緗衫，卻難掩其姿。一對水靈靈的杏眼盛滿懼色。

「你是誰？你要對婆婆做什麼？」她顫抖著聲音道。

「姑娘莫要誤會……」翟千光話未說完，少女已搶了上來，一把將他推開，蹲下身搖晃著老嫗的肩膀道：「婆婆，婆婆，你怎麼啦？」

翟千光道：「姑娘，你婆婆已駕鶴歸西，還請節哀。」

少女回眸怒道：「是你殺了婆婆？」

「並非如此。在下趕到之時，這位婆婆早已身故，」翟千光頓了頓，又道：「敝姓翟，受靖春縣府之託，前來調查這紫皮症疫事。還請姑娘讓一讓，我得瞧瞧婆婆。」他掏出葛培獻予他的令牌，以示身分。

少女兀自不讓。「你胡說！我明明見你拿刀害她。」

「姑娘倒是瞧瞧，這婆婆身上是否有刀傷？她的的確確並非在下所害。」

少女怒瞪他一眼，垂首細細檢視，果見婆婆身上並無外傷；遲疑片刻道：「那你方才是想對婆婆做什麼？」

「我原想查看這婆婆的心還在不在，」翟千光道，「但不剖開屍身亦無妨。還請姑娘解開婆婆衣襟，看胸口是否有一處凹洞。」

他轉過身去，背對著那少女。少女依言解開老嫗衣衫，赫見其胸果真有個凹洞。

「你……你怎知……」她驚道，「莫非婆婆是發病身亡？」

「在下這月餘來所見紫皮症死者，皆是這般情狀。」翟千光道，「姑娘可是這亡者的孫女？可否隨在下走一趟官府，問幾句話。」

「我不去。你在這兒問我，也是一樣。」少女抬起頭，神色執拗。

翟千光低眼垂眉，目光掃過老嫗橫臥的身側，半晌，才又問了一次：「那好。姑娘是這位婆婆的孫女嗎？」

少女抽噎著道：「不是。我從外地來，要去潼山拜訪親戚，無奈路上遇見強人，將我行囊銀兩都劫了。我一路逃到這兒，這婆婆見我可憐，便留我住了一段時日。」

翟千光深深一眼：「是哪兒來的強人？」

少女道：「是鬼嶺寨的。我見到他們臂上紋身。」

翟千光微微一驚。這鬼嶺寨是靖春、屯陽一帶惡名昭彰的匪幫，幫眾來自江湖各雜流門派，個個凶惡剽悍，神出鬼沒，姦淫擄掠樣樣都來，一向令百姓聞之色變，官府頭痛不已。

鬼嶺寨中人人臂上皆紋著黑色鬼頭，作為徽記。

翟千光道：「遇上了鬼嶺寨，若僅遭劫財，已是不幸中的大幸了……這屋子裡只有你二人？」

「爺爺下田幹活去了。他要是回來見到……」少女哽咽起來，說不下去了。

「那爺爺也患了紫皮症嗎？方才你在幹什麼？是否有見到可疑之人？」

「爺爺……也有紫皮症。我方才在後院替婆婆晾衣衫，並未見到任何可疑之人。」

翟千光再詳加查問，得知主人家姓莊，死者娘家姓余，兒子進京趕考求取功名去了，女兒也已出嫁，僅夫婦倆住在這農舍裡。原先老夫婦慣飲川魏水，染上紫皮症；後來縣府下令禁飲河水，因此這少女來到農舍時，飲用的已改為井水，而未染病。

少女在農舍僅待了不過六、七日，馬上就要繼續上路往潼山去。這幾日莊家老夫婦待她很是親切，她心中感念，見余婆婆橫死，也自傷心。

再問少女姓名，她自稱名喚邵芸。翟千光既已盤問出大概，便告辭離去，待將此事回報縣衙。此時趙赫也已折回，稱在農舍方圓數十里都巡過了，並未發現可疑跡象。

（四）

並騎返回縣衙路上，翟千光一直蹙眉沉思，不發一語。趙赫睨了他幾眼，終於憋不住氣悶，道：「翟公子在想些什麼？」

翟千光這才回過神來，道：「趙兄，你可留意到那邵姑娘的身段？」

趙赫一愣，心想翟公子怎地忽然談論起姑娘家的身段體態來了，莫非是動了凡心？當下支支吾吾道：「那個……非禮勿視，我也不好直盯著一個年輕姑娘瞧，所以……並未特別留意。」

翟千光皺眉道：「趙兄此言差矣。身為衙門捕快，查案時怎可不對現場細節多加留心？倘若錯失了要緊的線索，豈不糟糕？」

趙赫被他一陣數落，不由困窘至極，連忙道：「是，翟公子說得是……這查案多留心是自然的，但……但在下是想，有翟公子在，想必……想必不會出差錯才是。」

翟千光淡淡地道：「趙兄如此看得起在下，真不敢當。」

趙赫搔了搔頭，又問：「那麼，翟公子方才說那姑娘……」

翟千光道：「那姑娘步伐輕盈、身段靈動，且氣息沉穩，顯然是身懷武功。」

趙赫微微一驚，「細想起來，似乎確是如此。不過……即使那姑娘會武，也不是什麼稀奇事兒吧？」

「當時我因留意到那姑娘的身法，對她的足底多瞅了一眼。那不過是一瞬之間的事，卻似是被她察覺了，旋即見風轉舵，說自己是外地來的，不是那戶農家的孫女。再者，她知道憑自己的武功，尋常強人自然犯不了她——這看在行家眼裡，自是顯而易見。因此，她便聲稱打劫的是鬼嶺寨，如此一來，此事就更易取信於人。」

趙赫不禁大為欽佩，「原來如此，翟公子果真明察秋毫！」

「這姑娘精乖得緊，」翟千光蹙眉道，「然而當前沒有確鑿憑據，自不可妄自將她帶回縣衙審問。只盼是我多心了才好。」

「翟公子忒也多慮了，衙門要查案，儘管拿人審問便是，又何須確切憑據？現在掉頭回去，還來得及。」

翟千光卻搖頭道：「不成，即便是官府，亦不可如此橫行霸道，任意捉拿百姓。」

趙赫隨口稱是，卻也並未將一個弱不禁風的年輕姑娘放在心上。半晌，忍不住好奇問道：「翟公子，你究竟是如何感知有人身亡？莫非是常樂門的修仙法門？」

翟千光略一沉吟，「這事說給趙兄聽了，亦是無妨。我自小對於他人內心痛苦，感受便特別強烈。幼時拜入常樂師門後，研習修仙之道，此天賦便更加激發出來。只要方圓百里中有人遭逢悲苦，我即可感知其源。」

趙赫嘖嘖稱奇，道：「原來翟公子乃天賦異稟來著！」

翟千光微微一笑，「然而一體兩面，這能力過於強大，也是極大的災難。」

「此話怎講？」

「天下蒼生苦厄連綿，無時無刻總有人病了、傷了、痛了，甚至死去。在我年幼時，便日日感受到災苦自四面八方襲來，簡直痛不欲生，幾度想自我了斷。幸而當時有師父引領我修習門內心法，漸漸地我才學會抑制此能，如今已可自行操縱何時關閉、何時開啟；以及開啟時，只選擇感知部分災苦。比如，來到靖春後，我所開啟的，僅在旁人身體遭遇極大痛楚、或心中悲懼至極時，方能感知，以助調查疫事。」

說到這兒，翟千光輕聲喟嘆，「可這接二連三的命案，著實古怪。那些紫皮症死者的苦痛，皆只在一瞬之間，事前毫無跡象。也因此我能感知到時，都已太遲。」

趙赫聽得一愣一愣，只覺神奇無比，「那麼若是心病，亦能感知嗎？」

「可以。五毒攻心之苦，全然不下於皮肉身體之苦。因此我甚少開啟對心緒之苦的感知。」

趙赫「哦」一聲，細細琢磨此言，只覺神奇之至，不由得對眼前這位青年公子更感欽佩。

兩人抵達縣衙通報余氏命案，葛培獻便親率仵作前去驗屍。此時寄住在那農家的姑娘邵芸已不知去向。在場莊姓老翁則指，稍早是邵芸趕到田裡對他告知余氏死訊，要他即刻回家去；邵芸又道，自已還須前往潼山，目前已耽擱了好幾日，對余氏之死雖感痛惋，卻無暇多耽，因而拜別。

翟千光聽聞衙役回報後，心想：「有這麼匆忙，連等余氏靈堂佈好、前去弔唁都等不及？」卻未將此猜疑說出口。

當下他對葛培獻建言：縣衙須派人到民間查訪眉心有桃花狀紫斑的染疫者，同時亦須將此訊息傳達至康桐和定豐。

因他近日已走遍縣衙記載在案的二十九名紫皮症死者所葬之處，一一掘墓開棺、將屍身開膛破肚；驗屍後再施法將屍身和墓穴回復原貌。結果發現，每個死者雖身上紫斑多寡不一，也無外傷，但都同樣沒了心臟，且眉心皆有一朵桃花狀的紫斑。

這二項共通點，極可能便是破案關鍵。

翟千光自然並未說出自己所做的事，只說近二起命案死者，眉心皆有桃花狀紫斑，故推斷此與死因密切相關。

葛培獻面帶狐疑地瞪他一眼，卻未多問，隨即傳下指令：縣民若有眉心有桃花紫斑者，須立即向縣衙通報；知道所識親友有此狀者，亦須通報，隱匿者必有重懲。列出名冊後，縣衙捕快及全縣鏢局、義勇民力全數動員，凡眉心有桃花斑者，皆各派二人隨侍在旁，以防遭不測。

此消息傳至康桐、定豐後，兩縣縣衙也均頒下相同命令。

那邊廂翟千光則與葛培獻、林逑和衙內官吏徹夜商議，研擬因應策略。

靖春縣明祿村內，做瓷器陶具生意的店鋪老闆馮秀偃，近來過得不甚安生。

原因是縣衙的兩個捕快天天到他店裡坐鎮。且不說一般老百姓平日就聞捕快色變，這陳捕爺、嚴捕爺又長得特別兇神惡煞，有些逛瓷器的客人一見到他二人在店裡，就敬而遠之，使得店內生意一落千丈。

此外，有捕快大人在店裡，小店總是免不了要替他們張羅吃食、端茶倒水奉承一番；這些吃的喝的也不能太過簡慢，使得馮秀偃近日花銀子如流水，暗暗叫苦，卻是不敢吭一聲。誰教他自己亦是額前有桃花狀紫斑之人呢？

這幾日縣衙下令，凡是有此狀之人，官府都要派人鎮日保護，以免慘遭奪心之禍。就連店鋪打烊、回到家時，那兩個捕快也要跟在身邊，逼得馮妻還要在家中整理出一間房，供兩位捕爺安歇。

這種日子不知還得忍受多久？難道他馮秀偃一日不死，這兩位捕爺就得天天如影隨形不成？要繼續過這樣的日子，那還不如一刀殺了他。

心緒煩擾下，他回家對妻兒講話便暴躁易怒起來。吃晚飯時，兩個兒子邊吃邊嬉鬧，將滿口食糜噴得整桌都是。馮秀偃旋即勃然站起，狠狠摑了兩人各一個耳光，「這兩個狗娘養的，老子掙錢掙得如此辛苦，買來的米都給你們糟蹋了！」

馮妻一聽，登時不高興了，怒道：「你竟敢罵我？你罵他們狗娘養的，不就是在罵我嗎？老娘天天在家裡灑掃做飯，侍候你們三口子，卻要給你這般羞辱！」

「我不是在罵你，我自管教兒子，你這婆娘莫要來亂！」

頃刻間呼天搶地，家裡亂成一團。

外頭陳捕快、嚴捕快正在門前駐守，聽見裡頭爭執聲乃為家務事爭吵，只私下調侃一番，也不予干預。

夜裡馮秀偃沒好氣地上床睡了，卻越想越不開心，難以入眠。心浮氣躁之下，只得下了床，踱到院裡透透氣。

原應在院門駐守的陳嚴二人卻不見蹤影，想來是當差時間太長，覺得氣悶而偷溜去喝酒了。馮秀偃吁了口氣，兩人不在，心情頓時輕鬆了些，哪怕這只是一時半刻偷得的鬆懈。於是自己也從屋內拿了一罈酒，坐在院內自斟自飲起來，愁容鬱結，哀哀嗟嘆。

微醺之際，一個黑影忽從眼前掠過。他眨了眨眼，卻什麼也沒見到。他以為自己酒醉眼花，並不在意，又繼續乾了一碗；此時背後卻傳來一聲輕笑。

他猝然回頭，赫見一名緗衫少女悄立院中，妍若桃李，笑靨如花，如此行蹤飄忽，驟然而降，皎皎月光灑在身上，真宛若仙女下凡一般。

馮秀偃驚嚇起身，道：「姑娘是何人？何以擅闖民宅？」

那少女抿嘴輕笑，「我是山中修練成精的小狐狸，來勾你的心的。」兩汪翦水秋波往他臉上一掃，嫵媚至極。

馮秀偃給她這一望，即便仍處驚疑不定，身子卻也不得不為之酥麻，便茫茫然道：「姑娘莫要亂來，我……我可是有妻室之人。」

少女跨步向前，輕輕吹一口氣，馮秀偃鼻中聞到一股幽香，瞬間眼花撩亂，如癡如醉，朦朧中聽見少女的聲音道：「明日醒來，這一切便如一場夢，小女子便再也不復存在，又打什麼緊？」

馮秀偃再也不能自已，伸手就要將軟玉攬入懷中。少女卻伸指一撥，輕輕悄悄將他手臂撥開了，笑道：「莫急！」

馮秀偃兀自暈頭轉向，哪裡還能忍，笑道：「你別跑！」張臂撲了上去。

那少女卻臉色倏變，杏眼透出一絲凌厲，森然道：「你這待妻不義、養子不慈的畜牲，本姑娘今日就要替天行道！」

說著五指箕張，挾著一股勁風，逕往馮秀偃心口抓去。

（五）

驀地「嗤」一聲破空之響掠過暗夜而來。那少女指尖剛觸及馮秀偃胸口衣衫，手腕一酸，瞬即軟弱無力。她大吃一驚，連忙縮手，望向地面，卻見方才擊中她手腕的，是一錠亮晃晃的銀子。

她秀眉微蹙，才剛抬頭，豁啦一響，一隻大鳥般的身影朝她迎面撲來。少女伸臂格擋，待看清眼前人，是個俊雅青年，白森森的臉龐，鳳目含威，靛青長衫映著月華，熠熠生輝。

「是你！」她詫道。接連十餘招，她被這青年迫得連連倒退，心下駭異：「這傢伙功夫竟如此了得！」

那青年淺笑道：「是我。邵姑娘，又見面了。」說話時手掌一翻，掌心陡然冒出一柄短刀；電光石火之間，少女反應不及，肩口立即被劃破一刀，滲出殷殷鮮血。

少女驚怒交迸，斥道：「下流！」矮身躲過朝她揮來的另一刀。她受了傷，更是難敵，立即左支右絀。

看到兩人鬥得激烈，馮秀偃驚嚇得酒都醒了，瑟縮在一角，頻頻嚷道：「天啊，地啊，我的娘啊，這究竟是怎麼一回事？」

此時「砰」一聲巨響，大門被人撞開，兩人衝了進來，喊道：「翟公子！逮到人了嗎？」卻是陳捕快和嚴捕快。

「快了。待我制住她，你們立即押回衙門。」那青年應道，飛出一腿，掃向少女小腹。

少女「哎喲」一聲，雙手抱著腹部，痛得彎下腰來。翟千光趁勢追擊，欺上前正要點她穴道，驀地裡「咻」地一響，少女並未抬手，腰間竟射出一只銀閃閃的暗器，朝他迎面衝來。

翟千光大驚，原以為那少女早已無力反擊，卻竟然是在作態，攻他個猝不及防。眼看那銀針就要穿腦而過，他瞬即後仰，在千鈞一髮之際閃避；但銀針卻也從他面頰刷地擦了過去，兩滴細細的血珠飛濺而出。

少女又緊接著射出第二支銀針，翟千光反手一揮，短刀調轉擲出，刀柄格開了銀針、一路撞上少女膻中要穴。這一下他使足了力，她不可能還招架得住。果見她身子癱軟，漸漸跪倒在地。翟千光右手伸出，拿刀架在她頸中。

陳嚴二人看得目不稍瞬，大聲喝采；馮秀偃則是雙手緊揪著胸口衣襟，險些暈厥。

翟千光冷冷地道：「邵姑娘，你不是趕去潼山了嗎？何以還滯留在靖春？」

邵芸一臉桀傲，「本姑娘想去哪兒就去哪兒，干你何事？」

翟千光道：「你不說也罷。待回到衙門，再好好對知縣大人交代吧。」眼神示意下，陳嚴二人便即搶上。

邵芸卻突然哭了起來：「我到底做了什麼？你們非得這樣欺侮一個弱女子？」

翟千光睨著她道：「你現在裝模作樣，是何用意？犯下二十九樁奪心案的兇犯不就是你嗎？否則你夤夜闖入民宅，攻擊此間主人，又是所為何來？」

邵芸泣道：「我不知你在說些什麼。我今夜前來，不過就是因為悶得慌，跟這兒的主人家開開玩笑。」

翟千光哼一聲：「我沒空聽廢話。陳兄，嚴兄，將兇嫌帶回去吧。」陳嚴二人架住邵芸，要將她押解；忽然間颼地一響，一條長長的黑索凌空而至，朝著陳嚴二人當頭劈來。兩人大駭，閃避之間便鬆了手。

「師妹，快抓住了！」一個聲音從頭頂傳來。眾人一抬頭，看見一個灰衣青年站在屋角，手中執著一條烏溜溜的長索。

邵芸立時抓住黑索，灰衣青年手臂一抽，將邵芸騰空提了起來、躍上屋角。

翟千光足尖在圍牆上一點，也躍上屋頂，朝兩人飛撲而去。灰衣青回身一揮手，忽地一陣撲天蓋地的黑霧直衝過來，黑壓壓一片，什麼也瞧不見。

翟千光被嗆得連連咳嗽，忙從懷中取出白瓷瓶，往前灑出一條水線。只見黑霧與瓶中露水一觸，漸漸煙消雲散。然而待看清眼前情景，邵芸與那灰衣青年早已不知去向。

翟千光躍下屋角，追出數里，仍未見兩人身影，只得長嘆一聲，回到馮家院內，對著陳嚴二人黯然搖了搖頭。

「噯！當真可惜之至！」回到縣衙後，葛培獻聽聞此事，大感扼腕，連連嘆息。

「大人也莫懊喪。兇嫌既已現身，至少咱們並非一無所獲。只要好好追查這女子與其共犯，逮捕歸案，或許便可阻止更多慘案。」翟千光道。

「這一男一女究竟是何來路？為何如此辣手，又是如何取人心而不留外傷？」康桐知縣薛懷說道，雙眉聚攏，滿臉憂色。

翟千光與奪心兇嫌當場交手之事，乃案情重大突破，故在靖春縣衙著人傳訊之後，康桐知縣薛懷、定豐知縣萬振霆即快馬加鞭，趕來靖春縣府共同商議。

萬振霆身上亦有幾點細小紫斑。他染疫已有月餘，對此案進展格外關切。

眾人均望向翟千光。在場僅有他來自修仙門派，如此虛玄之事，除他之外無人能解。

翟千光沉吟道：「伸手取心卻不留外傷，看來乃古老的穿牆取物之術，這兇嫌極有可能亦是出自修仙門派。江湖上承傳仙術的門派，多已式微；或是行事低調，甚少在江湖走動。近數十載以來，較為知名者，除我常樂門之外，僅有另一行蹤詭祕、曾為禍江湖的流派，但其門人也銷聲匿跡已久。莫非這邵芸乃此門派傳人？當前線索不足，仍難以論斷。」頓了頓又道：「此外還有個疑點。死者遭人取心之後，胸口皆留下一處凹洞，究竟是為何？其中古怪，在下尚未參透。」

他既未參透，餘人自更加參透不了。萬振霆嘆道：「本縣還道修仙門派若非濟世助人，就是隱居修練，不料竟有如此禍害世人者。」

翟千光道：「修仙門派中人，未成道前，亦是凡人。既是凡人，自然有善有惡。就如武林中所謂名門正派，也難保沒有危害人間的老鼠屎。」

葛培獻道：「此案能有所進展，當真要多謝翟老弟。若非你佈下此局，又如何能使兇嫌現跡？」

翟千光微微一笑，「也是林大人獻計在先，此乃眾人合力之果。」

一旁林逑聞言，拱手道：「不敢，不敢。還是翟公子出力最多。」

原來半月前縣衙下令尋訪眉心有桃花紫斑患者後，查出三縣縣境內有此狀者共有四十六人，故派出逾半的衙門捕快及自民間徵召的鏢局和義勇人力，貼身護衛，寸步不離。持續了十餘日，果真沒有兇案發生。

但這樣下去亦不是辦法，不僅絆住官府人力，於釐清案情更無助益。於是林逑提議，讓其中幾組捕快偽裝成乘隙偷懶，再由翟千光率多名好手在左近埋伏，看兇嫌是否會伺機出手。

只是三縣境內受護衛者多達四十六人，難以掌握兇嫌會在何處出沒、又會先對何人下手。翟千光於是掏出一把竹籤，在地上排了一卦，占出坤卦，遂鎖定西南方位靖春邊境的大潭、明祿二村。書吏再列出此二村內有桃花紫斑者名冊，將範圍縮小至八人。

接著調度十六名隨行護衛，不同組別每日輪流在深夜離開崗位；護衛隨即與翟千光會合，埋伏在側，守株待兔。如此試了四、五次，終於在馮秀偃那兒等到了疑犯。只可惜這次出手並未捕獲，若再重施故技，兇嫌定不會再上當。

葛培獻道：「明日本縣就下令，全縣搜索，定要將此二名兇人緝拿歸案！」薛懷、萬振霆也都附和，說要在各自縣內也同步搜索。

翟千光卻道：「對方形跡已露，很可能不會繼續在此三縣出沒。搜索固然必要，卻也須另循途徑。這點就交由小弟鑽研鑽研。」

葛培獻等都對他拱手致謝。散會後縣衙旋即著人繪製兇嫌畫像，頒令緝拿。

當晚翟千光回到行館，攬鏡一照，見日前被邵芸銀針劃破的傷口，已漸漸癒合。然而一條細細淺淺的紋路橫過左頰，還是成了俊貌玉面上的微小汙點。

常樂門的法術，雖可讓施於死者的傷重新癒合、不留痕跡；但於活人之身，卻是無能為力。照此情狀看來，這疤痕往後都得跟著他了。

他心下不快，哼了一聲，蓋起鏡子。

接著取出從赤嶺帶下來的竹簍，將裡頭十餘本書盡數攤開。其實所有在門內學的修仙法術、煉丹術、內丹外功等，他全都爛熟在胸，不須翻書；此趟下山攜帶的，多為各修仙流派之概述、沿革等紀錄，以及常樂門祖師遊歷天下時記載的見聞軼事，涵括極廣。

他受葛培獻之請下山調查紫皮症疫事，聽聞轉述後，估計背後或有熟習毒物或法術之流派作祟。只是此徵狀他亦未曾聽聞，故將文獻都帶上了，讓縣衙派去的大車運下來，或可對查案有所助益。

近幾日他夜夜挑燈翻書，就想從中找出任何可能相干的蛛絲馬跡。同時並絞盡腦汁，思索自小聽師父講故事，是否曾提到過相似的情狀事蹟。

當下翻到一本師父佟岳生前親書的《西南見聞錄》，乃佟岳年少時走訪邊關的遊記。其中一頁寫道：道展卅年初——亦即距今四十餘年前——在滇池一帶深山中，有一名喚「大石村」的聚落，村中民風淳樸，與世隔絕。但奇怪的是，村中居民個個身上泛著淡灰色斑點。佟岳詢問之下，得知此情狀發生不過三、五年；當時村中來了一陌生青年，自稱姓紀名高，行腳山中路經此處，盼寄宿幾日。

紀高來到村中後，不出兩日，村民身上開始出現異狀，紛紛冒出灰色斑點，染症者更有四肢虛脫等情事。眾人恐慌起來，立時便有人猜測紀高頗有古怪，否則怎會他一到大石村，村裡就發了怪病？

更有人稱，曾在夜裡撞見紀高鬼鬼祟祟地在井邊徘徊，八成就是他在井裡下了藥。

紀高對此指控嗤之以鼻，說道若村人不歡迎他，那便歸去，莫要繼續待在村中惹嫌。當晚他就收拾行囊，向村長告辭，披星戴月離開大石村。

然而大石村人心有不服，商議之下，決定派出三名壯年男子前去阻攔，非要紀高給個說法、拿出解藥。不料這三人竟一去不返。直到翌日清晨，村人才在山道上發現三具凍死的屍體。至於紀高，則是早已消失無蹤。

從此之後，大石村人既找不到紀高下落、不知其為何要下毒害人，對灰斑症狀更無法可解，只得日復一日，與此疫病共存。

翟千光讀完此篇章，即掩卷沉思。

（六）

數日後，翟千光獨自佇立在川魏河畔，遠望冰川，宛如入定一般。

紫皮疫情目前僅蔓延至川魏下游的靖春、康桐、定豐三縣。推斷或許是疫事爆發後，不久便即入冬，河川冰封，故暫未持續擴散至他縣。

他翻閱了《西南見聞錄》後，雖猜測紫皮症與數十年前大石村的灰斑症狀或許有所關聯，卻仍不知毒源。這陣子他細細研究從河岸帶回的紫草，也未有所獲。因此他只要一得空，便會再到川魏河邊，盼能尋到更多線索。

來來回回，仍無新的發現。他想起師父生前好友「冬楊夏梅」，早年常與佟岳偕同遊歷，交情甚篤，或曾聽佟岳談起大石村中之事。

冬楊、夏梅乃一對夫妻，性情古怪，不喜入世。冬季白楊凋零，夏季亦無梅花，因此二人總笑稱自己不合時宜。當年兩人在江湖闖蕩不過數年，便僻居混同江至今，少與人往來；佟岳則是夫妻倆少數仍保有交情之友人。冬楊夏梅雖不會仙術，但武功、本領皆相當高強，若能將兩人請出山，或可對案情有所助益。

於是翟千光從行囊掏出紙墨筆硯，在河岸襯著雪景寫起信來。

不出數日，送信的驛吏就兼程趕回，帶來冬楊夏梅的回信，信中說道確曾聽聞大石村事蹟。兩人得知川魏流域的紫皮疫事，就想趕來助翟千光一臂之力，或許會比驛吏晚到一、二日。

翟千光不禁大喜。但在靖春等了三日，一直等不到消息。正覺奇怪，到了第四日上，縣衙終於遣人來行館報：「翟公子，衙門有一位冬夫人來訪，說找的是公子您。」

翟千光跳了起來，立即趕往縣衙。抵達後一跨入內堂，便大吃一驚。但見頂著灰白頭髮的夏梅，顫巍巍地從椅子上站了起來。她身上血跡斑斑，腳步踉蹌，貌似剛與人經歷一番惡鬥。

翟千光忙搶上前，扶她坐下，說道：「冬嬸，你受了傷？發生了何事？冬叔呢？」

夏梅雙眼紅腫，目露悲憤，「千光，你冬叔給人害死了！」

翟千光驚道：「給人害死了？什麼時候的事？冬叔武功高強，怎會……」

夏梅泣道：「就在前日，我夫婦南下到了冀北，在一處客店歇息。我倆談論起此次受你所託、前來靖春之事，原想以我倆修習多年的『蚊鳴功』，不會有人聽見；卻不料坐在旮旯兒的一對青年男女竟聽見了，他們旋即起身，二話不說，就與老頭動上了手。

「咱只覺得這兩人莫名其妙，怎地如此不分青紅皂白？然而一轉念間，便猜到或許便是這瘟疫的始作俑者！唉，都是咱們太過大意，忘了你在信中提過那兩個兇人是熟習法術之人，不一會便落於下風，老頭兒當場便給……」

說到這兒，嗓音哽咽，再難自已。

聽夏梅描述，害死冬楊的那兩名兇人形貌，的確就是邵芸和那灰衣青年無誤。翟千光既悲且悔，道：「這都要怪小姪，貿然將兩位請出山，這才造成憾事。我……我實在對不起冬叔、冬嬸。」

夏梅按住他手臂道：「千光賢姪，這並不怪你。我夫婦倆與佟世兄是多年交情，雖然我倆偷懶避世多年，但聽聞賢姪為蒼生出力，於情於義，都應前來相助。只恨出師未捷……」說著連連搖頭，頻頻拭淚。

她畢竟在江湖打滾多年，雖然悲痛，卻仍自制而未崩潰。翟千光再行勸慰，細問下得知夏梅已將冬楊火化了，攜著骨灰罈來到靖春縣衙給翟千光報訊；欲待日後返還混同江，再行下葬。

翟千光遂吩咐衙役，也給夏梅在丹承行館備了間房。葛培獻早有交代，查案期間若翟千光有任何指示，都得照辦；當下衙役立即給夏梅騰出一間房來，並請來大夫為她照應傷勢。

翌日待夏梅精神好些了，翟千光才前去請教當年大石村之事。

「冬嬸，那兇人穿胸取心之手法，顯是修仙門派門人所為。而近數十年來，會在江湖濫殺無辜、橫行作孽的修仙者，就只有……」

夏梅接口道：「若我猜測沒錯，應與賢姪所言八九不離十。季孫植這個名號，你想必不陌生。」

翟千光軒眉道：「害死我師祖之人，小姪又怎麼會忘？這廝是當年名動江湖的惡煞，法力、武功皆臻化境，且辣手殘暴，死於他手下的生靈不計其數。莫非此次疫事竟與這季孫植有關？」

夏梅道：「你師父當年行經大石村後，不出三年，季孫植便在江湖上崛起。他一對銅鈴般的大眼、額骨突出、下頦一顆黑痣，如此特異形貌，與大石村民所述之紀高長相，盡皆符合。加之一出手就害慘無數之人的行事作風，與紀高所為亦頗為相似，故你師父便猜測，季孫植就是紀高。」

「原來如此，」翟千光沉吟道，「莫非這紫皮症疫情，亦是季孫植的傳人作怪？這邵芸竟是季孫植的徒子徒孫？」

「那倒未必。當年季孫植與你師祖上元散人一番惡鬥後，你師祖不幸離世。季孫植亦奄奄一息、元氣大傷，怕也活不了多久了，卻揚言自己雖未授徒，但一身的本事，早已一一書寫下來，必將流於後世，從此便銷聲匿跡。倘若季孫植在那之後便已死去，或許是有人無意間得到其著作，因而習得邪法。」

「師父在世時曾尋訪此人多年，想確定他是否真的死了；倘若未死，便須殺他為師祖報仇，兼且為民除害。同時也欲尋訪季孫植流於後世之著作，以免邪術再現江湖，害人無數。」翟千光幽幽一嘆，「可惜尋訪未果，師父便已含恨而終。」

「我卻以為，季孫植應早就死了，否則以這人性子，不可能過了這許多年都毫無聲息。」

「倘若兇犯是依季孫植之書在川魏河下毒，那麼對方的來路，可就不易推測了。欲撲滅此疫情，若非奪得季孫植著作，便是將這二名兇犯擒來，逼他們吐出解藥。」

當下向夏梅問清遇上那兩名兇犯之地點及其去向，翟千光便即動身。夏梅欲隨行，翟千光卻說她身上帶傷，要她待在行館先行休養，待痊可後再協力緝拿兇犯。

翟千光駕著白馬，一路朝冀北疾馳。

他雖能以占卦卜出目標方位，卻只能得出大概。當時與縣衙聯手埋伏緝兇，之所以能快速鎖定可能被兇犯盯上之人，是因縣衙早已掌握染疫者名冊。這回他只能根據夏梅所述，以及卜出的約略方向，四處追蹤。

行了半日，停在一座茶棚裡歇息。喝了茶後準備上路，卻聽見遠處有蹄聲蹉蹉而來。回頭一望，見到策馬奔來之人身著捕快服飾；再近一些，便認出是趙赫。

但見趙赫在茶棚旁勒馬躍下，對著翟千光喜道：「翟公子，我終於趕上你啦！」

翟千光一怔，這才想起自己全然忘了要帶上他。

趙赫又道：「翟公子，你別嫌我礙事，葛大人的吩咐，小的不得不從。」

翟千光只得道：「那可有勞趙兄了。」

趙赫連連搖手，「不，不，能當這份差，為黎民百姓略盡綿薄，我自是欣然從命。」

翟千光微微頷首，心中卻在盤算，後續怎生找個時機擺脫了他。

三

窮凶極惡桃花顯

（一）

冀北荒郊，放眼皆覆蓋著一層厚厚的積雪。雲炤悄立一堆亂石上，心不在焉地眺望著遠山，踩著短靴的纖足撥弄著自緗色衣角抖落的細雪。一旁杜孟恆看得氣悶了，忍不住問道：「師妹，你不忙著趕路，這是在想些什麼？」

雲炤卻恍若未聞，待杜孟恆又喚了一聲：「師妹……」她才悠悠地開口，說道：「十五哥，你可還記得，當年我被我爹關在雲家大宅裡，是你親自來接我出去，帶我上山拜師的嗎？」

杜孟恆笑道：「我自然記得。怎地忽提起此事？」

雲炤不答他，自顧說道：「那麼，離開崤山的前一晚，我睡不著，跑去敲你的房門。那時你對我說了什麼，你還記得嗎？」

杜孟恆一怔，道：「你滿臉淚痕，說你作了惡夢，又嚇得發抖，說你自幼遭人踐踏，害怕下山以後又會被惡人欺侮。我告訴你不必害怕，有我伴你行走江湖，若有惡人來欺你，我便擋在你身前；你想做什麼，我都會傾盡所能，助你前行。」

雲炤輕輕一笑，道：「十五哥，你始終對我最好。那日若不是你出手相救，我早已落入那姓翟的小子手裡，只怕是九死一生了。」頓了頓，又恨恨地道：「說起這人我就生氣。咱們這一路好不容易走到現在，給他這一攪，全都搞砸了。」

杜孟恆道：「幸好那時我人就在宅子外，方能及時出手，加上『漫天黑雪』僥倖攻他個措手不及，否則這翟千光本領如此高強，若再拖得一時半刻，後果不堪設想……」

他話未說完，雲炤忽沉著臉打斷：「你既知翟千光本領高強，那麼方才我要殺他的幫手，你又何以阻攔？」

杜孟恆不禁愕然，道：「莫非你這許久都不說話，竟是在生我的氣？」

雲炤哼一聲，當作是默認。杜孟恆又道：「師妹，那對老夫婦雖與我倆作對，卻未必是惡人。咱們身為靈藏門人，總是避免濫殺無辜為好。唉，我適才來不及阻你殺那老者，總不成連對那老婦也見死不救……」

雲炤怒道：「怎會是濫殺無辜？翟千光是敵人，他的幫手自然也是敵人。既是敵人，又怎會是無辜？今日我不殺他們，他日死的就會是我們！」

「話不能這麼說。他們不過是受官府之託調查命案，並不知背後原委……」

「十五哥，你適才說過什麼來著？」雲炤再次打斷他，頓足道：「你說會傾盡所能助我，可現下卻又反悔了？你不知道，許多時候，我若不先下手，最後吃虧的便是自己。我自小受人欺侮，對這個道理最是清楚不過。你不來助我，還阻我殺人，那不是要眼睜睜看我被害嗎？自我離開家裡，除了師父以外，身邊最信任的人便是你，可你卻如此待我……」她越說越氣，雙頰漲紅，眼中也湧了淚。

杜孟恆見她這樣，頓時慌了，連忙安撫道：「不，師妹，我說過的話從未反悔。我是為了你好……唉，罷了，是我不對，你別哭了，好不好？」

他不斷柔聲勸慰，心中卻是犯急。那日馮家宅院夜鬥，他倆在翟千光面前露了行跡，隨後便撤離在靖春的藏身之所，快馬加鞭往冀北而去，就怕被翟千光追上。此人武功、法力皆莫測高深，兩人實非敵手。直到次日方下馬至一處客店歇腳，不料在店中遇上一對自東北方而來的老夫婦，談話時不斷提及「千光賢姪」、「紫皮疫病」這些詞兒，雲杜二人頓時察覺不妙。

雲娼當下便霍地起身，與老夫婦動上了手。夫婦倆武功深厚，卻不及雲娼「隔空取物」法術之神出鬼沒、攻其不備。她人不必移動，僅須一探手，立時便制住那老者頸間要穴，接著連點數指，虧得那老者反應靈敏，並未一招致命，還差點便攫住雲娼的手指。此時雲娼另一手拈起髮簪，再以「隔空取物」刺向老者咽喉，瞬即鮮血狂湧。老者瞪大雙眼，發出幾聲嘶啞喉音，接著便緩緩委頓在地，魂歸西天。

雲娼待要再向老婦出手，卻被杜孟恆及時阻擋，言道莫要無故殺傷人命，使出「舉重若輕」法術，強行將雲娼帶離客店，上馬離去。

此後一路上雲娼皆不與杜孟恆搭話，行出數里後便說要下馬歇息，接著便獨自遠眺風景，對杜孟恆不理不睬了。

杜孟恆與雲娼相識多年，知道一時難以說服她，當下也不繼續爭辯，只嘆了口氣，從懷中掏出一只木盒，揭開盒蓋，裡頭是幾顆龍眼大小、黑沉沉的藥丸。他將木盒遞到雲娼面前，溫言道：「方才在客店一亂，都沒吃到東西吧？先吃點兒，補補精神。」

他如此柔聲關懷，使得雲娼發洩在他身上的怒氣像是對著棉花打拳一般，無從著力。雲娼睨睨他，雖仍自著惱，卻也沒勁了，故哼一聲，拿起一顆黑丸送入嘴裡。

這些黑丸是兩人一同調製出的「補氣糧丸」，旅途中若遇緊急、需兼程趕路，此丸便可取代糧食、填飽肚子，十分便利。

杜孟恆也自行服了一顆糧丸，沉吟道：「眼下是無法再回靖春的了，你說下一步該往何處？」

雲炤恨恨地道：「這翟千光當真礙事，壞了咱們的計畫。」琢磨半晌，頹然一嘆，「不論到哪兒下手，只要紫皮疫病傳開來，遲早還是會讓他得知咱們的蹤跡。十五哥……你說這修仙之路，怎麼就這麼難？」

「要是修仙容易，那人人都能成仙了。」

「對於修仙之道，師父始終說得不明白。好不容易拿到了這本《季孫神丹》，裡頭寫得清清楚楚：只要咱們煉成了『飛天夢魂散』，服下後即可成仙。咱們都走到了這一步，斷不能半途而廢。」

杜孟恆卻是若有所思，問道：「師妹，咱們還需要多少顆心？」

「現在已有二十九，尚需七十九顆，」雲炤輕輕一嘆，「還差得遠呢！」

「七十九……」杜孟恆喃喃道，「那還得手沾多少鮮血啊……」

「十五哥，我不是早說過了，你也不須太過意不去。給咱們取了心來的，都是一些不慈不孝、不仁不義，或奸險邪惡之輩。這樣的人，活著也是多餘，不如用來助咱們修仙成道呢。」

杜孟恆搖搖頭道：「我不過說說罷了。只是有時難免覺著我倆所作所為，與師父所教似乎有些背道而馳。」

「怎會背道而馳？」雲炤面露不快，「師父教我們的，不外是行善濟世、鏟奸除惡。雖靈藏派門規禁止濫殺無辜，但我倆並未濫殺，而是替世間剪除惡人，有何不妥？」

「但這書總是來自藏書樓的禁書櫃。既被師父列為禁書，必有其道理……」

「雖是禁書，也還是師父的藏書。倘若這位季孫前輩真是什麼邪魔外道，師父又有何理由收藏他的著作？依我推測啊，或許師父早年與季孫前輩是好友；又或許因為師父欣賞季孫前輩的才能。之所以列為禁書，只是怕咱們火候未到，習之有害自身罷了，未必是與本派宗旨背道而馳。否則師父怎不銷毀此書，還如此慎重地藏放於禁書櫃中？」

杜孟恆亦不知師父將《季孫神丹》藏於禁書櫃的緣由，聽她這麼一說，只得嘆道：「好吧，就算你說得有理。只是我心底總還是有些不太踏實。且不說別的，光是私取禁書這事，就已觸犯門規。」

雲炤扁嘴道：「這禁書又不是咱們去盜的，追根究柢，也不應算在咱們頭上。」

「但畢竟還是從三師兄身上取來的。沒想到三師兄……」

一聽他提及喻閎澈，雲炤臉色旋即一沉：「莫要再提及這混帳王八蛋。」

「好，好，咱們不提他。」杜孟恆忙換了話鋒：「說來咱們離開好學觀也已一年餘了，可不知師父出關了沒有。」

「是啊，師父當時身子似乎不大好，教人很是掛念……」

「……私盜禁書、戕害同門，你們還有把師父放心上嗎？」猝然之間，一個陰惻惻的聲音在兩人背後響起。

發聲之人何時無聲無息接近，兩人竟渾然未覺；當下都大吃一驚，跳了起來。回頭一望，但見斜陽映照出一張瘦長面容，長眉下垂，唇角下勾，一派淒厲愁苦的模樣，竟是靈藏派二師兄王珵。

王珵背後站著三人，分別是四師兄言駿崧、五師兄駱平濤，以及八師兄周謹。四人神情肅穆，立在那兒一動也不動，直勾勾瞪著雲杜二人。

（二）

杜孟恆訝然道：「諸位師兄也下山來啦？居然會在此相見！」頓了頓，「不過……二師兄方才提到什麼戕害同門？此話從何說起？」

一旁雲媌卻是咬著下唇，圓圓的杏眼中罩著一層陰影，目光中滿是警戒。

王珵兩道冷電似的目光朝她一掃，道：「小師妹，你說呢？」

雲媌一向對這相貌陰森、又不苟言笑的二師兄有幾分畏懼，當下不自禁地後退一步，擠出笑容道：「小妹不知道二師兄在說什麼。莫非有哪位師兄出了什麼事？」

王珵冷笑道：「你再演，就演不像了。你倒是據實回答，三師弟是不是你害死的？」

杜孟恆一聽，頓時大驚失色，「三師兄……三師兄死了？」

周謹在後頭嘿嘿一笑，「十五弟，少在那兒裝腔作勢。你敢說此事與你無關？一年前你們倆向大師兄報告要下山雲遊，結果前腳剛走，後腳三師兄就被咱們發現死在自個兒房中。」

杜孟恆慌忙道：「不，不，三師兄怎麼會死？這件事又怎麼會與我倆有關？我今日才是首次聽聞……好學觀上究竟發生了何事？」

言駿崧與王珵對望一眼，方道：「三師兄咬斷了舌頭，又留下血書，說曾私自犯下過錯，愧對歷代祖師，故自尋了斷。我們原難以想像，三師兄竟會突然尋短，然而血書上的字跡的確像是他的；並且好學觀四周都佈了陣，我師兄弟也不致無用到有敵人潛入而渾然不知，因此只能這麼信了。但咱們可萬萬沒有想到，兇手居然會是同門手足！」

杜孟恆吃驚道：「師妹不過曾經藉機……藉機取走三師兄私盜的禁書罷了。我倆確實違背門規，私閱禁書，此事願領責罰。不過，決計不可能傷及三師兄性命！還請師兄們明察。」

王珵睨了雲炤一眼，道：「此話是你倆串通好的說詞？」

杜孟恆急道：「確是如此，二師兄，師妹萬萬不可能殺害同門師兄，或許……或許三師兄確實是因盜閱禁書，而愧疚自戕？」

王珵卻哈哈大笑：「因盜閱禁書而自戕？十五弟，這樣的理由，你自己信嗎？」

杜孟恆道：「那麼……或許三師兄另有原由？總而言之，決不是我們……」

王珵卻打斷他道：「四師弟，你倒是說說，咱們近來有何發現。」

言駿崧應諾，說道：「數月以來，外頭傳得最沸沸揚揚的，就是川魏一帶的紫皮疫事，無藥可解，人人自危。直到這幾日又有新的消息，說因疫而亡的死者，雖無外傷，心卻不翼而飛，並且兇嫌是一對青年男女。聽坊間描述的兇嫌年齡形貌，很像你們二人。」

雲炤一直默不作聲，此時方笑道：「天下青年男女如斯眾多，我倆的外貌生得也不如何特別，怎麼說就是我和十五哥了？」

王珵冷冷地道：「數十年來甚少有修仙者在江湖行走事蹟，因此咱們一聽如此奇事，自然會想到我靈藏派。既如此懷疑，便想去察看三師弟屍身。我靈藏派往生的門人，往往施以法術，葬在山中，使屍身不腐。我們將三師弟從棺中請了出來，剖開心口。你猜怎麼著？胸腔裡沒有心……」

話聲未歇，猛然一陣黑色濃霧在雲炤面前爆開，並迅速擴散，將在場六人團團圍住。

原來雲炤方才趁著王珵說話之時，悄悄將她與杜孟恆依《季孫神丹》煉製的「漫天黑雪」扣在手中，欲乘其不備，伺機遁逃。

但王珵等四人卻未因此嗆咳退避，而是以迅雷不及掩耳之速散開，各據東南西北一角，將雲炤和杜孟恆圍在其中。四人抽出長劍，結成一圈劍陣，長劍朝中心一挺，迸出一道刺眼白光。

雲炤攜了杜孟恆的手，本想穿越黑霧逃跑，卻沒想到在王珵等人結陣之下，竟像是築了一圈銅牆鐵壁，一邁步即給彈了回來。她又試圖往王珵與言駿崧之間的空隙鑽出去，卻陡然聽見「啪搭」一響，手臂隨之劇痛，不由痛哼出聲。正惶惑間，黑霧便已散逸無蹤。

她心中驚怒：「這陣法是什麼功夫法術？師父怎沒教過我？」只覺整條左臂軟弱無力，臂骨竟已被王珵以劍背打斷。

王珵冷冷地道：「你一定在想，這是什麼法術？嘿，本派功夫博大精深，你卻不耐漫長的刻苦勤學，淨從禁書學這些旁門左道。你們鬧出的紫皮症疫事，想必就是出自那本禁書吧？」

雲炤道：「雖是禁書，總是師父所藏，又怎會是旁門左道？」

王珵森然道：「你少與我抬槓。吾等今日前來尋你倆，並非為了爭論禁書究竟是不是旁門左道。小師妹，十五弟，你們犯下滔天大禍，殘害手足，又屠殺生靈。不須等師父出關，我今日就能清理門戶！」

雲炤忍住疼痛，往前跨了一步，站到杜孟恆面前，黯然道：「二師兄，三師兄是我一人所殺。此事連十五哥都蒙在鼓裡，他的的確確毫不知情。師兄們殺小妹一人就好，放了十五哥吧。」

杜孟恆錯愕至極，瞅著她道：「師妹，你……」

王珵嘿嘿一笑：「小師妹，你可終於認了。殺害同門，你固然得抵命，可十五弟觸犯門規、與你聯手禍害人間，仍然得隨咱們回好學觀，受戒律處置。」說著劍尖一抬，指向雲炤前額。

杜孟恆忙將雲炤拉至身後，道：「二師兄，三師兄之事，當中想必有誤會。不如我倆先隨師兄回山，待師父出關之後，再依他老人家指示，不論要怎麼責罰咱們，一律誠心領受。」他心想師父也許還要好一陣子才出關，若能拖延到那時，或許還有機會讓雲炤逃亡；又或者師父心軟，會放她一條生路。

王珵的眉毛嘴角更加下垂了，「你別想替她開脫。靈藏派門規戒律寫得明明白白：戕害同門者死。這次下山前，代掌門戶的大師兄也早已下令，若證實你倆罪行，即可就地格殺。」

杜孟恆道：「二師兄，你且聽我說，我們傷的人絕對都是罪有應得……」

言駿崧道：「是不是罪有應得，難道是你們說了算？」

王珵卻已懶得多言，一腿掃出，踢中杜孟恆踝骨，使他一陣踉蹌，差點摔跌；王珵手中長劍同時往前一送，直往雲炤胸前搗去。杜孟恆驚呼一聲，想要出手阻攔，但王珵劍法實在太快，眼看長劍就要將穿胸而過——

驀然間刷啦一陣聲響，眾人上方壓頂飛來一片大雁般的黑影，將雲炤凌空拎起，閃過王珵長劍，並在空中一陣翻滾，降落至後方兩丈之處。

兔起鶻落這兩下，教眾人驚駭不已。回頭一望，赫見一名面如冠玉的華服公子，手按著雲炤後頸，看來已制住她的要穴，使她無法動彈。

杜孟恆脫口道：「翟千光！快放開我師……」話說到一半，忽想到翟千光就算放了雲炤，她也難逃眾師兄之手，不論落到誰的手裡，恐怕左右都是死，不禁心焦如焚。

王珵等人都凝劍而立。王珵道：「閣下何人？為何插手我門戶之事？」

翟千光道：「在下常樂門翟千光，受靖春縣衙之託調查紫皮疫事，並捉拿犯下二十九樁命案之兇嫌。在下不知貴派門內有何糾紛，然而在此兇人交出紫皮症解藥前，恕在下不能讓諸位傷她性命。」

王珵眼中光芒越趨乖戾，道：「雲炤殺害同門師兄，須斬殺伏法。至於那紫皮疫事，吾等也已聽聞，兇嫌雲炤、杜孟恆二人出自本派，吾等均感慚愧。既然此毒出自本派藏書，若殺了雲炤，當仍有方法調配解藥，閣下不須擔心。」

翟千光睨了身旁的雲炤一眼，心忖：「邵芸這個名字，果然是假的。」

雲炤卻淡淡一笑，道：「那本書早就被我撕毀、燒成灰了。書中內容我已爛熟於胸，殺了我，世上就沒人知道解藥處方。」

杜孟恆忙道：「對，對，那本書就師妹讀得最熟，連我都不記得解藥處方。要是殺了她，紫皮疫症就會從此無解。」

王珵哼一聲：「你倆信口胡謅，就要人相信？五師弟，去搜搜他們的行囊。」

駱平濤應諾，收起長劍，走近雲杜二人騎的馬匹旁，在兩人行囊中細細翻找。搜索了好一會兒，最後搖頭道：「沒見到書。」

周謹接著搜杜孟恆身上，也無所獲。剩下雲炤身上，但她是女子，在場男子均不便搜身。王珵朝駱平濤使個眼色，駱平濤即從懷中掏出一塊磁石，雲炤認出那是好學觀藏書樓中的「鎮書之寶」。但見他將磁石往雲炤跟前一拋，在地上轉動片刻，便戛然而止。駱平濤不知從中看出什麼端倪，說道：「也不在師妹身上。」

雲娟笑道：「我就說吧，二師兄偏不相信。」

翟千光道：「既然如此，那就要請姑娘隨我回靖春一趟了。」提著雲娟後領，舉步離開。

「且慢！」王珵飛身而起，長劍朝著翟千光背後刺來。翟千光也不回頭，往前急躍，如滑行一般，速度比王珵的快劍更快，避開了劍招。繼而像一陣風似地飄然而去。

王珵、言駿崧立即拔足追去；駱平濤和周謹則留在原地，看顧杜孟恆，以防他遁逃。候了一時，才看見遠方兩個人影接近，王珵和言駿崧折轉回來，對著餘人無奈搖頭。那翟千光腳程太快，兩人全然追趕不上。眾人對於翟千光之能，都是咋舌不已。

（三）

翟千光點了雲娟要穴，擒著她往東接連奔出數里。雲娟被王珵打斷的手臂疼痛不已，不斷發出微弱呻吟。翟千光卻不予理會，一路來到冀北一處偏僻街道旁，才停下腳步。

「翟公子、翟公子……」一個急促的聲音伴著馬蹄聲逐漸接近，定睛一看，是趙赫正騎著馬，手上還牽著另一匹通體雪亮的白馬，並騎奔了過來。

翟千光揚聲道：「趙兄，在這兒。」

趙赫遠遠看見了，揮手應和，直奔到翟千光身邊停下，一見雲娟，一怔之下，旋即喜道：「不愧是翟公子，一出馬，兇犯便手到擒來！」

翟千光淡淡一笑，「速速回衙門交差去吧。」

趙赫歡歡喜喜地應了，牽過翟千光的白馬來。

方才翟千光與趙赫策馬往西窮追，卻不知雲杜二人所行之確切方位；翟千光正凝神尋思，忽覺心口一緊，驚慌和恐懼一波波襲來。

趙赫察覺他神色有異，問道：「翟公子，你怎麼了？」

翟千光道一躍下馬，道：「趙兄，我去追人，不能騎馬，以免打草驚蛇。這馬請你替我看著。」不等趙赫回應，如閃電一般絕塵而去。

趙赫愣得下巴闔不攏。此人如此健步如飛，還要騎馬幹什麼？

原來翟千光是感知到雲炤和杜孟恆的緊張心緒。兩人面對王珵等人追殺，心知難逃，故而驚怖喪志。

非到緊要時刻，翟千光不會輕易使出此「一步登天」法術。此法一瞬即可奔出半里，在對敵時十分有用，然而極耗真氣，因此若是長途之行，便不宜使用此術。

當下他雖不知感受到的恐慌來自何人，但其絕望之情迫切異常，因此他二話不說立即「一步登天」趕去。接近時正好見到王珵等人圍住雲炤和杜孟恆，王珵挺劍要殺雲炤，翟千光旋即出手相救。

當下翟千光架起雲炤，將她扶上馬背。這一震盪，雲炤手臂又疼痛入髓，慘呼起來：「你……你……你就不能輕點兒嗎？」

翟千光跨上馬，坐在她後頭，策馬緩緩前行，果真放慢了速度。

雲炤正意外他會顧及她感受，翟千光便即說道：「你若這樣一路大呼小叫，我的耳朵可要疼死。」

嗎？」

雲貂哼一聲，「你要想我閉嘴，何不好人做到底，替我……替我接上斷骨？」

翟千光冷笑道：「你是殺人兇手，還要我費工夫替你接骨？你在殺人之時，可有想過他們的苦痛嗎？」

「你……你不懂……」雲貂疼得閉起了雙目，「我做的這些，都是在為民除害。」

翟千光劍眉一軒，「怎麼個為民除害法？」

雲貂氣若游絲，道：「我才不告訴你。除非……除非你替我接骨。」

翟千光卻不理她了。並騎在旁的趙赫插口道：「你這毒婦，殘害無數人命，沒立刻一刀將你殺了、就地伏法，已是便宜了你，還妄想翟公子幫你接骨？如此罪大惡極之人，死前就該多受點苦楚。」

雲貂冷冷地道：「你一個小小衙門捕快，又懂得什麼？」

趙赫惱道：「哼，死到臨頭還想逞口舌之快。翟公子，我看不如把她四肢都打斷了，替那些無辜生靈出口惡氣！」

翟千光淡淡說道：「就算粉碎她全身骨骼，也換不回那些人的性命。」

雲貂已疼得說不出話，遂閉上了眼睛，沒再回應。

一旁趙赫因翟千光捉到兇手而振奮不已，一個勁兒地滔滔不絕，一會兒大讚翟千光神通廣大，一會兒痛罵雲貂惡毒，理應千刀萬剮、斬首示眾。往前行了一忽兒，翟千光卻忽地勒馬，道：「趙兄，且稍停片刻。」

「怎麼？」趙赫勒馬回頭，卻見翟千光已下了馬，輕輕將雲貂抱到路邊，捋起她衣袖查看斷骨。

趙赫訝然叫道：「翟公子，你……你真要替她接骨？你怎能對此毒婦心軟？」

翟千光見雲炤俏臉煞白，左手歪曲，斷骨處帶有些許暗青色，便道：「你師兄下了什麼毒，你知道嗎？」

雲炤詫道：「我師兄下了毒？怎麼下的？」

翟千光道：「我猜想，興許是劍上餵了特殊毒藥，即使並未劃破皮肉，此毒仍可透膚而入。」從懷中取出一瓷瓶，倒出一顆黃色藥丸塞在雲炤口中，「這是我常樂門的解毒聖藥，不論你身中何毒，應都可暫且制住。」

雲炤本不想吞他來歷不明的藥物，但翟千光指尖一送，她還來不及抵擋，藥丸就立刻滾入喉中。

翟千光接著起身，折下道旁樹枝，並將雲炤斷骨扶正；猶豫片刻後，微微皺眉，撕下自己衣角，以樹枝固定住斷骨，再以布片悉心綁縛。

接骨之時，雲炤幾乎要痛暈過去；然而她咬牙隱忍，拚命維持神智清醒，吃力說道：「你……你……是在……心疼……你的……衣裳嗎？」

他身上是銀絲蒼青錦袍，內裡的絲綢也是光潔柔軟，看來相當名貴。他為了固定雲炤斷骨，不得已須損毀衣襬，肉痛的模樣都被雲炤看在眼裡。

翟千光哼一聲，並不答話。替雲炤接好骨後，便又抱她上馬，繼續趕路。

趙赫仍自顧嗟嘆連連：「唉，唉，怎就不毒死了她、痛死了她……」

翟千光道：「眼下不知此毒如何，倘若弄死了她，受紫皮症所苦的黎民便無藥可救了。」

趙赫卻心中嘀咕：「那也不須替她接骨吧！」

雲炤給餵了解毒藥丸，又固定了斷骨，痛苦和難受登時減輕許多。她心中駭異：「這姓翟的還真有兩下子。」一時竟有點感激。

痛楚既消，她精神便清明起來，偎在翟千光身前，方始聞到他身上淡雅宜人的幽香，想來他連配香都十分講究。她忽感一絲羞怯，定了定神才道：「你一個男人，這麼愛美，多沒有男子氣概。」

「不須你多管。那日你劃傷我的臉，這筆帳我可還沒跟你算。」

雲炤一愣，他若不提，她還真全然不記得這種小事。定睛一瞧，才看出他左顴上有一條極淡極細的傷痕。

她忍俊不禁，道：「你竟然就對我記恨這種事？」越笑越是上氣不接下氣，還得小心不碰到傷臂，「你這般……愛惜容貌，和一個大姑娘有什麼兩樣？」

翟千光卻沒再搭理她。雲炤支撐了片刻，只覺疲憊至極，幾度欲昏昏睡去，只得用右手掐著自己大腿，強自提起精神，心中拚命轉了無數念頭，忖度著該如何逃脫這危機四伏的處境，卻是一籌莫展。

（四）

抵達靖春縣衙時，夜色濃重，黑幽幽地像要壓頂而來。翟千光吩咐獄卒，將雲炤關押至衙內牢房，待隔日議處。

牢內陰森森地，還略聞腐朽汙穢之氣。雲炤不由得皺起了鼻子，瑟縮在牢房一角，就怕黑暗中瞧不清，沾染到什麼噁心物事。

守夜的獄卒兀自站崗，沒人來搭理她，牢裡靜得令人發慌。

雲炤伸出未受傷的右手，悄悄往半空中一抓。指尖方探出，頓時覺得像碰到了一堵牆似地，怎樣都伸不出去。

她暗罵一聲。這翟千光果然料到她會意圖以法術脫逃，早在牢內佈了陣，使她無法隔空竊取獄卒身上的鑰匙。無奈之下，只得靠著石牆坐下，幽幽嘆了一聲。折騰了大半天，也覺困乏，心知翟千光為了解藥，不會急著殺她，遂閉上雙目打起盹來。

一路睡到黎明，陽光自天窗瀉入，她才悠悠醒轉。一睜開眼，便感覺到一對幽光，正冷電似地朝自己射來。她嚇一跳，定神一看，翟千光不知何時已站在牢房外，正目光灼灼地瞅她；輪廓深峻的瓷白臉龐映著晨光，彷彿也在閃閃發亮。他今日穿一襲黑貂裘袍，腰配潤玉珠穗，瑩然生光。黑衣相襯之下，更顯膚白勝雪，眉眼深邃。

「你幹什麼？想嚇死人呀？」她沒好氣地道。

「還沒吃早飯？」

翟千光這麼一說，雲炤才垂眼瞧見她的第一頓牢飯已送到門口了。小碟中盛著一顆白饅頭，另還有一碗清湯、一碟醃菜。

她啐道：「這麼寒磣。」但肚子也確實餓得很了，於是盤腿坐下，大口吃了起來。

翟千光見狀，也撩起衣襬，在牢門外正對著雲炤席地而坐。

「你一直看著人家吃飯幹嘛呀？」雲炤滿口食物，口齒不清地惱道。

「你姓雲？叫雲炤？我聽你師兄這樣叫你。」

雲炤哼一聲，不置可否。

「你的傷好些了麼？」翟千光又問。

「竟還會關心我的傷？你安的是什麼心？」

「吃完，待我替你看看。我得摸清楚你中的是什麼毒。」

「原來只是怕我毒發身亡，就沒人給你解藥。」

翟千光卻道：「我既受了縣衙之託，即便你明日就要被斬首，今日我也得看顧你周全。」

雲炤一嗤，「你們這些人，淨做些沒用的事兒。」

待雲炤將盤中食物吃乾抹淨，翟千光便要她將左臂自鐵桿縫中伸出，查看傷勢。他修長的手指與雲炤手臂肌膚一觸，她不禁身子微微一顫。

翟千光仍專注地低頭檢視她的傷，「青色幾已消退無蹤，看來不是什麼致命毒藥，應僅用以使敵人一時虛脫無力罷了。你再服幾粒解毒藥丸，便無大礙。至於臂傷，只要好好休養，亦可不日而癒。」

雲炤小心翼翼地抽回手臂，道：「我傷好了又有何用？你轉眼不就要將我殺了。」

翟千光淡淡一笑，「你若肯好好配合，調配紫皮症解藥，我或可請葛大人放你一條生路。」

雲炤冷笑道：「你不必說這種話哄我。我若真調出解藥，便再也毫無用處，自然就會給你們殺了抵命。」

「若你答應給解藥，葛大人便會當眾承諾饒你性命。大丈夫一言既出，駟馬難追，必不會反悔。」

「嘿，這什麼葛大人算哪根蔥？我怕他？」雲炤口上輕蔑，實則心知肚明，區區一個知縣固然沒什麼好怕；但有眼前這武功、法力皆比她強了不知多少倍的翟千光作梗，她的性命便與落在靖春縣衙手中無異。

翟千光知道她在想什麼，遂道：「我替靖春縣衙做事，葛大人若說不殺你，我自然也就不會傷你性命。」

「你雖不傷我性命，卻要斷我雙手雙腿、割我舌頭、把我弄得半死不活，那我又為何要答應？不如趁早咬舌自盡乾脆。」

她心知自己害了這麼多人，若連活罪都能免，委實說不過去。翟千光冷冷地道：「我雖說不準葛大人打算怎樣治你，但你若不肯配解藥，就別怪我刑求威逼。你要是想死，也沒那麼容易。我自有辦法讓你求生不得，求死不能。」

雲炤怒道：「那你就試試看好了，我還怕了你不成？」轉過身面對牆角，不再搭理他。

翟千光也不與她糾纏，起身道：「你且好好想想吧。」飄然出了地牢。

隔天翟千光再來，仍如昨日一般盤腿坐在牢房外與她說話，勸她調配解藥，並探問她為何要殺傷人命。雲炤打定主意不理不睬，自顧面壁打坐。

翟千光無奈一嘆，只得換了話鋒：「雲姑娘，有一事我想不明白。那些死者身無外傷，顯然是遭你『隔牆取物』之類的法門奪走了心。然而何以遭你奪心之人，胸口都會有個凹洞？」

雲炤這才終於有了反應，霍地回頭，說道：「我不知道。在我取心之時，並未留下像余婆婆身上那樣的凹洞。」

那日余氏身亡，她首次見到翟千光，聽他之言檢視余氏胸口，發現了那凹洞。自此之後，她心中時時感到不安，反覆思量著莫非是自己的「穿牆取物」之術，出了什麼差錯？此時聽翟千光一問，也亟欲了解緣由。

翟千光見她神情，不似作偽，尋思：「她看來真不知道。那究竟為何會留下這樣的痕跡？」一時不得其解，便將此事暫擱一旁，又提解藥之事。

雲炤聞言冷哼一聲，「不給就是不給，你不須白費唇舌了。」

「你要是真明白修仙之道，或許就會願意依我所言。」

雲炤聞言，忍不住好奇道：「你怎知道我是為了修仙？」

翟千光道：「我也是修仙門派出身。天下修仙法門雖然眾多，但途徑不外內丹、外丹、法術、修行等等，故一看便知。」頓了頓又道：「據我所知，靈藏派乃是承傳已久的名門正派，其門人雖然向來隱居修練、少現蹤跡，卻決不致以此旁門左道來修仙。你師兄妹倆殺人奪心，想必並非貴派修仙正道；你二人遭同門師兄追殺，原因八成與此事有關，我說得沒錯吧？」

他從王琞手中救出雲炤前，聽其提及靈藏派的名號，當下便留上了心；再將此與當下情勢、以及雲杜二人行兇之舉一對照，便猜出了大概。

雲炤不置可否，只道：「這又與你何干？」

「你與你師兄據以修練的旁門法術，若我推測沒錯，是來自當年江湖中赫赫有名的邪煞。此人複姓季孫，單名植，是不是？」

雲炤驚道：「你怎知……」

翟千光不答她，續道：「季孫植一度為禍江湖，害人無數。你習其惡法，只怕修仙之願，不易成真。」

雲炤惱道：「你胡說八道，天花亂墜，就是要我放棄奪取人心。我才不上你當。」

「季孫植打從四十年前便已從江湖上銷聲匿跡，並未聽聞他有傳人。你們是如何得到其修仙法門的？」

「我為何要告訴你？」

「那麼你們從季孫植學到的修仙法門是如何？殺人取心，想必是為了煉製丹藥；卻何以要弄出這紫皮疫病？」

雲炤不答，只瞪了他一眼。

翟千光只得嘆氣，道：「不論如何，修仙成道，最腳踏實地的法門乃是行善補過。你若配好解藥、治好染疫者，那便是補過的第一步。」

雲炤滿臉不以為然：「什麼行善補過，也太虛無縹緲，如此要修到什麼時候？倘若如此就能成仙，你又為何修習法術？為何煉丹？」

「修仙門派，大抵如此，總不斷追尋各種各樣的成仙法門。只是到頭來殊途同歸，總要行善積德，戒除惡習。若以法術為禍人間，終究並非正道。」

「我管他正道不正道，只要能修仙，就是好道。」

翟千光靜默片刻，才道：「你何以如此執著於修仙？」

雲炤微露訝異，「怎會有此一問？難道你練就這身好功夫，不也是為了修仙麼？」

「話雖如此，但我感受到你的執著之心，遠超過一般。」

他具有感知他人苦楚之能，雲如自無以得知；只是這話勾動她心事，遂怔忡一嘆，道：「你難道不覺得，活在人間只有萬般苦楚，只得奮力一搏，以求成仙嗎？」

她說這話時，心中湧起一波波濃烈的憤怒、愁苦和憂傷，翟千光皆感同身受，遂溫言道：「你有什麼苦，能告訴我嗎？」

此話說得相當輕柔，雲如心中一動，霎時間，以往在雲家遭受的委屈、爹不疼娘不愛的悲戚、以及被喻閎澈欺侮的憤懣，全如排山倒海般湧了上來，千言萬語，難以道盡。她停頓片刻，才悵然道：「也沒什麼好說的。」

翟千光道：「你若願對我說，我有法子幫你。」

雲如哈哈一笑，笑裡帶著譏諷，「你能幫我什麼？少自以為是了。」

「你不信就罷。我明兒會再來。」翟千光說完這句，又起身離開。

雲如對著他背影惱道：「還來幹什麼？我死都不會給你解藥！」

翟千光卻未回應，逕自走遠。

(五)

雲如在牢裡一天過一天，獄卒以外，旁的人全沒見到，只有翟千光天天來，天天坐在牢房外跟她說話，探問她心事，要她配解藥，又闡述修仙正道，簡直像個言詞諄諄的老夫子。雲如有一搭沒一搭跟他聊著，但只要一提解藥，她卻是死都不肯答應。

有時翟千光晚些才來，雲媌竟有些坐立難安，引頸翹首起來。

翟千光先前雖對雲媌出言恫嚇，說要刑求威逼，半月過去了卻是並無任何作為。每日裡這樣促膝長談，除了雲媌給關著限制行動外，兩人毫不像是死敵，反而儼然是什麼至交好友似地。雲媌待在牢裡氣悶，有翟千光陪她說話，她也就打開話匣子天南地北，更談起自己幼時在雲家的種種。

「待我出去後——哼，你們決計關不了我多久——我定要回到雲家大宅，那些欺侮我的人，我都要一個個挖出心來。就連我親兄弟、親姊妹，甚至是親娘都不例外。」

翟千光軒了軒眉，「你當真下得了手？」

「那是自然。當年我離開家裡時，可是將欺侮我最兇的三哥四肢都打折了呢。這事連我十五哥都未曾知曉……」雲媌眼中閃現一絲凌厲，「這麼多年沒見了，可不知三哥今日如何？傷是都好了，或是成了一個殘廢？不過，我爹爹家財萬貫，鐵定是請了厲害的大夫將他治好了吧。早知應該更狠手的，若是現在讓我遇到他啊，決計不會只是弄斷他手腳這麼簡單。他的心，我是要定了。」

翟千光緩緩說道：「這麼做，對你毫無益處。」

「何以見得？」雲媌大聲道，「若能成仙，怎會毫無益處？除非你在我還未來得及集完一百零八顆心以前，就把我殺了。」

「我不會殺你。」這句話翟千光已不知講了多少遍，「我是想幫你。」

雲媌卻每每嗤之以鼻：「鬼才相信！」

翟千光又問：「那麼你殺你同門師兄，又是為何？」

雲昭臉蛋瞬即罩上一層嚴霜，冷冰冰地道：「這等惡人，更加死不足惜。」

翟千光雙目幽幽地瞅著她，那對鳳眼彷彿能夠洞悉人心，看得她手足無措。

「不論是什麼緣由，你都該放下仇恨。如此，才算是真正放過你自己。」

雲昭惱怒起來，戟指道：「你這話說得輕鬆，可你曾嘗過我經歷的苦嗎？我這樣卑賤如泥塵之人，即便生在富貴人家，卻過得連狗都不如！你這般天之驕子，又懂得什麼？」

說到這兒，她驀然打從心底羨慕嫉妒起來。嫉妒翟千光集常樂門內絕學於一身，而自己卻只能習得一招兩式的三腳貓法術；嫉妒他不只生得俊俏挺拔、還天天有名貴衣服可穿，而不像自己幼時都只能穿姊妹揀剩的；更嫉妒他總是一派瀟灑自適、從容閑雅，世間所有苦厄在他眼底，彷彿全都是些微不足道的瑣事。

翟千光卻不疾不徐道：「你錯了。世間蒼生林林總總的苦，恐怕並沒人能比我更清楚——包括你的。」

雲昭一怔，只覺這話莫名其妙，問道：「什麼意思？」

翟千光道：「我先天具有感知他人痛苦之能。他們心中所感，我能猶如切身經歷一般，更可因此尋著來源，找到事主。那日也是因此從你師兄劍下救了你。」

若不提雲昭倒還真忘了，若不是翟千光，她現在早已身首異處；只是她認定落入翟千光手裡，不過是死得早些和遲些的差別罷了。

她訝道：「你能感知他人痛苦？難道……你便是如此才能這麼快看出此疫病背後緣由？」

翟千光微微一笑，「或多或少有些助益。自我來到靖春後，每當你殺人取心時，確實都能感受得到。倘若……你也能有這樣的感知，或許就不會如此狠心了。」

雲炤冷然道：「我狠心？你怎不說我娘狠心，我家人狠心？被我殺的那些人，本都是罪該萬死，你可知道嗎？你什麼都不知道，就如此教訓我！」

沒來由地，她眼圈一紅，心中一陣難以言喻的氣苦。

翟千光仍凝眸看著雲炤，「那些人怎麼樣罪該萬死了？」

雲炤於是一一細數遭她奪心之人的罪行：那馮秀偃平日待妻子霸道蠻橫，對孩子也動輒打罵，不仁不慈；農村老婦余氏只因鄰人曾對她出言無禮，竟天天偷偷在鄰家田裡下藥，意圖使其慢性染毒而亡；康桐縣境的姑娘李彩燕，為了與姊姊爭奪情郎，背地裡挑唆父母，讓姊姊嫁與當地一知名土豪惡霸，使之日日以淚洗面。總而言之，均是咎由自取。

翟千光靜靜聽完，雙眉逐漸聚攏，說道：「這麼說來，莫非你弄出紫皮症，便是為了……」

雲炤「嘿」地一笑，「你可真不願放棄追問此事。好吧，本姑娘今日興致好，就說給你聽了又何妨？你若得知緣由，說不定就不會這麼囉嗦，怪我濫殺無辜了。」頓了一頓，便道：「一年多前，我意外從本派藏書樓取得一本《季孫神丹》，依書研製了『烏沙丹』……」

翟千光打岔道：「《季孫神丹》？果真便是季孫植留下來的書？這種邪書又怎會在貴派的藏書中？」

「我怎會知道？你不如親自去問我師父。」

「罷了。你繼續說吧。」

「季孫前輩當年研製烏沙丹的目的，是為了辨別出品行不同的人，服用後有無區別。若將烏沙丹下在飲水中，飲下之人皮膚會出現灰斑。季孫前輩曾將藥下在在西南方深山中一處村落的井水中。而後卻發現，服下烏沙丹的村民都是一般生出灰色斑點，彼此間並無差異。」

翟千光微微皺眉，心忖：「此事想必就是師父在《西南見聞錄》中所寫的大石村人染疫記。當年的紀高，果真就是季孫植，不會有錯。」

雲炤又續道：「後經多年鑽研，季孫前輩才終於研製出『桃花顯』，是清如水之液體，加入烏沙丹化了，飲下之人，身上皆會生出豔紫色斑點；如果是窮凶極惡、德行有虧的人，眉心還會多了一朵桃花狀紫斑。

「『桃花顯』是季孫前輩結合觀心之術熬製而成，仰賴的是其識人天賦及所習法術，並非等閒能夠煉製得出，世上僅有他所熬製的一罈。當時他正遭人追殺，緊急之下將這罈桃花顯埋在定豐南角的一處險峻石洞中。為擔憂日後無機緣再回去取出，故將此事記錄書中，讓有緣讀到之人，逕自前往取得。

「而季孫前輩之所以費盡苦心，煉製烏沙丹與桃花顯，目的是為了蒐集一百零八顆新鮮人心，進而以人心研製出『飛天夢魂散』，服用後，就可立即成仙。為了盡可能不傷及無辜，才需要事先以烏沙丹配以桃花顯，辨別窮凶極惡之人，再行奪心。」

翟千光道：「原來如此。因此你與你師兄下山雲遊，便是為了去尋這罈桃花顯？」

「正是。定豐山壁陡峭，我們千辛萬苦攀爬而上，好不容易才找到呢。由此可見啊，季孫前輩的修仙之法，也是為除暴安良所創，委實用心良苦。倘若他真是個為禍江湖的邪煞，只要隨意殺害一百零八人，即可輕易熬製修仙丹藥，又何須如此大費周章、顧慮所殺之人是善是惡？」

翟千光凝眉沉思，半晌方道：「季孫植在書中當真如此書寫？如此我一時還真想不透。」

「哼，有什麼好想不透的？你不過是不願承認季孫前輩實是一番善意罷了。」

「但你們又如何能確認，將烏沙丹混入桃花顯，真能因此辨別善惡？」

雲炤臉現得意之色，滔滔不絕起來：「我們首先將藥隨機下在一名尋常小兒茶中；又偷偷潛入靖春百姓口中一名魚肉鄉民的捕頭宅邸，將藥下在其飲食內。接著埋伏左近，靜待數日。那捕頭卻一直閉門不出，我於是夤夜躍上府邸屋簷窺探，果見捕頭全身佈滿紫斑，眉心還有一朵紫色桃花。而後再去觀察那小孩，雖然身上亦長出紫斑，額前卻沒有桃花斑。」

「所以，你們便將藥下在川魏河中，使河川下游的百姓都染上了紫皮症？」

雲炤點了點頭，續道：「此後為了謹慎行事，下手奪心之前，我與十五哥都曾先埋伏左近，觀察那些有桃花斑者，是否真有行止不端。」

翟千光嘆道：「可即便如此，這世間的善惡，真有這麼輕易就能說得分明嗎？你執意修仙，認定被你所害都是極惡之人；可想過他們或許與你一樣，也有其痛苦和難處？」

雲炤哈哈大笑，笑裡卻滿是陰森忿恨，「旁人也不曾來可憐過我，為何我要去可憐旁人？」

翟千光靜靜地道：「我卻可憐你。」

雲炤一怔，頰上微微一紅，旋即怒道：「我才不要你可憐！」便不說話了。接下來任憑翟千光怎麼問，她也沒再搭理。

這些日子來兩人說話情形多是如此，上一刻正聊得起勁，下一刻翟千光說了什麼不中聽的話，雲炤就一怒不理；而翟千光亦不勉強，當即打道回府，隔日再來，如此不斷循環。

望著翟千光走出地牢的背影，雲姳不禁尋思：「靖春縣衙把我關在這兒個把月了，既不問斬也不升堂，那知縣大人更是連個屁也沒見過，只派這姓翟的小子天天來對我說教，究竟是在搗什麼鬼？」且翟千光除了嘮叨，每次更不忘查看她手臂傷勢。如今已好了大半，可拆下夾板活動；按時服用常樂門解毒藥丸，中毒跡象更是絲毫不剩。翟千光不殺她就罷了，但她怎樣也想不透，為何連對她施以刑求也全然沒有？難道真妄想憑他這三寸不爛之舌，就要她乖乖調配解藥？

但她卻難以否認，這樣天天與他說話，倒也頗不寂寞。她與杜孟恆多年來一起練功學習、遊玩打鬧，卻似乎甚少這樣促膝長談。不知不覺間，每天早晨醒來時，竟有些盼望翟千光過來看她——儘管立時又提醒自己，此刻正身處危難，怎可掉以輕心？

想來想去，也覺無趣，自顧和衣睡了。

「須害死一百零八人、取一百零八顆心，如此殘忍行徑，不是咱們修道人所當為。」

「《季孫神丹》上寫得清清楚楚，透過此法定可找出窮凶極惡之人，不會傷及無辜。這樣也符合師父所教誨的鏟奸除惡、行俠仗義之舉。再者，此書雖被列為禁書，終究是師父所藏之書，定不會有太過份邪門之情事。」

「可我總覺得不妥。師妹，你不循師父教授的法門修仙，卻唯獨對這《季孫神丹》如此著迷，莫非是……」

「怎麼？」

「我總覺得在你心裡，或許更嚮往的是這本書中對惡人『以牙還牙』的做法吧？」

「是又如何？既是惡人，那麼我們替天行道，何錯之有？」
「師妹……」
「十五哥，你這是要反悔嗎？你說過會一直在身邊陪我的。成仙之路，咱們也要一起。」
「不，不，我怎會反悔？我早已答應你了，成仙之路，我陪你一起走。」
「十五哥！」雲紹驀地坐起，卻見眼前黑漆漆一片，四周靜得連自己的氣息都聽得一清二楚，這才意識到自己仍在靖春縣衙大牢中。
她微微苦笑，不知為何竟夢見當初下峭山時，自己與杜孟恆的那段對話；更不知這場夢何以會讓她夜半驚醒。發怔了好一會兒，只覺心煩意亂，便又臥倒，閉上眼睛，卻是整夜無法入眠。

（六）

翟千光步出縣衙地牢，夜空星月已探頭閃爍。心中反覆思量方才與雲紹的交談，忖度明日還要對她說些什麼，才能馴化其暴吏之氣，心甘情願奉上解藥。
這陣子不僅縣衙內，連外頭也議論四起，說既然已擒到這女魔頭，定要將其千刀萬剮、凌遲處死。若她不肯配解藥，就斷其手腳、以熱油澆之、或以針扎之，總之必須迫得她跪地求饒，交出解藥。
不只林述如此提議，薛懷、萬振霆等盡皆附和。翟千光卻獨排眾議，言道如此報復行徑，與此傷天害理的兇人何異？並且依他所見，這女子脾性剛硬，即便受了刑求，也不會乖乖就範；她尚未泯滅天良，若由他出面、日日開導，或許便能說服了她。

此言一出，立即引來哄堂訕笑，紛云：

「竟妄想感化這女魔頭？別作夢了！」

「這麼囉唆幹什麼？不如一刀殺了乾淨。那疫病，咱們網羅天下能人，幾經鑽研，總能治得！」

「翟公子不也是修仙門派出身嗎？區區紫皮疫病，憑你的聰明才智，定有法子治好吧？」

「就算一時三刻治不好，那也並無大礙。橫豎那紫皮症也害不死人。至多……難看一點罷了。」

「與其浪費時間與這冥頑不靈的兇犯糾纏，不如速將另一名共犯擒拿歸案。」

更有人私下耳語，莫非翟千光是見這女魔頭年輕貌美，動了色心，才不忍刑求殺害？

儘管眾口薰天，翟千光仍不為所動。葛培獻琢磨許久後，仍下令一切就照翟千光所言，成事之前，縣衙不會插手。

眾人聽聞，皆大感不以為然，私下議論葛大人竟如此無能，請來翟千光後似乎就全沒了主意，一切唯其是從。而康桐、定豐兩縣縣衙儘管心下嘀咕，犯人總是靖春抓到的，只得以靖春縣衙之決議為主。

這日翟千光來到縣衙，葛培獻已在後堂等他，欲聽其查問犯人進展。

葛培獻負手而立，一見翟千光，便道：「翟兄弟，當年本縣性命是你所救，本縣亦信服你的才能，故將此案全權交付予你。無論旁人怎樣議論，都由本縣一力擔了，你不必放在心上。」

翟千光躬身道：「多謝大人信任。我定不負所望，將此事辦妥。不過，估計還需要一些時日。」

葛培獻擺手道：「此事本就不易，你放心去辦即可。」頓了頓，「今日可有何收穫沒有？」

翟千光道：「尚未有顯著進展。只是小弟計畫，原本就是一步一步，讓這雲姑娘明白修仙正道，進而悔悟其過，此方法總是無法速成。畢竟本門修道宗旨，除了濟弱扶傾，做有益蒼生之事，對於犯下過錯之人，亦須循循善誘，勸其回頭是岸，拯救其魂魄墮入萬丈深淵。即便她轉眼就要被處死，若臨死前能夠悔悟，哪怕一點半點，也能對她來世轉生有所助益。」

這番言論，葛培獻聽了只能連連搖頭，扶額嘆道：「本縣不知你常樂門有何宗旨，也無意干涉。但幸而你並未將這些對外人道，否則你我二人就要更加狗血淋頭了。」

翟千光道：「只要最後能夠取得解藥，那就是好結果。外人悠悠之口，原是毋須在意。」

葛培獻嘆道：「我只怕夜長夢多，萬一兇犯在牢中作怪，那就難辦了。」

「大人請放心，小弟已在牢房四周佈下抑制法術的陣法，必讓她無所遁逃……」

話未說完，翟千光卻驀然住口，並朝著葛培獻撲了過去，將他推倒在地。

這下事出突然，葛培獻大吃一驚，屁股在地板上一蹬，好不疼痛，呻吟道：「翟兄弟，你這是在幹什……」話聲未歇，忽地嘩啦啦轟然巨響，一個龐然大物撞破了屋頂，墜入堂內，掀起漫天瓦石泥塵。此物落下之處，恰是適才葛培獻站立位置。

待塵埃落定，定睛一看，見從天而降的竟是個衣衫襤褸的老者，拄著拐杖，身子歪斜，左肩高右肩低，顯然瘸得厲害。殘髮稀疏，臉上一對霧灰的碩大眼睛，突出的前額，滿臉縱橫交錯的傷疤，模樣甚是可怖。

葛培獻大感意外，喝道：「來者何人？竟敢擅闖縣衙！來人——」

那老者卻充耳不聞，伸出拐杖逕朝翟千光一點，颼地一道青黃霧氣激射而出，還伴隨著灼人高溫。翟千光見來勢猛烈，忙側身閃過，但見霧氣打中堂首的太師椅，轟隆一響，將太師椅炸得四分五裂，碎片往四面八方紛飛。

翟千光和葛培獻都是驚駭不已。這老者不只也身懷法力，且如此兇惡，不知從何而來，也不知意欲何為，委實突兀之至。翟千光不敢怠忽，抽出腰間如水劍凌空一劃，劍光到處，籠罩一片窒人之氣，使得葛培獻忍不住伸手掐住自己脖子。

那老者桀桀怪笑，拐杖一揮，又是一道霧氣射出，與翟千光劍氣一觸，一陣白晝般的光芒震天爆開。葛培獻只覺眼睛快要瞎了，忙伸手按住眼皮。但聽外頭腳步雜沓，夾雜著「葛大人」、「翟公子」、「大人沒事吧」之類的呼喊，想是方才的打鬥震驚四方，衙役們都聞聲而來。

「季孫植！」驀地，一聲尖銳的女子聲音穿透而過，嗓音中滿是驚懼。

好不容易光芒暗去，黑夜又復靜寂，葛培獻眨了眨眼，卻見堂內空空，那瘸腿老者早已消失不見；身旁翟千光則手執長劍，緊鎖著眉頭，似乎連他也摸不清眼前情形。

再看向門外，人叢前方站著一名老婦，認得是翟千光找來的幫手夏梅。她雙眼圓睜，滿臉的不可置信，彷彿正親眼瞧見什麼惡鬼奪心之類的場景。

翟千光訝異地瞅她一眼，突然間想起什麼，叫道：「不好！」撥開人群，挺著長劍飛身而出，急急趕到大牢之外。

方至牢門，即見大門敞開，守門的侍衛不知所蹤。他暗道不妙，推門而入，地上橫七豎八，躺著一票身著獄卒服飾之人，滿地滑膩膩的血跡。他來不及查看這些人的死活，跨步奔了進去，來到雲妱的牢房外。

只見裡頭內空空如也，雲妱已然不知去向。

（七）

擒到手的人犯又給逃了，翟千光與葛培獻所遭受的非議，自是意料當中。更何況還賠上了縣衙獄卒的九條人命。這些獄卒每人胸口一個窟窿，如杯口一般大，顯是被人以長棍之屬穿體而過。

葛培獻面臨排山倒海的壓力，卻仍一意袒護翟千光，說道翟公子已拍胸脯擔保，一定會再次將兇犯捉來。只是這句話每說一次，心裡就虛了幾分；畢竟他再怎樣信服翟千光，亦是難以肯定，他是否真能再次成功。

不過，比起應付流言蜚語，當前更要緊的事，除了捉拿要犯外，還有那破頂闖入縣衙的怪異老者。派人整修縣衙後堂屋頂自然不是什麼難事，但這老者卻令人十分擔憂忌憚。

「殺害獄卒的凶器，很像是老者手中的拐杖。」翟千光隨仵作勘驗獄卒屍體時，如此說道。

葛培獻頷首同意：「不錯，看這窟窿的粗細，的確與之相符。」黯然一嘆，「看樣子，拐杖一捅就是一條命……這惡賊為何要對我衙門差役如此辣手？」

夏梅在靖春養了許久的傷，此時已然痊癒，驗屍時也隨著到場。當下翟千光對著她問道：「冬嬸，你見到那老者時脫口大喊『季孫植』，莫非……」

夏梅肅然道：「我年輕時，曾見過季孫植一面。如此特異形貌，只要見過一次，就永生難忘。此人絕對就是季孫植沒錯！此邪煞竟還活在世上，真是意想不到。」

翟千光蹙眉道：「我那夜方與雲姑娘談到季孫植所傳的法術，便說人人到，天下竟有這般巧事？

當中莫非有蹊蹺？再者，季孫植既然活著，又何以銷聲匿跡這麼多年，直至今日方現身？」

這些時日以來，他與雲婼在大牢中所談內容，都會私下與夏梅及葛培獻商討，故紫皮症由來及其與季孫植的關聯，二人此時皆已知曉。

夏梅沉吟道：「看他的模樣，顯是曾受重傷，才會瘸了腿，又滿身傷疤，或許便是因此退隱江湖。當年他最執著的就是必須將一身本領流傳下去。難道是因為他得知有人承襲他的法門，故特地前來搭救自己的傳人？」

翟千光道：「這麼說來亦有可能。」

夏梅道：「不過，我可真納悶，何以靈藏派中會有季孫植的著作？難道靈藏傳人竟與這惡煞有所瓜葛？千光，你師父生前可曾提及當今靈藏派掌門是何許人物？」

翟千光搖頭道：「靈藏派自古以來行事低調，若非前朝時曾出了幾個名震江湖的人物，或許至今仍不會有人知曉靈藏派的名號。而後其門人再度隱匿形跡，罕為人知。莫非……當年季孫植的敗亡，竟與靈藏派有關？」

夏梅若有所悟，道：「你是指，當年季孫植與你師祖惡鬥之後，又遇上了靈藏派門人，或許有了一番交手，因此他的著作才會落入靈藏派之手？」

翟千光道：「是。或許靈藏派的前輩知道季孫植著作若流傳世間，將後患無窮，遂搶了去，以免邪法繼續禍害世人。只是小姪不明白，為何靈藏前輩不索性毀去此書，而僅僅是將其束之高閣？」

夏梅道：「或許靈藏派門人另有考量，也未可知。可能欲鑽研季孫植的法術，以尋求破解之道？可嘆的是，即便是如此名門正派，仍有不肖子弟，擅自修習季孫邪法，這才釀成今日之禍。」

兩人談起修仙門派之事，葛培獻了解不深，在旁一直難以插嘴，此時方道：「話說回來，這季孫植闖入縣衙、攻擊翟兄弟，卻何以又轉瞬離去？難道是翟兄弟劍氣太過厲害，立時就將他逼退？」

翟千光蹙眉道：「這也是我心中疑問。那季孫植法力深不可測，按道理，應不會這麼輕易便被逼退才是。」

三人商議之下，仍不得要領。聽得那些聞訊趕來的獄卒親屬呼天搶地，哀泣不絕，都覺淒惻。

次日翟千光即準備動身，追查雲妱及杜孟恆下落。夏梅恨雲妱殺害冬楊，也想隨行，卻擔心自己不會法術，武功再高，在出自修仙門派的兩名兇人面前，也只如廢人一般，甚至可能拖累翟千光。

正躊躇不決，翟千光道：「冬嬸，報仇雪恨不急於一時，況且這兩人觸犯門規，其門人亦正追殺之，只怕不須冬嬸動手，他們遲早就會送了小命。」

夏梅咬牙切齒：「我就想親自手刃這兩個兇人，年紀輕輕，心腸卻如此歹毒！」然而她心知翟千光言之在理，自己能出力的亦有限，遂道：「這回多了一個季孫植，此人神出鬼沒，行徑難測，賢姪務須小心謹慎。」言下不禁憂心忡忡。

翟千光道：「小姪理會得。」當下作揖而別。

其時靖春縣衙為了疫事焦頭爛額，保護有桃花斑百姓的任務尚不能鬆懈；衙役人力吃緊之下，難免有宵小趁火打劫，在境內作亂。夏梅待在縣衙，也可助官府一臂之力。憑她的數十年修為，尋常盜賊當然不是敵手，每每手到擒來。

四

新仇舊恨難或忘

（一）

季孫植在靖春縣衙出沒那一夜，雲炤一直覺著眼皮跳動，坐臥難安。

忽然間牢房外出現騷動，但聽門口獄卒呼叫不斷，嗓音中滿是驚恐。她探頭張望，還未來得及看清是怎麼回事，卻見一個灰黑身影，迅如電光石火地竄入牢房，所到之處就是一聲慘呼，獄卒隨之一一倒地。直至看清，才見到是個模樣醜怪的瘸腿老者，拄著拐杖，一路捅死守衛牢房的獄卒，如鬼魅般直欺到雲炤面前。

黑暗中見到老者猙獰的相貌，雲炤不禁花容失色，後退一步，顫聲道：「你是誰？想幹什麼？」

季孫植銅鈴般的雙目直勾勾瞪著她，倏地伸出拐杖，往牢房門鎖上撞去。轟隆隆響聲大作，門鎖應聲而斷。

「滾出來吧！」他開了口，嗓音如破鑼般嘶啞難聽。接著便轉身離去，一拐一拐地，肩膀也跟著一聳一聳，行走姿勢怪誕可笑，看上去有種陰森詭譎之感。

雲炤驚疑不定，對眼前情景完全摸不著頭腦。她小心翼翼跨出牢房，但見冷月淒清，大街上空空蕩蕩，那怪異老者已不知所蹤。

正覺惶惑，旁邊有人細聲喚道：「師妹，這兒！」

轉頭望去，圍牆角一個人影伏在那兒，頭戴寬大斗笠，遮住面容，但聽聲音認出是杜孟恆。雲炤喜道：「十五哥？你怎會在這裡？」迎上前去。

「此處不好說話，先跟我來。」杜孟恆攜了她手，拐過街角，來到一處暗巷破廟前，才止步道：

「謝天謝地，師妹，幸好你還活著。這幾日我在街坊私下探聽，人人都在都說為何不趁早處死了你。我真怕那知縣一個轉念，就把你殺了。」

雲炤笑道：「你放心，有那翟千光在，他們暫不會殺我。」

杜孟恆臉色微變，「翟千光？此話怎講？」

「這人奇怪得很，再三承諾不會殺我，卻囉唆得要命，天天跑來跟我說教，說什麼取心煉丹並非修仙正道，要我調配解藥，彌補過失。我聽他在放屁。」

「他有沒有傷了你？」杜孟恆趕緊查看她身周。

「沒事兒，他除了嘮叨之外，並未對我怎樣。他還替我治傷，二師兄弄斷我的手臂，如今也快要痊可了。」

「那就好。」杜孟恆吁了口氣，臉上卻仍帶著幾分憂色，「只是……這人肯定不懷好意，如此待你，只怕另有陰謀詭計，你可別上當。」他忍住沒說的那句話是：「他該不會看上了你，對你心懷不軌？」

雲炤笑道：「那是自然。」略一停頓，「話說回來，你是怎麼逃出二師兄他們的掌握？今日那個放我出去的奇怪老者，又是怎麼回事？」

杜孟恆帶她到破廟內的石椅坐下，才道出經過。

那日翟千光從王珵劍下劫走雲炤，以快如閃電之速離去，王珵等人自是追趕不上。杜孟恆見她暫保性命，略鬆了口氣，卻又旋即焦慮起來；雲炤落入敵手，只怕亦是生死未卜。

王珵冷哼一聲，收劍入鞘。周謹問道：「二師兄，現下怎辦？是繼續追小師妹，還是先帶十五弟回山？」

王珵道：「先帶著十五弟到靖春，再伺機去擒小師妹。」餘人當即應諾。

於是一行人回到鎮上，取了原先寄在客店中的馬匹，到一處酒樓吃飯，欲待隔日再前往靖春。

席間四位師兄不斷質問杜孟恆，下山前後和雲妱都幹了些什麼。杜孟恆臉色灰敗，只交代道，他與雲妱依照藏書樓的那本《季孫神丹》煉丹取心，但取心對象都是罪惡之人，並無禍害蒼生之心。關於連帶搞出的紫皮疫事，書中寫道此病症對人體並無太大傷害，症狀僅有醒目斑點、身子較為虛浮無力而已，故兩人並未特別放在心上。

至於喻閎澈之死，他則道：「小弟只知道，兩年前師父閉關後，交代三師兄指導師妹法術，但三師兄卻百般推託，不願用心傳授。後來甚至以長欺幼，要師妹……要師妹以美色來換……」

四名師兄聞言都不禁變色。王珵霍地站起，道：「真有此事？」

杜孟恆道：「此事並不光彩，師妹想必不會隨意杜撰。」

王珵與言駿崧對望一眼，復又坐下，說道：「你繼續說。」

杜孟恆遂續道：「此事我原先亦不知情。曾有一日，我行經後院，忽撞見師妹滿頭亂髮衝出練武廳，我上前問她怎麼了，她流著淚不肯回應。次日，她神態一切如常，彷彿什麼都沒發生過一般。

「直到一年前，我與師妹相偕下山雲遊前一夜，她拿出那本《季孫神丹》，說要與我一同修練。我追問此書由來，她才對我言道：當初她偶然發現三師兄私盜了藏書樓禁書，她以此要脅，這才讓三師兄甘願好好傳授法術。起先三師兄顧忌盜書之事敗露，待她還算規矩；可後來三師兄伺機奪回《季孫神丹》之後，又意圖非禮師妹。她奮力抵抗，並以死相脅，這才未讓三師兄得逞……發生此事時，就是我在練武廳外撞見她那日。」

王珵道：「於是她便懷恨在心，殺了三師弟？」

杜孟恆道：「不，那一夜她說完這些話後，我倆就各自回房睡了，次日清晨即起，離開了好學觀。我直至今日方知三師兄已然……已然逝世，這中間究竟發生了何事，小弟全然不知。」說著重重一嘆，面色慘然。

周謹斜睨著他道：「十五弟，你此話當真？莫不是在替師妹找個理由，好讓她減輕責罰？」

杜孟恆忙道：「決計沒有，八師兄，小弟句句屬實，絕不敢謊言欺瞞。」

言駿崧道：「若依你所言，《季孫神丹》已被三師兄奪回，又為何會落到師妹手上？」

杜孟恆道：「師妹說道，這是她趁三師兄不察時又偷偷拿來的，欲待日後作為反擊三師兄的物證。」

周謹冷笑道：「趁三師兄不察？恐怕是下手害死三師兄後，才取來的吧？」

駱平濤沉吟道：「以師妹之能，想來是無法正面殺害三師兄；若此事真是她幹的，最有可能便是下毒。」

杜孟恆道：「三師兄是否為師妹所害，尚未可知……」

周謹打斷他道：「師妹自己都認罪了，你還想為她開脫？再說了，除了你二人，又有誰會幹出殺人奪心這等勾當？」

王珵卻道：「罷了，此事有待查證。咱們還是先想法子將師妹帶回好學觀，交給大師兄發落。可倘若她遭三師弟非禮之事乃是杜撰，哼哼，最終亦是難逃重懲。」眾人這才齊聲應諾。

整頓飯杜孟恆皆食不知味，心中不由得納悶，眾師兄究竟是如何能追蹤到他二人。苦苦思索之後，驀地想到王珵用來判別雲炤身上是否有藏書的「鎮書之寶」：「難道竟是磁石？我從未聽師父說過這磁石有何妙用……」

於是他旁敲側擊，問起磁石效用，眾人皆不予理會。杜孟恆心忖五師兄駱平濤為人較忠厚老實，於是趁眾師兄就寢之後，私下前去探問。駱平濤果然好心地答道，磁石功用為守護藏書樓中的書冊，若有佚失，便可用其追蹤偷盜之人。即便書冊已遭丟棄或毀損，但偷盜者身上會留下氣息，只要有磁石，仍可循線追到。

當時他們勘驗喻閎澈屍體，印證了死法與紫皮疫情的死者相同，便斷定是雲杜二人所為。然而兩人的邪法要從何習得？推論之下，便猜測是從藏書樓的禁書而來。卓人岱遂命王珵等四人帶著鎮書之寶下山追蹤，果真就尋到了雲杜二人。

一路上磁石由駱平濤保管。杜孟恆心下琢磨，若要偷盜磁石，怕自己功力不及駱平濤，恐不會得手；但駱平濤一向仁慈心軟，若是動之以情，說不定能有機會。

於是他對駱平濤說道：「五師兄，師父過去不是常常教導，知過能改，善莫大焉，縱使是大奸大惡之人，也要給其改過自新的機會嗎？小師妹一時走上岔路，殺害同門，固然其罪難容；但倘若讓我持這磁石前去尋她，好言相勸，要她回到祖師靈前好好認錯，如此一來，不但有機會使她痛改前非，或許大師兄、師父也願給她一條生路，如此也算盡了同門間互相扶持之責。否則，小師妹若繼續執迷不悟，被眾師兄擒到之後，仍不肯悔改，恐怕就會立時被二師兄給殺了。若由我親自相勸，不但可避免憾事，亦可從中打探三師否是否真為她所殺、她與三師兄之間又是否另有隱情，辨明是非。」

這番話說得合情合理，駱平濤頓時陷入猶豫。杜孟恆見其動搖，又再推了一把：「五師兄，咱們與師妹同門一場，難道真要眼睜睜見她墮入萬劫不復，而不伸手拉她上岸嗎？」

駱平濤不禁動容，終於答應將磁石交給杜孟恆，叮囑道：「若能勸得師妹回頭，務必速速將她帶來，隨咱們回山。」

杜孟恆大喜，一疊連聲道：「多謝五師兄！我定會將師妹帶回來的。」接過磁石，在駱平濤目送下悄悄溜出客店。

磁石一入手，耳邊立即響起一陣嗡嗡細鳴。杜孟恆毫不遲疑，旋即循著鳴聲所指方位前進，正是往靖春縣衙方向。

奔出里許後，倏地眼前黑影一晃，被一人迎面攔住去路，距他的鼻尖不到三寸。他嚇一大跳，連忙止步，抬頭一看，見是個形容可怖的老者，拄著拐杖，右腿殘缺，身上佈滿傷疤。

杜孟恆一連倒退好幾步，瞠目道：「你是什麼人？想幹什麼？」

那老者以粗嘎的嗓音，冷冷地道：「老夫複姓季孫，單名一字植。聽過這名號吧？還不快快跪下磕頭，拜見老祖宗。」

杜孟恆大感意外，期期艾艾地道：「季孫植？不……季孫老前輩……是你？」口中這麼說，心中卻是狐疑。這一年餘他和雲炤幾乎把那本《季孫神丹》給翻爛了，對著作者季孫植越來越是欽佩，對此人下落亦充滿好奇。這段日子在江湖上探聽，有人說早已死去，也有人說他傷重後一蹶不振、故在深山中隱居不出，莫衷一是。

這位行蹤成謎的季孫前輩，如今竟會說現身就現身，突如其來地從眼前蹦出？

季孫植斗大的雙眼骨碌碌地亂轉，渙散至極，看得杜孟恆寒毛直豎，「你不信，是不是？桃花顯埋藏之處，乃定豐山頭北面，唯一一處洞頂突出山壁的那處石洞內，往最深處往下掘二尺處。『漫天黑雪』則是這樣煉的——」手中拐杖猝然往旁一伸，噴出一線青黃霧氣，射中路邊一條黑狗，那狗登時仰翻過去，四腳朝天，哀哀悲鳴。

季孫植拐杖猛一抽，一條長長的物體從狗腹中竄出，但見那狗不斷翻滾、淒厲嚎叫，終致氣虛聲歇。

定睛一看，從狗腹抽出、纏繞在拐杖上的那團糾結，烏黑的汁液不斷滴落，竟是狗腸。

杜孟恆微微作嘔，道：「我們……不是這樣煉的。書中說，『漫天黑雪』除了畜牲腸子，也可用甲蟲、蚰蜒等有觸角及觸鬚之物熬製。」

季孫植冷笑道：「確實可以，但效用就大為減弱了。你們對敵之時，『漫天黑雪』是否三兩下就遭人破解？」

杜孟恆想起他與雲炤先後曾對翟千光、王珵使出「漫天黑雪」，的確都被瞬即化去。他心中訝異，卻再無懷疑，當即對著季孫植拜倒，道：「拜見……拜見老前輩。晚輩與師妹無意間取得前輩著作，未經前輩允許，私自按書修習，還請莫要見怪。」

季孫植睨著他，哈哈笑道：「罷了！我留下此書，原本就是盼望我一身功夫，能夠傳承下去。如今見到有人運用此書法門，老夫甚是欣慰。你師妹人在哪裡？」

杜孟恆忙道：「前輩，我師妹遭人所擄，應當是關押在靖春縣衙，晚輩正要去救她出來。」

季孫植鼻孔噴出一柱氣，神色輕蔑，使得臉上的疤痕更加扭曲猙獰。接著轉身一拐一拐，迅捷無比地去了。

「老前輩！你去哪兒？等等我！」杜孟恆忙舉步追上。

（二）

「季孫前輩說，他一生執念，就是盼其一身本領能有傳人。他循著紫皮疫事而來，找到了咱們，更因此救了你出來。往後我二人若有危難，他定不會坐視不管，無疑是多了個極大的靠山！」杜孟恆說起與季孫植相見經過，不由得興奮。

雲妱秀眉微蹙，道：「可這季孫前輩，現下又上哪兒去了？」

杜孟恆搖頭道：「我也不知。季孫前輩行蹤飄忽，我也摸不透他是如何找到我的。」頓了頓又道：「且不提這個了，師妹，三師兄遇害之事，究竟是怎麼回事？他當真……當真是你所殺？」

雲妱淡淡一笑，「十五哥，我先前確是瞞著你。事實上，咱們已有三十顆心了。」

杜孟恆駭道：「你當真取了三師兄的心？那麼……我們離觀前一夜，你跑來找我，就是為了……」

雲妱幽幽地道：「我第一次殺人，難免有些害怕。何況，殺的還是同門師兄。」

「你就這麼恨三師兄，非得要殺了他不可？」

「他是罪有應得。」

「就因他曾意圖非禮你？」

「難道這還不夠？」

「但……」杜孟恆有些不知所措，「他畢竟並未毀去你的清白之身，何須至此？唉，都怪那日見到你衝出練武廳時，我並未堅持探問你究竟發生何事，否則若當初就請大師兄出面主持公道，也不致……」

雲炤冷冷地道：「當時你再怎麼問我，我也不會告訴你的，自然更加不會讓大師兄知道此事。若非下山後我欲與你修練《季孫神丹》，你又苦苦追問我是如何拿到這本書、與那惡人之間又有何瓜葛，並以此相逼，說道若我不告訴你，你便即刻回山，只怕這世上永遠不會有任何人知道。」

她心中恨極喻閎澈，「三師兄」的稱呼再也不肯說出口了。

「為什麼？難道以你我的情誼，連此事也要瞞我？」

雲炤緊抿下唇，片刻方道：「我就是不想讓人知道，就連離開了雲家、入了靈藏派練功，卻還是遭人欺侮的份。」

「你怎會這樣想？遭人欺侮，並非羞恥之事，你若不說，師父、大師兄又要如何幫你？」

雲炤大聲道：「他並未當真得逞，即便受到門規懲處，又能重罰到哪兒去？對這等惡人而言，簡直不痛不癢，而我的名聲，卻讓他給毀了。我寧可自己出手，讓他付出代價。何況……」她頓了頓，嘿嘿笑道：「一顆活跳跳的心，又豈能浪費？」

杜孟恆一時說不出話，彷彿不敢相信的神情，怔望了她好一會兒，才長嘆一聲，道：「那當時你又是如何殺三師兄的？」

「我知道那人睡前總要小酌幾杯，於是離開好學觀前的那一夜，我在張嫂預備送往他房內的酒盞中，塗上加重藥性的曼陀羅粉。」

「你選在那天下手，是為了不讓我得知此事？」

「那是自然。這對你而言，也不是什麼值得開心的事兒，還是越晚知道越好。」

杜孟恆一陣激動，忍不住伸手握住她雙肩，道：「師妹，以後若有什麼事，都來找我商量，別再瞞著我了，好不好？」

雲炤沉默片刻，才緩緩點頭答應，道：「十五哥，你陪我去一個地方。」

杜孟恆一怔：「什麼地方？」

景岫鎮雲家大宅外，隔著紅牆，仍可望見裡邊花木搖曳，探出牆頭。錚錚輕響從窗格透出，隱隱弱弱地，不知是誰在撫琴。雲炤站在牆外，抬頭望著宅院的門匾，一時出了神。

身旁杜孟恆忍不住問道：「景岫鎮就在峭山腳下，你貿然回來，就不怕被師兄們撞見、捉回好學觀去？」

「我離家多年，挺想念爹爹的，想回來看看。」雲炤悠悠地道，「若是師兄們又追上來了，至少我死前還能再見他一面。」

杜孟恆忙道：「不，不，你別亂說，磁石現下在我們手上，師兄不會追過來的。況且有我在，定不會讓他們傷你性命。」

「那就好。」雲炤微微一笑，「我不想驚動旁人，就不從大門進去了。你且在這兒等我片刻，我去和爹爹說幾句話就走。」杜孟恆點頭答應。

雲貂繞到側邊，看準了廂房方位，使出輕功，輕輕巧巧翻牆而過。雙足點地後，但見亭台樓閣，依稀如記憶中一般。站在院中，琴聲越發清晰，似是從後院廂房中傳來的，記得那兒原先是四娘的住所。

她卻不往雲頌卿所住的東廂去，足尖一轉，悄沒聲息地往旁跨出兩步，穿過一道月門，從右側窗縫悄悄一張，隨後走到正面，輕輕推開房門。

房內是她再也熟悉不過的擺設，靠裡牆的臥榻鋪著錦緞，窗前几上擱著一只紫銅鳳雕暖手爐，一旁擺著兩只紫檀木椅。椅上一名女子正支頤假寐，雲貂怔了怔，才認出是朱夢紋。幾年不見，她老了許多，青絲泛白，且凌亂不堪；過去肌理晶瑩的面頰也都垮了下來，和層層皺褶一起堆積在唇角。更令雲貂詫異的，是她不但脂粉不施，且身上的衣衫陳舊汙穢，已看不出原本顏色，彷彿全然未花心思打理外表。

雲貂心忖：「那翟千光不知人在哪兒，是否已來追趕我和十五哥？倘若又給他感知到痛楚，那可麻煩。必不能將她給驚醒了。」

於是躡手躡腳地走近朱夢紋身畔，看準了她心房位置，素手緩緩伸出，直探入她胸前的羅紗之中。指尖才剛穿過層層綢緞，後頭忽然一個急促的聲音喊道：「師妹，住手！」

雲貂霍地回頭，杜孟恆不知何時已出現在後方，神情緊張地望著她。她不禁大為光火，用唇語說道：「你幹什麼！」

朱夢紋卻已被杜孟恆的呼喊驚醒，睜眼見到眼前的雲貂，愣了片刻，無神的眼睛慢慢睜大，吃驚道：「你……你……」

雲韶秀眉一豎，二話不說就往朱夢紋身上撲來，砰咚一陣震天價響，朱夢紋連人帶椅被撞得往後翻仰，伴隨著驚聲尖叫：「臭丫頭，你想幹什——」

雲韶滿臉狠戾，左手掐住朱夢紋的脖子，右手箕張、高高舉起，冷笑道：「你這輩子沒為你女兒幹過什麼好事，不如奉上熱騰騰的心，就算是第一件好事也是最後一件——」逕往朱夢紋胸口抓去。

然而才到半途，右手卻被人牢牢箝住，杜孟恆的聲音在耳畔響起：「師妹，弒母乃大逆不道之舉，萬萬不可。」

雲韶奮力一甩，但杜孟恆力氣較大，功力又較她深厚，怎樣都甩不脫，遂怒道：「要你多管什麼閒事？她不是我母親，我才沒有這種母親！」

杜孟恆急道：「我知道你心裡對母親一直很恨、很怨，可再怎麼怨恨，都不能犯下弒母之過。師父不也說過，弒親者萬劫不復，你就甭想修仙了！」

原來方才他看出雲韶神情有異，擔心她假借看望父親名義，實則是想對她所怨恨的家人不利，因此偷偷跟了過來。果然就見到她正要對廂房中的婦人出手，旋即出聲阻止。

雲韶目光凌厲地望著他，「我的情形與旁人不同。孝道兩個字，這女子不配！」

她左手仍掐著朱夢紋的頸子，盛怒之下，五指不覺使力，朱夢紋一張臉被擠成了紫紅色，舌頭微微伸出，眼見就要窒息。杜孟恆見狀，兩指探出，去點雲韶肘彎的曲池、少海穴。雲韶為閃避他的攻勢，身子一側，左手也跟著略為鬆懈；杜孟恆乘隙抓住朱夢紋胳膊，將她拖了出來，逃離雲韶掌握。

「你快走吧！」他低聲催促著朱夢紋。

朱夢紋趴在地上，手按胸口不住喘氣，雙眼兀自睜得老大，抬起頭來斜睨著雲韶，驀然哈哈大笑起來：「你這小蹄子，離家這麼多年，不知從哪兒學來這些把戲，竟如此大逆不道，要來謀殺親娘？嘿嘿，哼哼，這可有意思了……」越笑越大聲，嗓音中頗有癲狂之意。她想起身，但方才差點被雲starting勒死，四肢猶自軟弱無力，動彈不得。

杜孟恆站在朱夢紋身前，雙目直瞅著雲starting，不敢稍瞬，就怕她又撲上來要狠奪親娘的心臟。

雲starting沉聲道：「十五哥，請你讓開。」

杜孟恆搖頭道：「我不讓。我絕不能讓你犯下彌天大罪。」

雲starting右手往前伸出，正欲隔空去抓朱夢紋；但想即便將朱夢紋揪了過來，依然得經過橫在中間的杜孟恆。自己武功不如他，必不會得手。她於是緩緩放下手，一張俏臉籠罩著黑壓壓的烏雲，輕啟朱唇道：「十五哥，你明明是最知道我的。你明知我幼時因為這個女子，承受了多大的痛苦；你也明知『飛天夢魂散』若能摻入具深仇大恨之人的心，藥效便會更加強大。自我出生以來，這女子只會對我打罵虐待，待我從無任何慈母之情，更連累我在這個宅子裡活得有如喪家之犬，任人欺凌。而你今日卻竟然要阻我報仇，阻我奪得仇人之心，阻我的修仙之路？」

杜孟恆急道：「不是的，師妹……」

話未說完，門外忽傳來一聲破鑼般的暴喝：「說得好，說得好！」雲杜二人都是一詫，朝外望去，更是大為驚奇。

但見院中跪著一排人，高高低低，有男有女，有老有小，卻是雲頌卿、姜嫻純、雲舒、雲冀等人；雲家二娘、三娘、四娘也在其內。還有幾個年紀較幼小的孩子，其中兩個猜想應是雲翊、雲嬋，雲starting離家時這兩個弟妹還在襁褓中；另三個更小的孩子，雲starting並不認識。此外有好幾個頭髮挽髻的人婦，也相當臉生，卻不知是雲舒等兄長的妻子，抑或是雲頌卿新納的小妾。

看樣子是除了僕役、護院以外，雲家主人一家大小幾乎全都在這兒了。至於雲嫣、雲媖、雲媣三個姊姊，興許是都已出嫁，不在其內。

眾人後方，站著一名拄拐杖的奇形老者，赫然便是季孫植。適才發話之人想必就是他了。

只見雲家老小委頓在地，全都面色灰敗，瑟瑟發抖，卻無人發出隻字片語，顯是都被季孫植點了啞穴。

雲岹目光落在一個癱臥在一旁的人影——骨瘦如柴、面色蠟黃，雙眼死盯著雲岹，喉頭不斷顫動，彷彿有話要說，卻僅能發出嘶啞的喉音。

是雲彤。

但見他四肢瘦削皺縮，軟弱無力，貌似早已成了廢人。雲岹起先面露詫異，直至認出雲彤的面容，唇角不由得勾出一抹極輕極淡的淺笑。

季孫植瞪著眼道：「小丫頭，這干人等都是你的仇人吧？他們都給我點穴制住了，現在你高興取誰的心，就取誰的，不要客氣，哈哈，哈哈！」說著仰天狂笑。

雲岹尚未回應，杜孟恆便搶著道：「季孫前輩，你搞錯了，這些都是師妹的家人，不是仇人。」

季孫植斜眼歪嘴，衝著雲岹道：「小丫頭，你自己說。」

雲岹咬著下唇，緩聲道：「沒錯，他們確實是我的仇人。」

季孫植哈哈大笑，忽地猛一聲暴喝：「休想跑！」拐杖一指，繼而便是一聲淒厲慘叫。眾人回頭望去，卻見朱夢紋跪倒在地，雙手捧腹，痙攣不止。看來她是想趁眾人說話之際，悄悄逃走，卻給季孫植察覺了。

「好了，」季孫植發出難聽的嘶嘎怪笑，「小丫頭，你說得對，取了你深仇大恨之人的心來熬藥，一顆心可抵得過十顆，便可更加快速煉成『飛天夢魂散』。成仙之路，近在眼前。要不要動手，看你自己吧！」

雲炤目光朝跪在院中的一干人等掃視而過，但見父親比當年胖了些、老了些，但那對桃花眼，依然與記憶中一般無異；雲舒、雲冀等人輪廓成熟了，但討人厭的神韻仍然沒變，都是輪番出現在她夢魘中的可惡嘴臉。

而這些人再可恨，也可恨不過那罪魁禍首朱夢紋。當目光落到母親身上時，雲炤心中湧起一股難以言喻的恚恨、糾結和痛苦。那痛恨彷彿早已刻入骨髓，烙上魂魄，永遠揮之不去。

雲炤思忖片刻，緩步跨出，率先走向雲彤，在他面前蹲了下來，微笑道：「三哥，你這個模樣，我都差點認不出來了呢。」

雲彤眼睛睜得斗大，呼吸急促起來，不斷發出呵氣聲，眼中的怒火彷彿要將雲炤吞噬一般。

雲炤伸出手，指尖輕撫過雲彤乾癟的手臂，又道：「這些年來你過得如何？看樣子當年雙手雙腳的斷骨，折磨得你很苦吧？可曾覺得後悔，早知就不該恃強欺弱，蹧踐你的親妹妹呢？

「你放心，當初我雖不夠狠心，只斷了你四肢；今日必會給你一個爽快，讓你脫離苦海。畢竟你雖然殘廢，一顆心卻仍是新鮮溫熱的呢。」

杜孟恆在一旁聽著，面頰微微抽搐，一臉難以置信的神情。

只見雲炤續道：「不過呢，我第一個要下手的，並不是你。」說著站起身，轉向朱夢紋。

方才一番思量，她已下定決心：眼下尚缺七十八顆心，雖然紫皮疫症被翟千光一搞，害得她難以再在靖春等三縣取桃花斑者的心；但仇人一顆心抵得十顆，只要取了朱夢紋、大哥雲舒、三哥雲彤、四哥雲冀、五哥雲奎、七哥雲瑭的心，再加上大娘姜嫻純、二娘李平兒的，即可大功告成。如此，甚至可避免再犧牲七十條人命。

她原先還顧忌杜孟恆在側，奪取家人的心想必不會太過順利；可眼下有了季孫植撐腰，一手一顆人心，不過是眨眼間的事。

心動之下，雲炤蓮步輕移，緩緩往朱夢紋走去。

杜孟恆飛身搶上，擋在朱夢紋身前，急切道：「師妹，萬萬不可。只要殺了這兒的任何一人，就是弒親之罪。咱們寧可再去奪取七十八名奸惡之人的心，也不能犯下此滔天大罪啊！」

季孫植喝道：「小子，退下！」拐杖往地上一頓，杜孟恆登覺雙腿僵硬，宛如被寒冰凍住一般，再無法抬腳。

他心下大駭，只能眼睜睜看著雲炤繞過他身邊，走到朱夢紋跟前，高高舉起了右手——

「師妹，不可——」杜孟恆心焦如焚，然而除了大叫，什麼也做不了。

（三）

「雲姑娘，你若動了手，就是繼續陷溺沉淪，直到萬劫不復。」

倏忽之間，一個清冷的聲音從頂上傳來，飄飄悠悠，透入眾人耳裡。

雲炤手掌在半空中凝住，抬頭望去，赫見圍牆屋瓦上站著一人，身穿棠梨色雲紋長衫，玉容俊美無儔，竟是翟千光。他手執長劍，居高臨下，衣袂輕揚，儼然如天神下凡一般，乘雲踏霧而來。

一見到他，雲炤心頭一緊，竟是說不清的五味雜陳。她緩緩放下了手，冷冷地道：「是你啊。你又想來多管什麼閒事？」

那邊廂杜孟恆也是一般地心緒雜沓，既盼望翟千光出手阻止雲炤，卻又對翟千光感到莫名地著惱憤懣，自己也不知是怎麼回事。

翟千光自來到雲宅、遠遠望見季孫植時，就拔了如水劍在手，提防戒備，就怕他又猝起攻擊。此人法力強大，實在不可輕忽。見到院中眾人，則靜觀其變，暫不驚擾；直到雲炤又要下手奪心，才忍不住出聲阻攔。

他回應雲炤道：「你殺害至親性命，即便得以成仙了，身上卻也烙下永世無以磨滅的印記。永恆之路，仍有重重凶險；更不用說還會再墮入凡間，重遭苦厄。」

說話之時，他仍盯緊了季孫植。但見此人拄著拐杖的身子輕輕搖晃擺盪，猶如風中殘燭；眼珠子轉個不停，卻渾沒看向翟千光這邊，樣貌極像個尋常的瘋癲殘疾老者，而不是什麼曾經名震江湖的邪煞大魔頭。

雲炤卻嗤道：「又是這些鬼話。」語音方落，又伸爪抓向朱夢紋心口。

但聽風聲虎虎，翟千光已從屋頂躍下，挺著長劍朝雲炤手腕刺來。雲炤只得趕緊撤手，斜身閃避。

翟千光剛逼退雲炤，腦後頓感一陣勁風襲來。他不及回頭，立刻往前躍出數尺，心知出手的便是季孫植。季孫植旋即拐杖連點，朝他噴出一柱柱青氣。

翟千光已有準備，手掌一翻，從袖中抽出一張符令，一彈指，符令便服貼在劍尖，緊接著一遞一送，劍氣挾帶著咒術繞住季孫植身周，使他整個人和拐杖都往身側貼得緊緊的，宛如被無形的繩索給綑住一般。

隨著翟千光口中喃喃，那透明繩索越纏越緊，季孫植咧開了嘴，眼見就快要喘不過氣。翟千光喝道：「我今日就要替師祖報仇！」一劍尖一抖，迅疾如風地朝季孫植胸口刺去。

眼見如水劍就要穿心而過，季孫植卻雙眼倏睜，大吼一聲，身子像個陀螺般飛快旋轉，勁風到處，翟千光連人帶劍都被彈開丈餘，輕飄飄落在地上，欲待上前，卻是完全無法再靠近季孫植一步。

季孫植滴溜溜地轉呀轉，毫不稍停，整個人成了一團灰撲撲的煙霧也似。在場眾人都看傻了眼，不知這到底是什麼邪術；旋轉力道又強勁之極，但覺陣陣清風撲面而來。

翟千光卻曾聽聞，此乃季孫植的絕學之一，叫做「旋風掃命術」，看似滑稽，其實正在蓄勁，且威力奇猛。一但轉完一百零八圈，所發出的勁道能使身周之人五臟爆裂，吐血而亡。

季孫植身旁跪著雲家老小，還有雙腿被定住的杜孟恆，恐怕瞬即都要遭殃。翟千光亦無法瞬間將這一眾人等移開，心念電轉間，只得長劍一揮，劃出半圓，散發窒人劍氣，凝力一吐，將陀螺般的季孫植往外推出數丈遠，撞上圍牆。下一刻，季孫植也停止旋轉，「砰隆」連聲巨響，宅院圍牆、一旁的樹木和他腳下的泥土，須臾間全部碎裂四散，瓦片、樹枝、泥塵如煙花般炸開，往眾人身上噴射而來。

幾片瓦礫彈中靠得較近的雲舒和姜嫻純，在兩人頭上一敲，登時倒地暈厥。餘人則多被碎片擦傷，見到眼前情景，知道方才險些就要被這力道炸得屍骨無存，個個臉上都露出了驚懼之情；苦於無法說話，否則都早已尖叫出聲。

季孫植橫眉豎目，瞪著翟千光，哈哈笑道：「這是常樂門的功夫！你是上元那老頭的徒弟，還是徒孫？」

翟千光軒眉道：「當年你辣手殺害我師祖，今日休想逃得性命。」

季孫植仰天長笑，良久不絕，「上元將老夫害得半身不遂，我還沒找他的徒子徒孫算帳，今日卻自己送上門來了！哈哈，好得很，不自量力的小子，馬上就要沒命了，還在這邊胡吹大氣。」拐杖在胸前一交叉，立即破了翟千光的劍氣，青霧直欺到他胸前。翟千光頓覺五內劇痛，一陣鬱窒煩惡，嘔出一口鮮血，灑得滿襟都是。

雲炤、杜孟恆都驚得呆了，未料法力超絕的翟千光，被季孫植一擊之下，竟就受傷嘔血。兩人惡鬥，連雲炤都看得目不轉睛，一時渾忘了要奪朱夢紋的心。

翟千光原本就白皙的臉龐，變得更加慘白，卻仍目光如灼灼，瞪視著季孫植。他手捏劍訣，再舞長劍，飛身往季孫植刺去。季孫植以枴杖回擊，兩人鬥得不可開交。

翟千光雖天資聰穎，且早已傳承常樂門所有絕學；但畢竟年紀尚輕，武功及法術修為仍不及身懷數十載功力的季孫植。季孫植所使出的皆是詭祕邪法，往往出其不意；加上翟千光已然負傷，幾度落於下風。

雲炤看得惴惴不安，手心微微出汗。明知季孫植佔上風，她應當高興；然而內心深處，卻又十分擔心翟千光的安危，生怕一個不小心，他就會慘死季孫植杖下。

猛聽得季孫植大喝一聲，拐杖擊出，翟千光又是一口鮮血噴出，手上長劍力道頓時弱了下來。季孫植緊接著一伸手，揪住翟千光衣領，將他整個人高高舉起。

雲炤見狀，忍不住掩嘴驚呼。杜孟恆猛向她瞅了一眼，目光中驚疑不定。

季孫植聚了全身功力在抓住翟千光的那隻左手上，翟千光只覺四肢沉重無比、難以施力，當下心如死灰，忖道：「難道我今日將斃命於此，不但師仇無以得報，還要讓常樂門絕學從此失傳？」

季孫植制住翟千光，卻未殺他，提著他幾個起落，躍到雲炤面前，道：「小丫頭，拿去吧！」

雲炤一怔，尚未會意過來，季孫植又道：「你不是還欠人心嗎？」

她這才領悟，這姓翟的也是仇人。仇人的心一顆抵十顆；並且翟千光本領如此高強，若錯過這次，將來怕是再也制不住他，奪心修仙之路，又會增添變數。

然而不知為何，她竟躊躇不決。眼前的翟千光面容慘澹，也正瞅著自己，狹長的鳳目神色冷然，似絲毫不以為懼。自與他相識以來，只見過他大顯神威、瀟灑從容的模樣，從未像現在如此虛弱頹靡，渾身血跡。剎那之間，她心中浮現的竟是：弄髒了這身衣服，翟千光肯定相當心疼。

想著自己都覺得古怪想笑。

她心念百轉，臉上所有的陰晴變化，一旁的杜孟恆都沒錯過一絲一毫。

杜孟恆忍不住出聲催促：「師妹，快動手呀，怎麼還不下手？」

雲炤卻不自禁地後退一步，囁嚅道：「我……我……」

杜孟恆心頭一冷，沉聲道：「師妹，難道你寧願取生身母親的心，也不願對他下手？莫非你……你……」後面的話，卻是怎樣都說不出口；彷彿一旦說出口，就會心痛難當。

雲炤仍一陣沉默，片刻，才低聲道：「季孫前輩，請你放了他，不要傷他性命。」

這一來季孫植、杜孟恆都是大感意外。杜孟恆嘴都闔不攏了，詫道：「師妹，你……」

季孫植斜眼睨著雲炤，「這是何故？」

雲炤道：「他曾從我師兄手下救了我一命，後來又力排眾議，未即刻殺我，我畢竟欠了他一回。這次就放了他，下次，我絕不會再手軟。」

杜孟恆急道：「不成。師妹，這人功力太高，往後可說不準是否還能抓得到他！」

雲炤笑道：「有季孫前輩站在咱們這邊，又何須擔心？有他老人家出馬，姓翟的肯定不是對手……」語音未落，忽地頭頂颼一聲，雲炤整個身子竟騰空而起，斜斜飛去。

這一下事出突然，眾人都不禁驚噫。待看清來人時，杜孟恆也同時「啊」一聲，跟著凌空飛起。卻見一左一右抓住雲炤雙臂、足尖輕點飛身上牆的，竟是王珵和周謹；往後看去，言駿崧、駱平濤也是一般地架著杜孟恆，隨後跟來。

這四人不知何時悄悄接近雲宅，想是見到宅內打得天翻地覆，便在一旁環伺；直到塵埃落定，才乘其不備，出手抓人。

王珵等人足不稍停，飛簷走壁而去。

臨去雲家大宅前，雲炤不自禁地回頭，望向被季孫植擒在手中的翟千光。

翟千光目光亦與她相接。她那瑩瑩的眼波像是在說，救我；卻又像是在擔憂他的性命。

雲炤最後看得清楚的一眼中，見到翟千光緩緩點了點頭。像是在說：我明白了。

（四）

「十五哥已拿走了磁石，為何師兄還能追蹤至此？」

一路上，雲炤不斷在心中轉著這個念頭。滿腹疑竇，無從或問。但見左右兩側，王珵和周謹都是神情肅然、不發一語；她也就不敢吭聲。

雲家大宅本在峭山腳下，王珵等人步履如飛，不多時便已上了峭山，抵達好學觀。

雲炤一年餘沒回來好學觀，但見白牆灰瓦如昔，參天枝葉扶疏。除了零星鳥語蟲鳴，唯聞清風拂過樹梢的沙沙聲響。山中歲月，宛如未曾流轉。

眾人在觀前停下，言駿崧從杜孟恆身上搜出磁石，冷冷地道：「十五弟，你自以為聰明，花言巧語從五師弟手中騙走磁石，卻未料到磁石仍有其他功效吧？即便落在旁人手中，我們也能依著磁石之力，循線追到。」

雲杜二人聞言都是一愣，頓時解開心中疑惑。一旁駱平濤則是面有慚色。

王珵等擒著雲杜二人，跨入觀中，逕來到寶殿。殿內一人身穿玄黑道袍，背對外頭，在祖師壇前插著香，聞聲回過頭來，正是卓人岱。

王珵行禮道：「大師兄，吾等擒得十五弟和小師妹歸來。」

卓人岱淡淡地道：「很好。不過，何以並未當場殺之？」

王珵道：「聽十五弟所言，師妹殺害三師弟，或另有苦衷；故先將其擒回，再作論處。」

卓人岱雙眉一軒，「是嗎？小師妹，你有什麼話說？」

雲炤眼望卓人岱，低聲道：「此事，我只能說與大師兄一人知曉。」

王珵等曾聽杜孟恆提及，知道牽涉女子名節，均識趣地退出，並順手將寶殿大門闔攏。

卓人岱瞅著雲炤道：「好了，現下可以說了吧？」

雲炤卻紅了眼圈，垂淚道：「其實……其實……小妹早已失身於三師兄。」

卓人岱大驚，「真有此事？」

雲炤掩面抽噎，當下便將當時喻閎澈藉著傳授法術、強逼於她的經過，一一道出。最後說道：「我為保名聲，隱瞞此事。然而小妹清白竟遭三師兄毀於一旦，教我日後如何嫁人？越想越是不甘，因此才會……鑄下大錯……」

名節對於女子而言，幾乎比命還要重要，自古以來也不乏有女子受辱後懸樑投湖等事蹟。倘若雲炤當真失身於喻閎澈，會心懷怨恨而下殺手，也是情理之常。

卓人岱沉吟道：「此事不易查證。門內都是男子，觀中唯一的女子張嫂又只是尋常僕婦。況且，三師弟已死……」

言下之意，是張嫂並非穩婆，恐不熟悉如何驗身；驗了，怕也驗不準。再者，即便確認雲炤已然失貞，喻閎澈已死，死無對證，仍無法辨明奪走雲炤處子之身的是否真是喻閎澈。

雲炤伏在地上，哭道：「大師兄，你難道不相信小妹，認為我是行為不檢的女子，竟會在外隨意與人做出苟且之事嗎？」

「不，我並無此意。只是……」卓人岱一陣躑躅，嘆道：「此事恐怕連我都無能為力了。看來只得等師父出關之後，憑他老人家神通法術，方能判定。」

雲如抬起頭來，淚痕滿臉，「等師父出關？但……可不知道要等到何年何月啊。」

卓人岱又是重重一嘆，「除此之外，也別無他法。這段時日，你就先在自修堂好好閉關修行吧。」

雲如俏臉刷地白了，「難道師父五年不出關，就把我關在自修堂五年？十年不出，就關十年？我……等關到那個時候，只怕我頭髮都白了……」

卓人岱臉色一變，道：「你可別忘了，除了三師弟外，還有那紫皮症和奪心之案！師父諄諄教誨，我靈藏派門人須善用所學、行俠仗義；可你和十五弟相偕下山，都幹什麼去了？傷害無辜人命，引起百姓恐慌，所作所為與本派宗旨大相逕庭，這些罪行就足以讓你倆遭受嚴懲。」

雲如再次辯解，這些行為依書而練，除為修仙，更是藉此除去身犯惡行之人。卓人岱卻只冷冷地道：「你私閱禁書，修習旁門左道，書中所寫還不知是不是真的呢。」

當下遂不再多言，叫來王琨和張嫂，為杜孟恆和雲如搜身。兩人身上都藏有許多瓶瓶罐罐，裡頭或是經熬煮並搗碎的人心、或是自煉的各式丹藥，全都被卓人岱扣下。

看著這一年餘的成果全被拿走，雲如肉痛不已。其他丹藥也就罷了，卻不知卓人岱會如何處置那些人心。倘若一舉銷毀，那她二人的心血將頓時付諸流水。

卓人岱隨後將雲如和杜孟恆一起關進自修堂，並在自修堂四周佈下嚴密陣法，使兩人無法擅出。

好學觀的自修堂雖名為自修，實為囚禁觸犯門規弟子的刑堂，乃一間方正石室，四壁蕭然，只有四個窄小的窗格，用以通風。石室內陰涼乾燥，夏季頗為涼爽，冬季卻會冰寒入骨。此時正當融冰時節，仍相當冷冽；兩人雖有氣功武學根基，較尋常之人更能耐寒，卻也不禁微微顫抖。

以往若是如此情形，杜孟恆就算自己冷，亦會將自己的棉襖被褥塞給雲炤禦寒，此時他卻木著一張臉，眼神清冷，一聲不響。

雲炤看出來了，遂道：「十五哥，你是在生我的氣嗎？」

杜孟恆仍不說話，側對著她自顧打坐。雲炤又問：「你倒是說說，我是哪裡惹你生氣了？」

杜孟恆依然不答。雲炤於是幽幽一嘆：「你不理我就罷了。反正日後咱倆就這樣你看著我、我看著你，在這陰暗牢房中度過無數寒暑。我就看你什麼時候嘴會綠到受不了，而開口跟我說話。」

杜孟恆好奇心起，想問她嘴綠是什麼意思；接著便即意會，興許是指長久不言語，嘴中都會生苔了吧？

雲炤又道：「你是怪我不該奪生身母親的心嗎？唉，若是這樣，那還真沒什麼好說的了。」

聽到這裡，杜孟恆就沉不住氣了，轉頭道：「你是何時將你三哥弄成了廢人？怎地我全然不知？」

雲炤一愣，「就是當年你來到我家裡接我上好學觀那日。我三哥要阻我離家，我一氣之下，就打斷了他手腳。」

「那你怎麼從沒告訴過我？」

「我為何要告訴你？」雲炤亦面露不悅，「告訴你了，好讓你來教訓我嗎？你生我氣就為了這個？你認為我做得不該？」

杜孟恆大聲道：「你既如此狠心，對待親生母親和哥哥都不曾手軟，卻又為何……為何對著那翟千光，竟然就變了一個樣？他與季孫前輩打鬥時，你見到翟千光侷促，何以如此緊張？季孫前輩要你殺他時，你竟還會心軟、下不了手？」

說到後來，不自覺地越來越激動。他從未對雲炤如此疾言厲色過。雲炤面露詫異地瞅著他，道：「十五哥，你就這麼恨那翟千光？」

杜孟恆只覺心中滿溢的氣苦，不吐不快：「果然，人一生下來，就是有雲泥之別。人家生得俊俏，又承傳師門絕學，任誰見了都要自慚形穢。即便是身邊熟稔親厚的舊人，與之相較，也是萬萬及不上的。」

一股腦宣洩之後，他才驚覺原來自己竟也會吐出這樣酸溜溜的話語。

雲炤眨著明眸，卻不看向他了。她的靜默教他坐立難安。

良久，雲炤才低聲說道：「十五哥，你若是知道了三師兄對我做的事，或許……心境就會有所不同了吧。」

杜孟恆一怔，「三師兄？你指的是……」

雲炤緊閉雙眼，神情痛苦，開口時嗓音極細，杜孟恆須湊近才能聽得清楚：「此事我也告訴了大師兄。我……其實……早在當年……」

失去清白之事，她實在不願說第二遍。然而她就算未說全，看她神情，杜孟恆也能約略猜到。他身子一震，癱軟在地，顫聲道：「你難道……不，不可能……」

雲炤不吱聲了，只是定定望著地面。

杜孟恆於是心裡有數，頓時兩行清淚掛了下來，不住喃喃地道：「不，不會的，不會的……」然後便不再對雲炤說任何一句話了。直到晚間有人送飯過來，杜孟恆的飯菜也全然沒動一口。

雲妱也沒再搭訕，窩在牆角默默吃飯，一滴淚珠從眼角滲出。她伸袖輕輕拭去了，未發出一點聲響。

（五）

石室之中，不知外界光陰，日復一日，也不知道過了多久。約莫有月餘了吧，雲妱在心裡忖著。這段時間除有人按時送來三餐外，卓人岱等皆對他們不聞不問。杜孟恆也始終不跟她說話，與他在自修堂中朝夕相對，卻與身旁杵著一根木頭無異，教人氣悶。

「喂，十五哥，」雲妱百無聊賴地拿著平時簪髮的銅釵，在石板地上隨意亂畫，「你真要一輩子不理我嗎？若是如此，我還不如直接死了乾淨。反正千辛萬苦奪來的心都沒了，咱也出不了這自修堂，總不成在這裡終老此生。」

杜孟恆仍不答腔。雲妱突然哭了起來，「十五哥，你不是說過，你會一直在我身邊陪著我、保護我嗎？現在就對我不理不睬，那教我往後該怎麼辦啊？要是我給人欺侮了，你也要袖手不理嗎？」

這陣子她或相脅以死，或動之以情，各種方法都試了，杜孟恆說不理就是不理。雲妱遂怒道：「說到底你就是嫌棄我了，看我不起，是不是？你認為我不值一顧，連對我多說一句話都是辱沒了你，是不是？」

杜孟恆終於略有了反應，嘴角微微抽動，臉現猶豫之色，卻還是沒有說話。

雲妱又道：「好吧，既然連你都這樣，我這輩子想來也是沒什麼指望了。」說著摔破晚飯的飯碗，匡啷聲響引得杜孟恆回頭。她拿起尖銳的瓷碗碎片，往自己手腕上劃去。

「慢！」杜孟恆吼道，拿起自己的碗擲了過去，打中雲炤的手臂，她手上碎片應聲落地。

雲炤「啊」一聲痛呼，道：「十五哥，你差點弄傷我啦！」

杜孟恆神情惱怒，哼一聲道：「早知道你在裝腔作勢，我就不管你了。」

雲炤苦著臉道：「你又怎知我是在裝腔作勢？說不定你只要遲了片刻，我現在就已流血身亡。」

杜孟恆啐道：「你就愛胡說八道。」

雲炤幽幽地道：「十五哥，你是不是打從心底覺著我是個不潔之人？」

「不……我並沒有那麼想，」杜孟恆轉過頭去，「其實，我想和你道歉，已經想了好幾天了。」

「那怎地都不和我說？」

「我無法啟齒，」杜孟恆面色慘然，「對不起，師妹，我不應該……唉，其實，我是氣你遭遇如此慘事，卻獨自忍受痛苦，一直沒讓我知道。我也氣三師兄，儘管他已以命抵過，這樣的行徑，也實在有愧師兄身分。我也……我也很心疼你。這幾天我想得很清楚了，我不會因為這件事，就嫌棄了你。師妹，我……我……」

他湊近身來，伸手握住雲炤的手，「師妹，往後，我還是會一樣地在你身邊，陪著你、照顧你，並且永遠不會離開你。」

雲炤卻輕輕抽回了手，低聲道：「謝謝你，十五哥。只要你不因此看不起我，那就好了。」

杜孟恆對她的心意，她其實全都明白。一個男子乍聞心上人已非處子身，定是萬萬無法跨過心裡的坎。即便他已和她道歉了、和好了，那疙瘩也必然不會消失。這點她亦是心知肚明。

「不，當然不會，」杜孟恆旋即道，「只是，咱們畢竟是一同出生入死的夥伴，若再有這種大事，不要再瞞著我了，好不好？」

雲炤淒淒一笑，「這種大事，是什麼大事？難道還會再有另一次？」

杜孟恆忙道：「不，不是，唉，我不是那個意思……」搔了搔頭，「我是指，三師兄……你竟然殺了三師兄這種事。雖然事已至此，也沒什麼好說的了。只是同門一場，仍覺遺憾。」

雲炤淡然道：「你是說，我不應該殺他？」

「我也沒這麼說。唉，這樣的事，旁人終究難以論斷。」

「罷了，」雲炤背脊往冰涼的石牆上一靠，「咱們說不定就在這裡被關到死，再也出不去，更甭提還能去殺人了。」

杜孟恆睨她一眼，心想：「與其到江湖上搶奪人心，再掀腥風血雨，我倒更寧願一輩子與你待在這道石室。」口中卻道：「那也未必。季孫前輩上回救過你，說不定這次也能來救咱們出去。」

「你又不是不知，好學觀不比縣衙大牢。這兒四周佈了嚴密陣法，所有不該接近之人，皆無法跨足半步。」

「或許……季孫前輩法力卓絕，能破了這陣法也未可知。」

雲炤「嗯」了一聲，不置可否。好學觀的八卦陣是數年前由貳過道人親手佈置，這些年從未有任何不速之客闖入觀中，陣法自然也未遭人破過。貳過道人的功力自非門下弟子所能比擬，即便強如季孫植，恐也不易破解。

正這麼想著，忽聽石門門鎖窸窣，繼而匡啷啷響聲大作。兩人對望一眼，都覺驚奇：「今日晚飯早已送過，會是何人？莫非大師兄要審問咱們？但又怎會挑在這深夜時分？難道當真是季孫前輩？」

但見大門應聲敞開。門外站著一人，卻不是季孫植，亦非卓人岱、王珵等靈藏弟子。

這人劍眉深鎖，面色瓷白，眼下一圈青，竟是翟千光。

他極其稀罕地未著華服，身上是素面青色長衫，頭髮也只隨意一紮，幾綹散落的青絲在風中輕揚。如此簡單裝扮，卻更加襯得他灑脫出塵，不可逼視。如水劍在腰間映著月光，清冷如霜。

（六）

那日季孫植從靖春縣衙大牢救出雲娋後，翟千光動身去尋，忖度著雲娋會往哪裡去，驀地想起先前她在牢裡說過的話：「待我出去後——哼，你們決計關不了我多久——我定要回到雲家大宅，將那些欺侮我的人，一個個挖出心來。就連我親兄弟、親姊妹，甚至是親娘都不例外。」

當時雲娋說起兒時種種，提到她父親是藥材大賈，崤山腳下、豫地一帶的藥鋪，都以雲家商號規模最大。只要略一打聽，便可得知雲家大宅座落何處。

翟千光在馬背上掐指算了一卦，卜出的是「地火明夷」，指其仇恨之火內藏於心，故證實了雲娋尋仇意念仍堅。當下再不遲疑，策馬就往景岫鎮而去。

一路上馬不停蹄，就怕遲了片刻，雲娋就要犯下弒親大罪——想到這兒，他不禁暗暗心驚。霎時間，竟不知自己到底是多擔憂雲宅那些人命多些；還是擔憂雲娋又要再背罪孽多些。

這月餘來，他日思夜想，就是該如何說服雲娋交出藥方。天天在靖春縣衙大牢與她長談，聽了許多她的身世背景，親身感受她心中之苦，他亦費盡心思，盼能將她拉出仇恨淵藪。不知不覺間，耗費在雲炤身上的心神，似早已與耗費在紫皮疫事的不相上下。

甚至猶有過之。

此刻心中掛念的、腦海中浮現的，全是她那咬牙切齒、滿溢著憤恨與執念的臉龐。這樣一個年輕姑娘，本該有大好未來，不應就此陷溺一生。

總而言之，他必須救人。救恐遭奪心之人、救染疫之人、救雲宅之人……還要救雲炤。

兼程趕至雲家大宅後，即與季孫植惡鬥一場。後來翟千光落敗，雲炤正出言求季孫植饒他性命，卻倏地被王珵等劫走。季孫植手中仍揪著翟千光衣領，霎時間，兩人你看著我，我看著你，陷入僵持。

半晌，季孫植才從鼻孔哼一聲，重重一摔，將翟千光擲下地，冷笑道：「那丫頭若不取你心，趁新鮮熱騰時熬煮搗爛，那麼此時殺了你也是浪費。今日不殺你又如何？下回再讓老子撞見，我一樣能殺了你。」一拄著拐杖，轉身篤篤篤地離去，翻過圍牆，不見蹤影，留下滿院驚魂未定的雲家老小。

翟千光吃力站起，卻一個踉蹌，又嘔了一口血，心想今日竟這麼容易就死裡逃生，實在僥倖之極。他步履蹣跚地走向離他最近的雲頌卿，伸手在他頭頂凌空摸索，弄得雲頌卿緊張兮兮，眼珠子頻頻往上轉，摸不清這滿身血汙的貌美公子到底在幹些什麼。

少頃，翟千光才似乎從中悟出了些什麼，說道：「你們身中的體僵之術，片刻稍解，毋須擔心。少陪了。」語罷，拖著傷腿一跛一拐地離開了大宅。

翟千光內傷極重，判定自己五臟六腑應有出血；腿上亦有傷，難以遠行，遂在景岫鎮上投了客店。客店掌櫃見他身上血跡斑斑，面色又白得嚇人，生怕惹上麻煩，待想找個理由回絕了，卻見翟千光白花花的銀子往桌上一灑。在銀子面前，血跡什麼的頓時都不重要了，他於是鞠躬哈腰，騰出一間最上等的房來。

後接連月餘，翟千光都待在客店裡養傷，每日調息打坐，並自己開了藥方，要店內夥計依方配製，拿給他服用。

沾染血跡且破損得厲害的棠梨長衫只能扔了。他為趕路追人，身上沒多帶衣物，遂到衣鋪裡胡亂買了件合身的衣衫來穿。

養傷之時，他也窩在房內凝神思索：季孫植功力如此高強，若下回再遇到，該如何對付？

他在紙上畫下季孫植的身形、招數動作、法術施展路徑，並細細琢磨，思量之下，推論當時會在季孫植面前一敗塗地，主因還是其法術太過莫測高深。看他的身段行動，頗為滯礙，或許是因身體殘疾之故；儘管有此破綻，但他法術剛勁猛烈，仍不易攻破。

想到這裡，翟千光忽心念一動。季孫植除了身法上的缺陷外，還有其他怪異行徑。在雲宅時曾一度眼珠亂轉、立定不動，彷彿中邪一般；那日倏闖靖春縣衙，又在一片混亂中莫名消失，莫非……

翟千光閉上眼睛，拚命在腦中回想師父曾經教授過他，關於法力及武功受損之人，還會有什麼樣的特有情狀。

傷癒後，翟千光才又動身去尋雲炤。

翟千光曾從師父那兒聽聞，近年來豫地一帶曾有行蹤隱密的門派，在默默行濟弱扶傾之事；暗中查訪之下，覺著其門人很可能就是長年隱居修仙的靈藏派。於是往峭山去，再卜一卦，得「水風井」，推斷人果在左近。

行到半山腰，感覺此處氛圍頗有異相。他自小即入修仙門派，對於法術極其熟悉；若周遭亦有法力存在，定多少會有所感。因此更加確信，峭山上確實有其他修仙門派的形跡。

果然循著感知，一路便來到了好學觀。他在觀外潛伏一整天，聽見觀中弟子對話，得知雲炤、杜孟恆正被囚在自修堂之中，遂來到自修堂外伺候。一見到剛去自修堂送完飯的好學觀弟子，翟千光旋即上前將其點倒，拿走自修堂鑰匙，並將該弟子藏在觀外樹叢中。

從尋得好學觀、闖進觀中、直至自修堂，翟千光皆暢通無阻。雖然道觀四周及自修堂都佈了陣法，但此陣法僅針對「不宜接近好學觀之人」。翟千光特地來此，是為了要雲炤調配解藥，解救黎民；也想助雲炤改過向善、走上正途，出自一片善意，故並未被陣法認定為「不宜接近者」而未受阻攔。

只是這一點，雲炤及杜孟恆皆不知情罷了。

當下雲杜二人見翟千光突然闖入，都驚得跳了起來。杜孟恆面頰微微抽搐，喝道：「翟千光，你可真是陰魂不散！為何擅闖我好學觀，又是如何破了陣法？」

雲炤則是一瞬間在心中轉了好幾個念頭：「他沒死！他怎麼會來？他是來擒我，還是來救我的？」才剛這麼想著，又立時暗罵自己：「呸呸呸，他怎麼可能是來救我？他是為了紫皮症解藥！」

但見翟千光淡淡地道：「我沒見到這兒有佈什麼陣法。」

雲杜二人皆是大感詫異，心想好學觀和自修堂四周皆佈了陣，他怎會說沒有陣法？又何以如此堂而皇之、大剌剌地就闖了進來？

一聽此言，杜孟恆更是大為惱火，覺得此人視好學觀法術如無物，實在狂妄至極，哼一聲道：

「你到好學觀撒野，又要擒我師妹，可得先過我這一關。」

翟千光仍是那副討人厭的淡然神色，「甚好。在下定當奉陪。」

杜孟恆擋在雲婼身前，拉開架式，怒目道：「你不過是倚仗師門法術，才如此目中無人。若不比法術，只比武藝，你也有十足把握嗎？」

他心想自己從師父身上習得的法術就那麼一兩招，肯定比不過翟千光；雖然比武也未必能得勝，卻至少還有一絲機會。

翟千光道：「那有什麼問題？咱們只比武便是。」

「這可是你說的。若你使出了一招半式的法術，便算是輸了，就得立即滾下山去。反之我若使出法術，便不可再行阻攔。只是，觀中還有我一眾師兄，你是否都能將他們一一打敗，那可不好說。」

翟千光微微一笑，「我既然來到此處，自是早知情勢。」

「好！」杜孟恆語音方落，一拳就朝翟千光面門揮去。

翟千光側身閃過，卻不回手。杜孟恆又是一拳，翟千光又矮身閃避。杜孟恆拳掌腿交錯而出，速度越來越快，一套「淮西豹拳」打完，緊接著是「靈藏玄掌」、「霏雪勁風腿」等門內功夫。翟千光身段靈活，杜孟恆一招比一招猛烈的攻勢全然擦不到邊；然而他卻是一味避讓而未出手攻擊。

見他如此，杜孟恆怒火更熾：「你出手啊！一味閃躲算什麼男子漢？」

「讓你幾招，只是對貴派聊表敬意，以示在下並非狂妄自大，擅闖寶地。」翟千光此話一說完，右手格開杜孟恆劈來的一掌，左手往他脅間彈去。

這一彈路徑極為詭異，全非常人出招模式。出其不意之下，杜孟恆擋格也不是，閃避也不是，一時手忙腳亂；最後整個身子往左後方避開，卻是姿態彆扭，連帶下一拳擊出時偏了準頭。翟千光再欺近身前，接連三掌快如閃電劈了上來。他貼得極近，杜孟恆幾可看得清楚他身上衣袍的紋理；這幾下近身肉搏，更迫得杜孟恆連連後退，措手不及。

雲鉊悄立一旁觀戰，也對翟千光的武功路數暗自稱奇，心下琢磨，倘若這是對著自己攻來，定然比杜孟恆更難以抵擋。

眼見杜孟恆左支右絀，就要落敗；他卻忽地大喝一聲，拳招陡變，以指力相攻，勢道淩厲。

雲鉊略略一驚，杜孟恆這一招，她竟從未見過。

只見翟千光肩膀一矮，躲過這掌，同時伸手在杜孟恆肘彎一帶，驀地「刷」一聲，杜孟恆手指給帶得擊上後方窗格，窗櫺上立時被戳凹了一個洞。奇的是木造窗櫺雖然受損，卻連一絲木屑都沒有掉落。

翟千光倏然停手，道：「是你！」

雲鉊懵然地瞅瞅翟千光，又瞅瞅杜孟恆，下一刻旋即睜大眼睛，也脫口道：「是你！」

杜孟恆仍定定望著翟千光，微微喘氣。

翟千光目光銳利如刀，「在紫皮症死者胸前留下凹洞的，就是你，是不是？」

杜孟恆緊抿著唇，不發一語。

「十五哥，這是為什麼⋯⋯」雲鉊眼波顫動，一臉不敢置信的神情。

（七）

翟千光瞅著杜孟恆，緩緩說道：「你刻意在每個遭你師妹奪心的屍身上留下印記，是盼有人能夠察覺心口有異樣，藉此發現死因，是嗎？」

杜孟恆仍未抬眼，緊盯著翟千光長衫下襬，目中流露出憎恨、慌亂、痛苦等等的一言難盡，不一而足。

翟千光又道：「你一邊助你師妹奪心，一邊卻又留下線索，扯她後腿，這是何故？」

站在石室中央的杜孟恆，以及貼在牆角的雲娋，都一聲不吭，身子一動也不動，霎時間萬籟俱寂，唯聞室外清風撩過樹梢的瑟瑟聲響。

良久，翟千光才又打破靜默，道：「那是因為，你打從心底不願眼睜睜見到這麼多人被奪走性命，卻又不忍拂師妹之意；左右為難下，只得姑且在你師妹奪心以後，再伺機潛入兇案現場，於死者胸膛留下凹洞。若官府有心細之人，就能盡早查出死者心臟消失、並因此破案，或可阻止你師妹再繼續殺傷人命。」

雲娋臉上彷彿罩了一層嚴霜，冷冰冰地道：「十五哥，他說的是真的嗎？」

杜孟恆終於開了口，嗓音中卻盡是艱難：「不錯，是我幹的。」

雲娋仍寒著臉，望著他的目光十分陌生，是他前所未見。

「十五哥，你為何要這麼做？」她字字犖犖地吐出這句話，聲音極低極沉，「有什麼話，你不能當面對我說，非得在背地裡搗鬼？」

杜孟恆慘然一笑，道：「師妹，我知道要你莫走上這條路，是不可能的。你一意修仙，卻無法從師父口中獲知捷徑；師父又閉關不出，你便信了那本季孫神丹，心心念念，就想依書而行。我勸過你，莫要修習旁門左道，是不是？我也勸過你，即便那些人再如何惡行重大，只要殺傷人命，雙手沾染鮮血，仍是背上了一身罪孽，是不是？你有哪一次聽過我的話？」

雲炤冷笑：「這話說得冠冕堂皇，可你自己呢？你若真如此正氣凜然，當初又怎會助我奪心？」

杜孟恆苦笑道：「是，我是幫了你。只怪我太容易心軟，看著你楚楚可憐，對成仙憧憬不已的模樣，我就無法不幫你，無法不與你一同編織那迢迢的成仙之路。每一次我都想著，既然做了，那麼多做一件、少做一件，又有何差別？只是，我終究……終究對不起自己的良心。午夜夢迴時，我總是輾轉難眠……」

他雙手抱頭，身子顫動不已，續道：「但是，即便你我已被這姓翟的逼到不得不離開靖春，依然阻止不了你奪心修仙之念。那日眾師兄終於追下山來，我既為你性命擔憂，又盼望師父、師兄能饒恕你的過錯，讓你待在觀中好好修道。因此我對二師兄他們加以勸說，好不容易使其點頭，答應暫饒你性命。條件是……我必須帶著那顆磁石來找你，勸你浪子回頭……」

這一來雲炤更如晴天霹靂，顫聲道：「原來，原來你一直在騙我！你對我說，你是為了怕師兄追上我，才取走磁石，這些全都是謊話！」

杜孟恆澀然道，「我這麼做，也是怕你繼續墮落，直到染了滿身血腥……師妹，就算我求你，棄了奪心術，待在好學觀，好好循著師父教授的法門修練，好不好？」

雲炤卻淒然一笑：「你居然一直在背地裡阻撓我的修仙之路……那日在雲家莊，你阻攔我殺害家人，說要和我一起去取剩下的七十八顆心，也是騙我的！」

杜孟恆急切道，「師妹，我會騙你，都是為了你好……」

「十五哥，你不要再說了。」雲妱打斷他，「十五哥，你可知道，當年你說過你要永遠對我好，我有多開心嗎？我自小遭人踐踏，無依無靠，除了師父之外，你就是我這輩子最信賴的人。然而今日卻連你也來背叛我！很好，很好，反正我雲妱就是爹不疼娘不愛，這世間也沒人要真心待我，我就算死了，只怕也不會有人為我落一滴淚……哈哈，哈哈。」她乾澀地笑著，淚水簌簌而下。

「不，師妹，你聽我說……」杜孟恆走上前，想拉她衣袖；雲妱卻憤而甩手，厲聲道：「你休要再靠近我一步！」

杜孟恆呆然而立，整顆心像是也被雲妱穿胸奪走似地，空蕩蕩地毫無著落。

翟千光冷眼旁觀了好半晌，此時才插口道：「幸而有杜兄留下了線索，才使我瞧出背後關竅，否則可不知還有多少無辜之人因而喪生。方才比武尚未分出勝敗呢，還打不打？」

此言一出，杜孟恆旋即對他怒目而視，吼道：「還沒！再打！」也不等翟千光回應，立即一腿掃出，攻了過去。

雲妱卻斥道：「住手。我不需你再替我擋事。」頓了頓又道：「再說，你也打不過這姓翟的，何必白費力氣？喂，翟千光，我隨你去就是。」

杜孟恆頓時住了手，愕然看向她，「你怎能隨他去？你明知這一去，有死無生！」

翟千光道：「雲姑娘若真想開了，願隨在下而去，好好調配解藥救人，我保證不會傷她性命。」

杜孟恆怒斥：「呸，鬼才信你！」

「我信！」雲妱大聲道，「翟千光，快走吧，我不想再多見到這人一眼。從此之後，我與他再無瓜葛。」說著邁開大步，往刑堂外走去；經過杜孟恆身邊時，果真連看都不看他一眼。

「少陪！」翟千光對著杜孟恆一拱手，也跟在雲妱後頭跨步而出。

這一下猶如狠狠一個耳光甩在杜孟恆臉上。他又是剜心，又是惱怒，驀地仰天大笑，嗓音裡卻滿是淒涼悲憤，「師妹，這些年來我是如何待你的，你難道都忘了？在你心裡，這一切難道都比不上一個翟千光？為了他，你竟對我翻臉不顧，還要就此恩斷義絕嗎？」

這番話教雲妱氣得渾身發抖，止步回頭，就想反唇相譏。翟千光卻怕耽擱下去，恐多生事端；並且見杜孟恆說話聲響亮異常，顯是想驚動觀內的門人前來關切。他於是當機立斷，攜了雲妱的手，足尖輕點，飄然起落，離開了好學觀。

沿途星月靜寂，無人追趕。

五

塵間苦厄斷人腸

（一）

翟千光身輕如燕，攜著雲炤夜下峭山，足不稍停。雲炤淚眼朦朧，覺得依稀又回到了當年。當年，她初到好學觀，貳過道人也是這般攜著她上山下山。當年，還是杜孟恆來到雲家大宅，把困在裡頭的她給接了出去。這些年來與她一同學習打鬧、相處最多的，也是杜孟恆。兩人結伴走過大江南北，休戚與共，如今卻分道揚鑣，她的心也隨之糾結在一塊，彷彿可以擰出血來。然而一想到竟然連杜孟恆也要背叛她，又旋即咬牙切齒。

翟千光的白馬仍寄在景岫鎮上的客店內，遂帶著雲炤返還牽馬。一路上他並未限制雲炤行動，雲炤卻一語不發，默默跟在他後頭。

夜涼如水，空蕩蕩的景岫鎮大街上映射著溶溶月光，連人都淒清起來。行至客店前，翟千光開口道：「我知你隨我下山，只是和你師兄賭氣。不過，我既已承諾不傷你性命，便不會食言，你可不必擔心。」

雲炤微微苦笑，「我並不擔心。」

翟千光心念一動，忽想到在好學觀聽見的對話中，得知她與杜孟恆千辛萬苦奪來的心，全被沒收，只怕早已遭毀；此時她又與杜孟恆決裂，從兩人神情看來，彼此關係很不一般，只怕雲炤萬念俱灰，會想尋死。遂道：「若想修仙，世上仍有諸多法門。你也不須因此氣餒，尋了短見。」

雲炤嘿嘿一笑，「你放心，有你在側，只怕我想尋死也不容易。」頓了頓又道：「我那樣說，只因相信你不會傷我。」

翟千光緩緩停下腳步，「你肯信我，那是再好不過。」

「我話先說在前頭。這解藥嘛，我可還沒答應你要調配。」

「抵達靖春前，我自有方法使你改變心意。」

「你若又要對我曉以大義，跟我說行善積德方為修仙正道什麼的，休想我會聽信這些。」

翟千光輕嘆，「即便如此，我還是會繼續說下去。」

雲炤横他一眼，惱道：「你是屬知了的嗎？如此囉唆。」

翟千光到客店馬棚牽了馬，要雲炤上馬，她卻臉上微微一紅，道：「我要自己騎一匹。」

翟千光一怔，旋即想到，上回為了擒人而制住雲炤穴道，加上她負傷中毒，這才讓她與自己共乘一騎；然而男女有別，如此貼身而行畢竟不妥，且這回雲炤是自願隨自己而來，情勢與上次不同，當可各騎一乘。若她要騎馬逃離，憑自己的「一步登天」，也能追她得上。於是說道：「好吧，待天明之後再上街買馬。」

雲炤笑道：「何須這麼麻煩？」伸手牽來馬棚裡的一匹馬，一蹬就跨了上去。

翟千光忙道：「那是別人的，怎能順手牽羊？」

雲炤卻自顧騎馬上街，緩緩前行，道：「你這人拘泥小節，實在無趣。」

翟千光無奈，只得掏出一錠元寶，擱在原先繫著被雲炤牽走那匹馬的柵欄上，當作是與原主買馬的銀兩。隨即翻身上馬，趕上雲炤。

一路上雲炤東拉西扯地亂聊，一會兒問翟千光你們常樂門都怎麼修仙的，一會兒又問他到底還會多少武功法術，聒噪異常。但翟千光回應時，她又心不在焉，兀自東張西望，答非所問。

翟千光遂嘆道：「你也不須如此逞強。我知道你還在為你十五哥難過。」

雲炤霍地轉頭看他，「誰說的？」

「你看似凶狠蠻橫，但其實良心未泯，待人的幾分真心也還是有的。乍與親近之人分道揚鑣，難免傷心。」

「你又在窺伺我心情了？難道我這人有沒有真心，你也能感知不成？我就偏偏是狼心狗肺！」

「真心與否固無法感知，我卻是看得明明白白。」

「哼，胡說八道。」

「否則的話，那日在雲家莊，你不會對我手下留情。」

雲炤一怔，惱道：「你少自以為是了，我早已說得清清楚楚，我不過是回報你當初救我一命罷了。」

翟千光微笑道：「不論如何，你既能就此放過這大好的奪心機會，心中定仍存有一絲善念。」

雲炤嘿嘿笑道：「什麼善不善念的，重要嗎？接下來如何從大師兄那兒拿回我奪來的心，於我而言才是最要緊的事。」

翟千光仍掛著笑，悠然撫著白馬鬃毛，緩緩道：「你自管嘴硬吧，而後你就會明白我所說的了。」

雲炤怒瞪他一眼，嘿然不語。

天亮時已出了景岫鎮，來到相鄰的封安鎮。翟千光對好學觀頗為好奇，向雲炤探問了幾句。但貳過道人曾經交代，靈藏派門內之事，不宜隨意對外人詳說，雲炤遂只隨意敷衍，便將話鋒轉到了翟千光的異能上。

「喂，你能一路追到好學觀，又是感受到什麼痛苦嗎？可我和十五哥在石室裡頭好端端的，莫非是師兄們那兒有何異狀？」

「這回倒不是因感知痛苦而尋到的。」

「不是痛苦，難道是喜悅不成？」

「也不是，旁人的喜悅之情，我就感知不到了。」

「那你究竟是怎麼找上門的？」

「我自有我的方法。」

「哼，不說就不說，稀罕嗎？」雲炤瞪他一眼，又繼續問道：「那麼你可能夠分辨得出苦源是起自病苦、離別之苦、受虐之苦等等的嗎？」

「經歷多了，約略可辨別個大概。比如那日你被你師兄們包圍，我便可感知你心中的苦，是近似生死懸於一線的喪志。當下周遭雖也有來自他人的苦，卻都只是夫妻爭執、身受風寒之屬，並不迫切。」

「那麼現在呢？這鎮上可有人正身遭苦痛？」

翟千光微微一笑，「那是自然。前方隔一條街處，就有人正在為了爭風吃醋，尋死覓活呢。」

雲炤奇道：「是嗎？那我可得過去瞧瞧熱鬧。」策馬往前奔去。

翟千光隨後追上，沿路聽見鑼鼓喧闐之聲越來越響，接著看見大街上一列浩浩蕩蕩的迎親隊伍，花轎停在一處宅院側門，看來主人納的是小妾；身披大紅花的新郎官站在門旁，正與跪在門前的兩名婦人爭論著些什麼。

只聽新郎官指著兩名婦人喝道：「你們二人平日在那兒爭得你死我活，今日怎麼反倒聯手起來與我作對？」

其中一名綠衫婦人泣道：「你既知我倆平日爭得你死我活，今日卻又要再納妾，不是要讓家裡更添亂嗎？」

另一名絳衣婦人則道：「我倆苦勸許久，你卻執意不聽。家裡也不如何寬裕，再多一人，只怕全家大小都要餓死啦！今日你若不打消納妾之意，我們就立刻撞死在你面前。」

新郎官怒道：「胡鬧，胡鬧！迎親隊伍都來到門前了，怎能打道回府？這不是要笑掉全鎮人的大牙嗎？快快滾回房裡去，不要在這兒丟人現眼！」

絳衣婦人大哭道：「天啊，地啊，奴家一生命苦，嫁作人婦也只能做小，丈夫薄倖，往後日子只會更加難過，不如死了好！」語罷一頭就往門框撞去，砰一聲大響，額頭皮破血流，暈倒在地，不知死活。

眾人見狀，頓時譁然，不料一門喜事竟演變為流血慘事，霎時間場面大亂。

翟千光也是大為驚詫。他人在遠處，未料到這婦人竟說撞就撞，一瞬遲疑之下，便來不及「一步登天」前往搶救。

卻見綠衫婦人在一旁哭嚎得更大聲了，直嚷著自己也要跟著去死，卻旋即被一旁壯丁架走。餘人七手八腳地將絳衣婦人抬起；新郎官則杵在原地，不知如何是好。

雲炤都一直目不轉睛地默默觀望，此時才回頭對翟千光道：「走吧！」掉轉了馬頭。

隨後雲炤良久都沒再說話。翟千光遂問道：「雲姑娘，你怎麼了？」

雲炤咬著下唇，半晌才道：「我要再回家裡一趟。」

翟千光軒眉道：「莫不是又要回去奪你母親之心？」

雲炤笑道：「你操什麼心？難道在你面前，我還下得了手不成？」

「那你要回去幹什麼？」

「我就想回去瞧一瞧——你可別窺探我心事。」

翟千光正覺著她思緒翻湧，似正為了什麼事舉棋不定。聽到她這麼說，便苦笑道：「你若正為某事而苦，我即便不想感知，也不可得。好吧，我便暫且關閉此能。」心中卻想：「你臉上陰晴不定，即便只是常人，也看得出你心中有事。」

雲炤訝道：「你這還能開關自如？可真神了。」

翟千光笑道：「若非如此，只怕我今日早已痛苦而亡。」

他既知雲炤並非意在奪心，便想就讓她回雲宅一趟，也無不可，反正在自己面前，她亦玩不了花樣。兩人於是掉頭往景岫鎮折返而去。

路途上他還有幾分不放心，說道：「雲姑娘，其實你母親心中藏有很深的苦，你知道嗎？」顯是那日去到雲家，他已有所感知。

雲炤冷然道：「這又有何稀奇？她心裡苦，於是將苦全都發洩在我身上，難道就算是應該了？」

「我並非此意。只是想告訴你，她折騰了這麼多年，所受的苦不下於你，即便你不向她報仇，只怕……她仍是註定悲苦一生了。你又何必背負一條弒母之罪？」

雲娋默然，仍森著一張臉。

不出一個時辰即返回雲宅。到了圍牆外，復聞琴音悠揚，還伴著一絲裊裊弱弱的歌聲。雲娋蹙眉暗忖，以前在家裡，可沒見誰這麼愛撫琴的。

她循著樂聲來到東廂牆外，從窗縫張去，看見父親雲頌卿坐臥在房內榻上，正眉花眼笑地瞅著面前一名撫琴的女子。

「細雨曉鶯春晚，人似玉，柳如眉，正相思。羅幕翠簾初卷，鏡中花一枝……」

這女子歌聲嬌婉，巧笑倩兮，柔情無限，眼波不時向雲頌卿瞟去睨去，教人見了都要骨頭酥麻。

雲娋乍見之下，原以為是宅內新來的姨娘；但多瞧了兩眼，卻覺這女子卻十分面生，並未在上回被季孫植擒來的幾個女子之內。她正感奇怪，但聞那女子一曲唱罷，笑道：「今日這曲兒還行吧？」

雲頌卿伸出手在她臉頰上輕輕一撩，笑道：「玉兒唱的曲，豈有不好聽的？」

那女子淺淺一笑，垂下了頭。雲頌卿又道：「上回提到之事，你想得如何了？」

玉兒秀眉輕鎖，細聲道：「多謝雲老爺抬愛，但小女子……」

「你入我雲家，當不愁吃穿，又有人服侍，更不須在外賣藝、遭人輕賤，有何不好？」

「小女子蒙老爺垂青，榮寵殊甚，愧不敢當。只是……小女子出身微賤，怕是配不上老爺。」

「噯！豈有此事。你可知我的七夫人，也是青樓女子出身？」

雲娋在窗外聽得雙手握拳，身子微微顫抖。一旁翟千光目不稍瞬地緊鎖著她，就怕她一個衝動，又要生事。

卻見雲娋一甩長髮，扭頭而去，一路走到宅子側門，正要推門而入，那門卻　呀一聲，自行開了，門後是一名僕婢打扮的女子，手提竹籃，正要跨出門外，抬眼見到雲娋，不覺一愣。

雲娋脫口喊道：「挽花！」

挽花認出了雲娋，面露訝色道：「是……是九小姐？」卻是眼神閃爍，略顯慌亂。

雲娋自然知道自己上次回來，欲奪朱夢紋之心，還引得季孫植和翟千光在雲宅大鬧一場，雲家僕從躲在廊柱後觀戰，肯定都嚇掉半條命。挽花這回再見到這二人，自是心驚膽戰，卻又怕拔腿逃跑反會觸怒雲娋，頓時手足無措。

雲娋見她反應，頗感不悅，哼一聲道：「你不必害怕，我就問你些話。這幾年我爹爹是不是又納了妾？納了多少個？」

挽花結結巴巴地道：「是，老爺納……納了……納了三個。現在宅子裡共……共有九位夫人。」

雲娋嘴唇朝窗子一努，「那現下在我爹房裡那個，叫什麼玉兒的，又是怎麼回事？」

挽花不敢直視她眼睛，垂首道：「那是鎮上珠翠閣裡的玉兒姑娘，是老爺在外應酬時所識，很受老爺喜愛，幾乎天天點她來府裡彈琴唱曲。上回……上回九小姐回家時，玉兒姑娘恰好也在，只是未曾從房裡出來。這些日子，簡直與住在府內無異了呢！聽說，老爺有意納她為十夫人……府裡上下都這麼說，我也是從旁人那兒聽來的。」

原來那日玉兒也在宅內。雲娋尋思，季孫植卻未將玉兒擒來，他竟如此神通廣大，一眼就能看出這宅子裡誰是主人、誰是客人？她一時不得其解，遂森著臉道：「知道了。你去吧。」

挽花如獲大赦，忙鞠躬哈腰，道：「多謝九小姐！」拔足正想走，卻又止步，臉現猶豫之色。

雲娋見狀問道：「怎麼？」

挽花遲疑良久，終於下定決心，怯生生地道：「九小姐，挽花有一言相告。是關於當年……當年五夫人與老爺相識之事。」

雲娋一怔，「當年怎樣了？」她知道挽花比自己年長十多歲，在雲宅服侍已久，甚至早在朱夢紋嫁入雲家前，就已被父母賣給雲家做小婢。

挽花道：「九小姐別怪我多嘴，其實五夫人這些年來過得很苦。那天……那天看到九小姐對五夫人如此深惡痛絕，不禁覺得，事到如今，也該有人將當年的事情說與九小姐知曉。」

雲娋年幼時聽信謠言，認定自己是趙如嫣的孩子；後來年紀漸長，覺得當年不過是自己一場空想罷了。如今聽見挽花提起，許久以前的疑問又浮上心頭：莫非自己的生母，當真不是朱夢紋？

於是她急切問道：「當年到底發生了何事？」

挽花道：「那年奴婢也是隨老爺到隴西的僕婢之一，那陣子老爺與五夫人相識，情投意合，好得什麼也似。後來老爺移情別戀，看上趙家的小姐，趙小姐也因此有了身孕。

「老爺歡喜得很，旋即改變心意，要將趙小姐納為五房，改將五夫人納為六房。那時五夫人也早已懷了老爺的骨肉，且即將臨盆。她得知此事，痛心不已，鬧著要自盡。她腹中孩兒尚未出世，老爺自然不能讓她死，只得答允她，仍按原意納她為五夫人。趙小姐卻不開心了，認為若想辦法打掉五夫人的孩子，自己懷著身孕，地位自然就會高過五夫人。於是她趁著來到老爺寄宿的客棧時，走進五夫人房裡，假借要找她談心，卻忽然一把推向她……」

雲娋愕然道：「這……竟有此事？此話當真？」

挽花道：「奴婢所說，句句屬實。那時我恰好要送洗好的衣衫給五夫人，在門縫親眼看見的。只是趙小姐並未得手，反倒是五夫人閃避之下，趙小姐撲了空，摔倒在地……趙小姐自己的孩子就這樣沒了。」

這段故事，雲俗還是首次聽聞，一時說不出話來，半晌才道：「後來呢？」

「後來任憑五夫人如何解釋，老爺都存有疑心，懷疑是五夫人嫉妒之下，害趙小姐小產。我……我那時年輕，膽子也小，不敢介入此事，於是假裝什麼都沒看見，也沒有幫五夫人說過一句話……此時趙老拳師才知道女兒竟然懷了孩子，還因而小產，於是大發雷霆，說什麼也不肯讓趙小姐嫁給老爺。老爺因此對五夫人更加惱怒，從此之後對她便冷淡起來，即使看在孩子份上讓她入了雲家的門，也不曾再度寵愛她。」

雲俗聽著怔怔出神，只覺這一切離她如此遙遠。朱夢紋從尚未入雲家前就飽受折磨，她卻從未想過母親曾經歷了些什麼，只是打從心底惱恨她。

挽花垂下頭，又道：「對不起，九小姐……老爺從來不准家中有任何人談起趙小姐的事，所以……所以這件事我便一直放在心裡。只是……那日見到九小姐要殺五夫人，奴婢……奴婢才覺得不能不說。九小姐離家這幾年，五夫人神智越來越不清楚了。那天你也看見了，五夫人在宅裡過得越來越糟，現在就連下人也不把她放在眼裡，五夫人的吃穿用度，全都敷衍了事……」

雲俗不禁回頭望了翟千光一眼。他方提及朱夢紋的苦，現下挽花就對她說了這些，竟有這般巧事？

她低聲道：「我知道了，謝謝你告訴我這些。」轉身慢慢走遠。

翟千光跟了上去，喚了聲：「雲姑娘。」雲俗卻不答話，翟千光遂也默默隨行。一路走到了一座湖旁，水光瀲灩，柳竹錯落，湖邊石碑上刻著「寧姬湖」三字。

雲炤在一顆光滑的大石上坐下，雙手抱膝，幽幽說道：「從小我一直恨我母親，恨大娘、二娘、三娘、四娘、六娘，也恨我的所有兄弟姊妹。我還以為爹爹是家中唯一善待我的人，如今想來實在傻氣得很。此時我方領會，其實我爹，才是我最該憎恨之人。」

（二）

清風拂柳，也拂起雲炤的衣襬和髮梢。翟千光在她身畔坐下，道：「你是指，若非因為你父親，你幼時就不會遭到那些待遇，是嗎？」

雲炤悠然望遠，輕聲道：「我原本就知道，媽媽當年會性情大變，動輒對我拳腳相加，追根究柢，還是因為遭爹爹冷落，並且好不容易盼得的腹中胎兒被我弄沒了，這才崩潰發瘋。我卻不知，當年她所受的委屈，還遠遠多過這些。我……倘若是我與她易地而處，也未必便不會和她一樣。她待我固然極壞，但她如今落到這步田地，只怕也是比死了還要慘。」

翟千光靜靜聽著，雙目幽幽，凝視著她。

雲炤續道：「我在家中頻遭白眼，除因有這個瘋母親之外，也是各姨娘子女眾多，相互競爭之致。在爹的心裡，只怕從未將他妻妾的處境、孩子的處境放在心上。即便是有，那也只有幾個年長的哥哥，才夠得上份量吧。女兒於他而言，不過就是個隨便養在家裡的孩子罷了，連取個名字也無須上心，一律從女字便了。」

雲炤低聲說著，臉上毫無情緒。翟千光道：「你如此身世，固然可憐，但幸而後來遇上你師父，帶你入門學藝，也算是為你另闢坦途了。」

雲炤卻慘然一笑，「可這一切，卻又被我自己給搞砸了。我殺害師兄，引得眾師兄視我為仇敵。師父出關後得知此事，定也會對我失望至極。唯一要好的十五哥，如今更離我而去。這回我可真什麼都沒有了。什麼都沒有了……」

就連父親也成為她怨恨之人。況且，雲頌卿既知她曾辣手斷了親哥哥四肢，那日又親眼目睹她發狠弒母未遂，縱使她對父親想法未曾改變，只怕父親也不敢認她這個女兒了。

想到這千般萬種，雲炤不禁兩行淚水潸潸而下。

翟千光見她半日前才一副除了奪心修仙、什麼都漫不在乎的模樣；此刻卻竟在自己面前潰堤，不禁嘆息，道：「生而為人，之所以苦，乃因貪、嗔、癡、慢、疑五毒攻心。亦是因有我相、人相、眾生相、壽者相，故生嗔恨。這也是為何修道修仙，如斯重要。你若心有悔悟，此時回頭，仍為時不晚。」

雲炤淚眼迷濛，抬頭望他，奇道：「這回卻又說起佛教那一套了？」

「我常樂門所習仙術，緣起乃是佛教神通，門派之名便是取自《大般涅槃經》之『常樂我淨』。只是演變至今，融合了道家法術與教義，自成一家。」

雲炤心不在焉地聽著，卻毫不在意常樂門是出自佛教還是道教。她心中琢磨的是：待日後脫身，還要再回來奪心。只是這回首要奪心之人，改成了雲頌卿。

這番念想可不能對翟千光透露。幸好他只會感受悲苦，不會讀心。

過了一忽兒，她才道：「五年前，我師父就是在這兒救了我的。那時我正往寧姬湖跳下去呢。」

翟千光微微一笑，「那麼入門之後，你也等於是重新活過一回了。師徒之間的恩義，往往有如再造。」頓了一頓，「我師父待我，也是如此。」

雲岹好奇瞅他，心想他從未提過自己在師門中的事。

只聽翟千光娓娓說道：「我打從呱呱墜地那天起，就能感受他人之苦，接連哭了十天半月，哭得嗓子都啞了，喝進去的奶都吐了出來，卻仍不止歇。我爹娘慌亂不已，請了好幾個大夫來看，都束手無策，以為我身有惡疾，註定早夭，只得頭搖嗟嘆。我爹娘都感絕望，認定我必死無疑，故將我抱了出門，想要悄悄送到深山裡扔了，以免日日聽我哭嚎，心揪難忍……」

雲岹忍不住打岔：「你爹娘竟就要把你扔了？如此狠心！」

翟千光苦笑道：「連大夫都無能為力，我爹娘別無他法，這才出此下策。到了山上，碰巧遇見一名到林子裡採藥的壯年人，聽見我哭聲嘶啞，覺得有異，便好奇詢問。

「這人就是我恩師了。他自報名號，說是修仙門派常樂門掌門人，姓佟，單名一字岳。我爹娘說起緣由，我師父便道：『看來這孩子極為特殊。不如就交給我幾日，待我想辦法治治。』我爹娘彷彿溺水之人抓住一根稻草，雖然不知我師父來路，但想橫豎我已無救，便點頭答應，將我交了出去。

「師父將我帶回山中居處，拍著我背脊，溫聲道：『孩子，你究竟是為何而苦，告訴我好嗎？』彼時我父母已下山去，山中除了師父，方圓百里內並無他人，我感受不到他人痛苦，哭聲便緩了下來。師父頗感意外，將我養了幾天，見我不再鎮日哭鬧，便調了些藥性溫和之安神草藥給我。半月後見我仍無異狀，便要將我抱下山去，交還我父母。然而一接近市鎮，我又開始哭鬧不休。師父心覺奇怪，復折返山中，我即哭聲漸止。故只好又將我帶回居處，好好觀察。

「次月，師父的一位故人因身中怪毒，千里迢迢來請他診治。他的手指、腳趾全都蜷曲在一塊，且持續越收越緊，每走一步就是一陣劇痛。他一來到山裡，我感受其苦，便大哭起來。師父見狀，若有所悟。原以為我是接近人群便會哭嚎，但先前幾次師父友人來訪喫茶，我卻無異樣，還會展露笑顏。師父這才逐漸領悟，我先天便有感知悲苦之能。

「其時我尚幼小，無法練功；因此師父將此發現告知我父母後，便將我養在山中，如此即可遠離塵囂。直到我三歲之後，師父方始教我一些簡易的調息吐納之法，並藉此漸漸學習抑制心神。年滿六歲時，師父見我資質不錯，悟性甚高，便正式收我入常樂門下。」

聽到這兒，雲岹不禁啐道：「好不害臊，竟自誇資質甚高。」

翟千光笑道：「這可是我師父說的，我不過轉述罷了。」頓了頓又道：「但我總不能一輩子躲在山中，避世不出。此後師父便帶著我，遷徙至較有人煙的村落，如此才能得知我修習的抑制之法，是否奏效。然而即使學了內功法術，卻仍反反覆覆，難以操控自如，時時感受到他人或生離死別，或病入膏肓，或為情所苦，或慘遭凌辱。我痛不欲生，好幾次都想從山崖旁跳下去，就此一了百了。」

雲岹聽著不禁出神。實在難以想像，如此年幼的孩子，卻嘗盡人間諸般苦厄，那究竟是怎樣的滋味。

翟千光續道：「師父見我如此，卻始終不厭其煩，悉心指導，並告訴我：『你能苦人所苦，可謂天賦異稟，對於將來濟世助人，大有益處。然而助人之前，須得先學習克制心神；對於他人悲苦，可同理之，卻不能入心。猶如過往大慈大悲的成道聖者，儘管能悲憫眾生、渡化世人，卻不會以他人之苦，來傷及自身。』我將此教誨記在心中，並早晚依照師父所言修練，無一日懈怠。直到十一、二歲之後，方漸入佳境。若不是師父，我當年早已是山中棄嬰，默默死去，無人聞問，又焉有今日？師父待我恩重如山，無以為報，卻可惜不幸早逝。我承其衣缽，如今能做的，便是替他完成遺願，殺了季孫植，為民除害，也為師祖報仇。」

雲炤嗤道：「季孫前輩法力如此高強，想殺了他，你行嗎？」

翟千光淡然道：「他勝過我的，也僅在修習法術時日較長，因而基底深厚些罷了。往後數年，我功力日進，他卻漸漸年邁，遲早不是我對手。」

「嘿嘿，你倒是自負得很。這樣說來，你如今也實為常樂掌門了？」

翟千光嘆道：「常樂門一脈單傳，師父既逝，我即為掌門無誤。只是門內並無他人，是否給自己冠上這掌門名號，也沒什麼差別。」

雲炤凝視著他，見他側臉輪廓深峻，鼻樑高挺，烏黑的鬢髮微微飄揚。少了華服為飾，他便從一個富家公子哥兒，搖身變成浪跡江湖的年少英俠，卻是一般地俊朗挺拔。一瞥之間，又注意到自己先前在他額上留下的那抹極細的傷痕。想起他對這微小傷疤竟極為在意，不由得噗哧一笑。

翟千光轉頭瞅她，「你笑什麼？」

雲炤抿嘴笑道：「我是想到，你如此道貌岸然，一副慈悲為懷、行俠仗義的模樣，卻如此著於外相。」

翟千光哈哈大笑，笑聲十分清朗，「你說得不錯，這也是我修道路上的一項阻礙。」

雲炤也不禁笑開。聽他說起自己的師門淵源，得知他童年也曾歷經一番波折，甚至一度遭棄，不由惺惺相惜起來，霎時間竟覺兩人之間似乎親近了幾分。想著想著，玉頰微微泛紅，悄悄別過臉去。

忽聽翟千光道：「走吧！得繼續趕路了。」起身要回雲宅牽馬。雲炤怔了一怔，頓時如夢初醒，暗道：「他看似與我交心，花言巧語，不過想騙我解藥罷了。我手染鮮血無數，定為他所不齒，難道還真能指望與這樣的人走到一路去嗎？還是早些醒醒吧。」

起身剛跨出一步，柔腸百轉，竟是不由自主地又紅了眼眶，下一步便跨不出去了，宛如被釘住一般杵在原地。

翟千光走出幾步，沒聽見雲炤腳步聲，回頭一望，見到她悄立湖畔，眼中又沁了淚，以為她還在為父親及師門之事難過，遂走回她身畔，溫言道：「你別擔心。待你調好解藥，救治紫皮症患者，此後再持續多行善事，彌補過失，相信你師父心中亦是歡喜，頂多略加責罰，便能讓你重回好學觀。至於你十五哥，他雖欺騙了你，卻也是出自一片好意，不願見你陷溺過深，日後好好與他說開，也就沒事了。」

聽見他如此柔聲勸慰，雲炤不禁又是溫暖，又是著惱；惱的是他既不知她心意，還在那兒苦口婆心，循循善誘。她也不加爭辯，只幽幽一笑，與翟千光並肩而行。

越往前走，她心中越是不安。越接近靖春一步，越使她不得不想起，更糟的事還在後頭。

（三）

好學觀後山石洞外，靈藏派大弟子卓人岱領著十三名師弟排成兩列，長跪在草地上。陽光映照，眾弟子汗水涔涔而下，卻都一動也不動，也無人皺一皺眉，直挺挺跪在那兒，像在等候著什麼。

正午剛過，忽聽見轟轟沉鬱聲響，自封住石洞的那顆大石後方傳來。眾弟子聞聲抬首，只見大石一寸一寸地往旁移動，逐漸露出石洞洞口。待洞口寬至可容一人出入時，一名容顏清癯、長鬚飄飄的道人緩步而出。

「師父！」卓人岱等見狀，均伏地叩首。

「起身吧。」貳過道人說道。眾弟子聞言謝過，起身一見師父面容，都吃了一驚。

但見貳過道人的臉上、耳朵、頸肩，以及從衣袖伸出的雙手，均有大片皺縮枯槁，宛若生了重病一般。唯獨雙目依然炯炯有神，溫潤生光，仍保有功力深厚之人的底蘊。

卓人岱道：「師父，多年不見，你老人家的身子……」

貳過道人擺擺手，道：「不妨事。你昨日在石門上敲擊信號，指稱門戶有變，究竟是何事？」目光掃視一眾徒兒，見眾人均略垂著頭，面有慚色；其中杜孟恆更是雙眼腫得不像話，像是哭了好幾天似地。卻不見三弟子喻閎澈及小弟子雲炤的蹤影。他旋即眉心聚攏，若有所思。

卓人岱又撲地跪倒，愧然道：「弟子打擾師父閉關靜修，實在歉疚。只因此事過於重大，不得不為之。弟子承師父之命，代掌門戶，卻未管教好師弟、師妹，以致造成憾事，使得小師妹竟因而害死了……害死了三師弟，更接二連三，鑄下種種大錯。弟子有過，辜負師父信任，請師父重重責罰！」

語畢連連叩首。其餘弟子也都跟著跪倒。

貳過道人心頭大震，想起與喻閎澈多年的師徒情誼，不禁潸然淚下，定了定神才道：「罷了。你們都先起來吧。人岱，這究竟是怎麼一回事？」

眾弟子起身後，卓人岱垂首道：「請師父移駕內堂，弟子將來龍去脈，與師父稟告。」

貳過應允，領著眾弟子進了內堂。

隨後卓人岱將餘人遣開，單獨對貳過道人言明雲妱當年向喻閎澈學習法術、卻被逼失身、因而懷恨將其殺害之事。以及雲妱偕杜孟恆依藏書樓禁書邪法煉製丹藥，進而引發疫病，奪取人心等經過，也都清楚交代。同時也轉述了王珵等下山所見，包括與「常樂門」門人翟千光交手，並在雲家宅院目睹翟千光大戰季孫植云云。

最後說道，翟千光日前已闖入好學觀，將雲妱劫走；此人來去無聲，弟子無能，竟未發覺；直到杜孟恆趕來報信時，翟千光早已走遠。至於杜孟恆，則已誠心悔過，先前不但奉命攜帶磁石、引王珵等人追蹤雲妱，這陣子回到好學觀，也日日在自修堂面壁思過。

貳過道人越聽，面色越是凝重，不住搖頭嗟嘆：「冤孽、冤孽！」更細問了關於季孫植的種種情事。卓人岱未親自下山見聞，便將杜孟恆喚來，要他說明。

杜孟恆一進門，即在貳過道人面前跪倒，詳述遇見季孫植之始末；與雲妱下山後的所作所為，也坦承不諱。邊說邊流淚，到最後已泣不成聲。

杜孟恆言畢，卓人岱又向貳過道人拜道：「師父，弟子督導不周，是弟子過錯。請師父責罰。」

貳過道人將卓人岱扶起，嘆道：「不，這不怪你，而是為師之過。我早知妱兒幼時飽受屈辱，養成一股子狠戾脾氣，難以根除，卻未能好好教導她。閎澈拜入我門下多年，卻仍養出如此品行，為師實在難辭其咎。更不該的是，我又在好學觀裡收藏了我數十年前早該毀去之書。唉！當年一時難捨，竟致今日慘劇。為師鑄成的錯誤，定當一力承擔。事不宜遲，咱們即刻下山去吧。」

卓杜二人見貳過道人竟將雲妱的過錯全攬在身上，均想師父實在仁厚過人，心中感佩。至於師父為何藏有季孫植的著作，兩人雖覺好奇，但眼下顯然並非過問此事的時機，遂異口同聲問道：「師父要上哪兒去？」

貳過道人肅然道：「依你們所言，那常樂門人會將炤兒攜至靖春縣衙。咱們這就去靖春。此行除為了炤兒，更是為了迎戰季孫植，不可怠忽。人岱，你快傳我號令，含你在內，須有七名弟子隨我下山，明日即刻動身。」

卓杜二人都嚇一跳。多年來貳過道人從未如此慎重，一次帶這麼多弟子下山，可見那季孫植的確是個勁敵。

卓人岱領命，旋即找了王珵、駱平濤、周謹，以及老七柳昕、老十尉仲煊。餘下最後一人，貳過道人則叫來杜孟恆，道：「孟恆，你隨我下山去，好好表現，即可將功折罪。」

杜孟恆心中一陣酸澀，一陣溫暖，拜道：「多謝師父賜予弟子抵過機會。」

貳過道人一擺手，「事態緊急，這些禮節都免了。看此情勢，咱們當須以本派『無絕陣』迎敵，此陣法你還未學過，為師今日便傳授予你，能學多少，只得盡力而為了。」

杜孟恆躬身應諾。半個時辰後去到練武廳學陣法，見貳過已站在裡頭，正拿著一只木碗，餵食一隻麻雀。

杜孟恆好奇問道：「師父，這隻鳥是哪兒來的？」

貳過卻不回應，伸手輕撫著麻雀背部。只見麻雀將頭埋在碗中啄食片刻，忽地仰頭「啾」了一聲，翅膀上隱隱透出灰色；再過半晌，便浮現了幾星灰斑。

杜孟恆大吃一驚，此情狀分明是《季孫神丹》中所記載，「烏沙丹」中毒的反應，不禁脫口道：

「師父，你怎會……」

貳過微微一笑，依然不答，拿起一旁的小瓷瓶，倒出一些粉末在木碗中，混入裡頭的米粟。那麻雀又低頭啄食，待木碗見底，貳過便將麻雀捉起，關進一旁的鳥籠中。

「師父……」杜孟恆忍不住又開口，貳過卻打斷他：「且打坐片刻。」說著率先閉目打坐起來。

杜孟恆滿腹疑問，卻也只能依言而行。

約莫一盞茶時間，貳過才又起身，走到鳥籠旁查看。杜孟恆聽見聲響，張眼一望，卻見那麻雀身上的灰斑竟漸漸轉淡，雖未完全消失，但已不如方才的顏色濃重。

他不禁瞠目結舌，何以師父竟會有烏沙丹的解藥？貳過看見他的神情，笑道：「我這番閉關，可當真有所收穫了。」

杜孟恆似乎若有所悟，道：「莫非師父此次閉關，就是為了……」

貳過擺手道：「此事晚些再談。我須得先傳授你無絕陣的要領，今夜務必記熟了。」

杜孟恆心中一凜，應道：「是。」當下潛心記誦口訣，跟著師父一招一式演練，絲毫不敢怠忽。

師徒二人直練到次日凌晨，方小憩片刻。

天未破曉，眾人便即動身下山。此次由言駿崧坐鎮觀中，領著眾師弟，與師父和大師兄等拜別。

（四）

自己居然無意間對翟千光吐露這麼多心事，雲炤不禁越想越是懊悔。都要怪自己不知道怎麼搞的，搞得眾叛親離，才會淪落至此，滿腔沮喪只能對翟千光這個外人訴說。

往靖春一路上，雲炤好幾次假借腹痛、身子不適，要翟千光停下歇息；時而又說眼前風光秀色，應駐足多看幾眼。費盡心機，就為了能夠慢點兒到達靖春。翟千光卻心繫紫皮疫情，不願耽擱，更無意欣賞美景，身上有的靈丹妙藥全往雲炤口中塞了，使她再無理由拖延，一張俏臉越來越苦，到最後已然說不出話來。

行了多日，馬蹄踏著暮色，終歸還是入了靖春縣境。雲炤膽怯起來，不由自主勒住馬韁。

翟千光亦勒馬止步，道：「你不用害怕。我說過會保你性命，便無人能夠傷你。」

雲炤道：「我可不想再待那又髒又臭的大牢。」

翟千光微笑道：「這次不會了，好嗎？」

雲炤望向他的眼，鳳目之中，不復往日對著她的沉穆肅殺，反帶著幾分溫柔。她心中微微一揪，只得點了點頭。

翟千光怕帶著雲炤大剌剌走進縣衙或丹承行館，都將引起騷動，應付起來著實麻煩，於是對雲炤道：「我給你在縣衙左近找間客店，你且在那兒待一會兒。你寫好藥方後，我便著人去配製。」想到縣內四處張貼她的畫像，若被人認出，恐生事端，又道：「我會安排妥貼，不讓人入房打擾。所有飲食和起居用品，都送到門外給你。」

雲炤苦笑：「那與囚禁其中，有何兩樣？」又心想，這人怎麼一副她已經答應給藥方了似地。

翟千光道：「只要我確認解藥有效，即刻放你出來。」

雲炤心裡微微一冷。他到底並非完全信任她。

她不置可否，只「嗯」了一聲。

翟千光領她來到一間「淳信客棧」外。這間客棧有三層樓高，掛著整排大紅燈籠，雕樑畫棟，氣派非常。翟千光下了馬，回頭笑道：「即便是京城裡的高官來視察小縣，只怕除了這兒，也找不到更舒適的住所了。讓你在此歇下，也不算虧待你了吧？」

雲炤卻不下馬，鬱鬱喚了一聲：「翟千光。」

翟千光見她神情有異，笑容微斂，「怎麼？別告訴我你仍不肯給藥方。」

雲炤欲言又止，掙扎了一忽兒，才終於艱難開口：「不是我不肯配藥。而是……而是……我根本不知解藥如何調配。」

翟千光雙眉微蹙，卻沒如何反應，道：「你先下馬，咱們到一旁說話。」他想靖春認得自己的人不少，大街上熙來攘往，若被發現他和雲炤在一起，立即就要驚動縣府。

雲炤會意，便下了馬，與翟千光拐進一旁小巷。翟千光見四下無人，方道：「你說不知解藥，此話怎講？」

雲炤幽幽地道：「那日被我師兄圍困，我為保性命，信口胡謅世上僅有我知道紫皮症解方；十五哥一聽，也替我圓謊。其實，《季孫神丹》裡隻字未提紫皮症如何能解。那本書……我也並未燒毀，只是藏了起來。你若是不信，我可帶你去把書再找出來瞧瞧。我……我是騙了你。當時我怕若一早就坦承不知解方，立刻就會被你給殺了。」

夕陽將落，映得翟千光的臉龐半邊黑，半邊白。他一時無語，片刻才道：「那現在怎又對我說了？」

雲妱不禁泫然，卻拚命咬牙忍住，低聲道：「因為，我不想再騙你。」

她從何時開始有這想法，連自己也不知道。這一趟路途，她一再找藉口延挨，究竟是因為擔心自己不知解藥的事被發覺了，會遭到報復；或者僅是盼與翟千光如此並騎前行的時間，能夠再長一些？如此，她就不會這麼快又再經歷一次別離。

翟千光凝視著她的臉，她卻迴避他的目光。良久，才聽他輕輕一嘆，道：「你走吧。」

雲妱詫異轉頭，看著他道：「你讓我走？」

「是。你既不知解藥，我也不須留著你了。天大地大，你不論是回歸師門，或是想去哪兒都好。只是，盼你別再循偏門修仙，殺傷人命了。」

「你……你相信我的話？」

「我信。」

「你不殺我？」

「我承諾過你，不會殺你。」

「那疫事怎辦？你對縣衙如何交代？」

「還能怎麼交代？我只得另尋他法。」

兩人相視而立，一時之間都不說話了。華燈初上，客棧裡熱鬧起來，陣陣人聲入耳不入心。雲妱忽覺一陣淒清，卻不知道翟千光心裡是怎麼想的。

他就這樣讓她走了，她其實該開心才是。翟千光已不再為難她，她大可離開，想去哪裡就去哪裡。只是如今，她還能去哪兒？她早已家門不容，師門也不容，她還能去哪兒？

總不成改拜季孫植為師，隨著他浪跡天涯吧。

翟千光明知她處境，卻什麼也沒表示，就這樣淡淡一句你走吧，便想打發了她。從今以後，各自天涯，各不相干。而她，竟還天真地以為真能和他交心，以為他倆之間除了解藥之外還能有些別的；而轉了這老大一圈之後，卻發現他倆之間除了解藥之外還真就沒別的了。

轉了這一大圈，她還是原本的她，還是當年上好學觀之前，心如槁木死灰、正往寧姬湖裡躍下的那個雲炤。如今的這個雲炤，依舊心如荒漠。

她一個勁兒將眼淚往肚裡吞，半滴也沒流出來；只是淒然一笑，沒再多言，自顧轉身緩緩走了。她氣自己內心深處竟盼著他追上來。然而她越走越遠，直到上馬而去，他都沒再追來。

（五）

驚蟄已過，春雪消融，本是花開回暖的好日子，川魏河一帶卻是人心惶惶，慌懼異常。融雪後，即見河畔遍野的豔紫，濃烈得駭人。自查出紫皮症身亡者都是因為遭人奪心之後，眾人都以為紫皮症本身對人體並無大礙；然個數月過去，卻陸續有染疫者身上出現骨骼疼痛、夜不能眠之情事，甚至日以繼夜悽慘嘶叫，教人怵目驚心。

此時百姓均知毒來自河水，極少人敢再飲川魏水，卻擔憂梅雨時節，倘若河水暴漲，淹入農田村落，疫情又要擴散。

走在街上，每三步即可見到頭頸和手上佈著點點紫斑之人，個個愁眉苦臉，無精打采。其他州縣之人，沒人敢來到靖春、康桐和定豐，唯恐一踏入境內就要染上怪病。

缺了河水水源，此三縣民生用水大減，水價飆升，也一併帶起糧價，繼而使得百業蕭條。有些窮苦百姓沒有水喝，寧願身長紫斑，也只得冒著禁令，偷偷汲河水來飲。雖然已好一陣子沒再發生紫皮症患者暴斃身亡之事，縣城裡仍滿是愁雲慘霧。

人人都盼著官府、盼著翟千光趁早緝拿兇手歸案，並調製解藥，撲滅瘟疫；然而一月一月過去，案情卻像石沉大海，一籌莫展。衙門近來發現，民間不時有群聚密會，像在商議些什麼；有謠言說，因官府無能，人心思變，故已有人正籌組幫會，預備揭竿起義。

縣衙內廳裡，葛培獻正瞪著那好整以暇坐在面前的翟千光，簡直頭痛欲裂。

「你說，連那兇犯自己都不知道紫皮症解方？」

「是。」

「因此你就放她走了？」

「是。」

「連加以拷打刑求都沒有？」

「沒有。」

「為什麼？」

「因為，我相信她說的是真話。」

葛培獻握緊了拳頭，額頭爆出青筋，像是在忍耐著不可口出惡言，以免失了地方父母官的風範。

「我說翟老弟啊，本縣知道，此案能有今日進展，你是厥功甚偉；若沒有你，靖春的百姓只怕早已死傷大半，而官府不但束手無策，更始終被蒙在鼓裡，連這疫事是怎麼來的都不知道。然而你是否能行行好，好人就做到底？既然千辛萬苦抓到了案犯，為何又如此輕易把人放了？她信口說句不知解方，你就真信了？就算當真如此，但此人可是殺人不眨眼的女魔頭啊！你縱放了她，若她又再去殺人奪心，那該如何是好？」

葛培獻捶胸頓足，嗟嘆連連。瞧向翟千光，他卻好似不為所動，劍眉深鎖，看來有些心不在焉，也不知自己適才說的話，他到底聽進去了沒有。

「大人，你且莫煩惱。我可拍胸脯擔保，雲姑娘必不會再殺人奪心。至於解方，小弟需另循途徑鑽研。少陪了。」翟千光語畢，霍然站起，對著葛培獻一躬身，便轉頭揚長而去。

「翟老弟！」葛培獻對著他背影大喊，卻見翟千光毫不理會，大搖大擺地走了。他不禁氣結，砰地一屁股坐下，扶額嘆氣。

翟千光甫跨出縣衙門檻，迎面便撞上趙赫。趙赫一見到他，旋即喜道：「翟公子，那天聽聞縣衙裡來了個會使妖術、相貌可怖的老翁，將你擒到手的兇犯給放了；後來又聽說你孤身前去捉拿兇犯，大夥兒都在說，就怕你有個什麼萬一……如今見你毫髮無傷地歸來，那可真是太好啦。」

翟千光微微苦笑。在雲家大宅與季孫植惡鬥而險些丟掉性命的事，他為免引人擔憂，回到靖春後並未對人說起。回想當時內傷嘔血、九死一生的情狀，自是與所謂「毫髮無傷」相去甚遠。故只應道：「有勞趙兄掛懷。此間疫事未了，在下自然不能這麼輕易便死。」

「是，是，翟公子神通廣大，是我多慮了。咱們全境的百姓還指望著你來……」

翟千光忽打斷他道：「趙兄，聽聞近來衙門捕爺都在境內巡視，補給物資給那些因紫皮症而無法撐起家計的百姓，可有此事？」

「是啊，待會兒我就得隨林大人一道上八楊村去。」

「我和你們一道去吧！」翟千光丟下這句，不等趙赫回應，率先就往外走去。

抬眼望遠，見天色湛藍，實難想像這樣的萬里晴空下，卻是遍地哀鴻。

他亦想著雲岹。不知她離開靖春後會往何處去？儘管難以放心，但眼下她卻是他最後需要擔憂之事。

「那兩個魔頭當真可惡！我好好一個兒子被折磨得不成人形，連活兒都幹不了，他家裡還有老婆和五個孩子，可都指望指望著他啊！大人啊，若捉到那對魔頭，該當將他們千刀萬剮、挫骨揚灰……」

林述率一批衙役至八楊村探訪，百姓哀號沿路不絕。翟千光默默跟在隊伍之旁，聽人提起雲岹，他腦裡浮現的，卻是昨日離別時，與他相對的那雙孤獨的眼睛；以及那煢煢無依、逐漸遠去的纖弱身影。儘管當時他已按照自己的承諾，暫且關閉感知痛苦之能；然而她眼裡背影裡的那些內容，他仍看得出來。

他畢竟並不傻。

想到這兒，心頭緊了一緊。有那麼一瞬，他以為那是一旁百姓的心情；然而下一刻，他卻立時明白並不是這麼一回事。

「……那一行人著實奇怪，沿途打探一個雙腿殘廢的老者，我說沒見過，他們立時像風一樣走了，片刻也沒停留，像趕著投胎呢。」

這話傳入翟千光耳中，他立時一凜。回頭一望，見是道旁兩名布衣男子正在閒聊，便慢下了腳步。

「你也遇上啦？昨兒我嬸婆才說呢，她出門時被路旁那株榕樹根絆了一下，整個人往前撲倒，眼看就要摔碎一把老骨頭——鼻子只差一寸就要貼到地面了！這時忽有一名年輕人拉住她手臂，輕輕巧巧就將她扶了起來。我嬸婆還未站穩，那年輕人劈頭就問，是否看見一名雙腿殘廢的老者？我嬸婆平日大門不出二門不邁，自然是搖頭不知了。」

聽到這兒，翟千光旋即上前，拱手道：「兩位兄台，能否借問打聽殘廢老者的那行人是什麼形貌、往哪個方向去了？」

那兩人見到翟千光是跟著縣丞和捕快一道的，不敢怠慢，當中一人便道：「是一名道人，帶著六、七名青壯年人，形色匆匆地，也不知是幹什麼的，半個時辰前剛往西南方去了。」說著朝前一指。

翟千光抱拳道：「多謝。」二話不說，往那人指的方位拔足就走。

「翟公子，你上哪兒去？」趙赫察覺後旋即呼喊，卻見翟千光頭也不回，早消失在街角。

六

天涯識君如千光

（一）

雲岹與翟千光分別後，騎著馬在市鎮裡亂兜亂轉，一時不知該往哪兒去，韃了大半夜，紊亂的心思才漸漸沉澱下來。略一尋思，便想起了父親：「是了，我要再回家去，取爹的心。」

於是掉轉馬頭，又回頭往景岫鎮去，卻是步伐散漫，心神恍惚。夜闌人靜中，唯聞稀稀落落的馬蹄聲。直到行出里許，才驚覺自己根本走錯了方向。

正想再次掉轉，忽地眼前一花，閃過一片迅疾的黑影。她頓生戒備，扣緊懷中的銀針，四處一張，卻沒見到人煙。惶惑之間，一個嘶啞的聲音劃破暗夜而來：「小丫頭，這兒有你要找的東西！」

雲岹循聲望去，赫見道旁的大樹下，一團形狀怪異的龐大黑影正在不停抖動。再定睛一瞧，那團黑影竟是一肩高、一肩低的季孫植；他手上揪著一人，不住扭動身軀掙扎，身上的綢緞映著月色，透出隱隱光澤；豐腴的身子和白淨的臉龐極為熟悉，卻是雲頌卿。

雲岹大吃一驚，連忙下馬，奔到季孫植面前道：「季孫前輩！這……這是……」

季孫植桀桀笑道：「我替你把天下第一仇人給揪了來，甭謝我了。」說著伸手一遞，雲頌卿龐大的身軀在他手中像是輕若鴻毛，被凌空提了起來，雙腳在半空中瘋狂舞動。

「岹……岹……救……」雲頌卿一張臉漲成紫醬色，萬般艱難地吐出零星字詞。

雲岹卻不自禁退了一步，道：「前輩，你怎知道我……？」心中驀地升起一絲不安。這季孫植雖曾出手救她，又執意助她修仙，卻不料竟如此陰魂不散；不但知道她的蹤跡，更能窺探她心思，想來不由得有些寒毛直豎。

「嘿嘿，我之所以仍吊著一條命活到現在，就是盼著能有傳人承襲我的法門，終成大道。你需要的仇人之心，我又怎會不知？」

雲炤忽覺不對，問道：「前輩，你如此盡心地幫我，可自個兒怎麼不修仙呢？」

季孫植又是一陣刺耳的怪笑，笑得陣天價響，良久方歇，開口時卻是答非所問：「這人的心，你到底要是不要？你若不要，我抓他來也無用處，不如順手擰死了。」

說著揪住雲頌卿後頸的手緊了一緊，指尖深入肉裡，掐出紅色的指痕。雲頌卿張大了口，舌頭伸出，眼看就要窒息。

雲炤竟有些不忍看，微微撇過頭去。她不禁困惑，自己明明決意想取父親的心的，怎麼現下他自己送上門來，卻反倒踟躕不前了？

季孫植睨著她，「怎麼，不想修仙了？」

雲炤這才緩緩抬手。見到雲頌卿肥胖面頰中裹著的漆黑眼眸，流露著哀懇和倉皇，是她從未在父親眼中看見過的。霎時間，兒時點滴湧上心頭。父親待她雖從來算不上好，卻好歹是年幼的她無處可去時，唯一的安身之所。儘管此時心知他才是諸惡之源，但自小以來的習性實在難以改變；此時看著這個在家中唯一對她有過善意的臉，竟爾下不了手。

於是她慘然一笑，道：「季孫前輩，我奪來的心都給我師兄收走啦，如今再從頭開始，也沒勁兒了。多謝前輩一路相助，晚輩感激不盡。然而煉製這『飛天夢魂散』，大概與我此生無緣了。所以，還是請你放了我爹爹吧。」語畢對著季孫植一揖，轉身就要離去。

然而才跨出兩步，眼前嘩啦一響，季孫植竟又平移至她面前，手中仍緊抓著雲頌卿，冷冷地道：

「說走就走，豈有這麼容易？一旦成為我季孫植的傳人，便休想半途而廢！要不就去把心搶回來，要不就是從頭開始。如此前功盡棄，如何能成大道？」

雲娋苦笑道：「我為了奪心修仙，已經搞得眾叛親離，了無生趣。能不能成仙，早已不是那麼要緊了。」

再往旁跨出一步，季孫植卻又再度橫在她面前，擋住去路。雲娋不禁變色：「前輩，這是什麼意思？」

季孫植冷笑：「既然承傳我的絕學，便不容中途退出。要取心或是交出自己小命，你選一個吧！」

雲娋心知肚明，季孫植的法力與自己有天壤之別，要取她小命自是輕而易舉，遂道：「好吧，我取心就是了！」

雲頌卿一聽，原本紫到發黑的臉龐，頓時變得毫無血色，如死人也似。

但見雲娋探出了手，一寸寸接近雲頌卿胸口；還未碰到他胸前衣衫，忽然凌空一抓，季孫植掐著雲頌卿的三根手指竟隨之張開，像是被人抓住手指扳開一般。緊接著兩根銀針從雲娋袖中射出，逕飛往季孫植下腹。季孫植不得不往旁避讓，雲娋便趁此空隙，將雲頌卿往旁一推，瞬即讓他脫離季孫植掌握。

雲娋對著父親厲聲道：「快上馬！」

雲頌卿正踉蹌舉步，往雲娋的坐騎奔去；但季孫植拐杖往前一點，雲頌卿衣領就像是被隱形之物拖住似地，一邊慘叫一邊往後滑行，樣貌滑稽至極。

季孫植繼而點出另一根拐杖，也將雲炤拖到身邊，森然道：「敢在我面前玩花樣，看來是父女倆都不要命了！」

雲炤也不掙扎，黯然道：「我本來就不要命了。命該如此，那也沒什麼好說的。連帶賠上爹爹，更是無可奈何，我設法救他，已然盡力。畢竟我會走上今日之路，他原是難辭其咎。」

季孫植哈哈大笑，聲震屋瓦，「可惜，太可惜了。」高高舉起拐杖，往雲炤頭頂劈落。

（二）

雲炤閉目待死，驀地裡耳畔「咣」一聲大響，她頓覺後頸一鬆，回首望去，赫見不只拐杖被撞飛，連帶季孫植整個人都被不明物事撞得往後飛越數尺；一旁雲頌卿則委頓在地，動彈不得。

雲炤大喜，心想果然又是翟千光出手相救，脫口喊道：「翟——」卻倏然住口。

眼前站著的並不是翟千光，而是影影綽綽，七、八人等，一字排開；站在最中央的那人，飄著灰白長髯，雙手攏袖，竟是多年不見的師父貳過道人。其餘則是卓人岱、王珵等一眾師兄；連杜孟恆也在其內。

「師父！」雲炤大吃一驚，雙膝一軟，對著貳過道人伏倒在地，霎時間百感交集，不敢抬頭，不敢看師父的臉，也不敢與杜孟恆四目相接。

貳過道人袍袖輕拂，雲炤立時感受到一股力量，不由自主地挺身站了起來。貳過道人卻未回應她，逕衝著季孫植森然道：「你終於現身了。這許多年來，我找你找得好苦，今日非將你滅了不可。」

季孫植卻像是聽見什麼可笑之事一般，呵呵、哈哈、嘿嘿狂笑，笑得前仰後合，眼角滲淚，狀若瘋癲，良久不歇。

貳過道人始終神色肅然地望著他。季孫植好不容易止住笑聲，方開口道：「當年明明是你這老傢伙，一手造就今日之我；卻直到此刻才要一副正氣凜然的模樣，說要滅了我？嘿嘿，你今日可是改頭換面，又改名換姓，叫做什麼來著？貳過是吧？以為只要改個名字，就能抹除過往嗎？哈哈，這可是我聽過最可笑的笑話！」語罷又是一陣癲狂大笑。

雲炤聽得一頭霧水，望向師父，見他臉龐剛硬，目光灼然；再望向眾師兄，人人皆是一臉茫然，似乎無人懂得季孫植這番話是什麼意思。

貳過道人沉聲道：「是我的錯。早在廿年前就該滅了你，無奈當時我身子太過虛弱，這才讓你給逃了。除惡務盡，如今我再不彌補此過，可真無顏面對天下蒼生了。」

季孫植笑道：「這話說得冠冕堂皇，你若真有此心，那為何一直保有那本著作，捨不得毀去，以致今日局面？」

貳過道人閉上眼睛，面頰微微抽搐，彷彿憶起了什麼令他痛苦不堪的事一般。但此神情也只是一瞬之事，下一刻他便睜大了眼，目光炯炯，喝道：「多說無益。結陣！」

他一聲令下，卓人岱等旋即散開，舞動長劍，白光到處，響起一片嗡嗡聲。雲炤一見之下，覺得與王珵等四人當初在冀北郊外所結劍陣，頗為相似。此時七人再結此陣，看起來威力似乎又更加強大。

只見貳過道人站在劍陣之前，長劍挺出，一馬當先往季孫植飛身刺去。季孫植哈哈一笑：「今日就來見識見識，究竟是你假惺惺的正道厲害，還是被你棄之不顧的邪法厲害！」說著舞動拐杖，與貳過道人攻得難分難捨。

貳過道人執劍的手臂自袖口探出，雲妱即見其整條前臂幾乎都已暗沉乾癟，不由驚詫。而貳過道人這一劍雖然凌厲，劍尖卻在略略顫抖，似乎手臂有些無力。雲妱看在眼裡，不禁擔憂。

貳過道人劍術、法術皆精妙無比，雲妱從未看過師父與人正面對敵，不禁眼花撩亂。只是他在季孫植步步進逼下，仍逐漸吃緊。卓人岱見狀喝道：「上！」餘人齊聲答應，上前團團圍住季孫植。季孫植忙於應付靈藏眾弟子的圍攻，貳過道人那邊旋即緩解，攻勢復猛烈起來。

季孫植暴凸雙眼，惡狠狠瞪著貳過，看上去十分猙獰駭人。驀地他大喝一聲，身子開始像陀螺一般滴溜溜轉了起來，一波波強而有力的旋風隨之炸出，貳過道人等全都不由自主地被往外逼退。

貳過道人喊道：「不妙，是『旋風掃命術』！眾弟子快撤，撤得越遠越好！」率先往後一躍再躍，直到離季孫植四、五丈遠。

靈藏派諸弟子見狀，也紛紛急躍而開。不料季孫植一邊旋轉，竟一邊往旁移動；而正對著他前進方向的，正站著周謹和柳昕二人。

兩人連忙又繼續撤退，只是季孫植疾轉如風，飛也似地直逼而來，眼看距離兩人越來越近。貳過道人心知「旋風掃命術」威力兇猛至極，兩個弟子只要一觸及季孫植掃出的力道，就會立即血肉橫飛。於是提劍上前，橫在周、柳二人身前，劍尖往前一劈，大喝一聲，迸出一陣刺眼光芒，嘭地往季孫植擴散而去；同時間季孫植身周也是一陣爆裂聲響，碎石、木片和泥沙紛飛。在場眾人只覺極其強勁的風撲面襲來，夾雜著刺頭刺臉的碎屑，相當不適。

「師父！」一片霧濛濛中，忽聽見周謹尖聲叫道。眾人聞聲望去，見到貳過道人長劍拄地，顫巍巍地半彎著身子，看似連維持站立都十分困難。周謹、柳昕則一左一右攙著他。

雲炤及卓人岱等也都搶了上去。貳過道人霍地嘔出一口血來，臉色白得嚇人。柳昕泣道：「師父方才擋在我倆身前，那廝掃出來的威力首當其衝……」

卓人岱喝道：「莫杵在這兒，快把師父扶到一旁去！」語音方落，他與王珵旋即不約而同挺出長劍，「鏗」地一響，雙劍交叉，將季孫植趁隙攻來的兩道青黃霧氣擋了回去。

柳昕大吃一驚，連忙與周謹扶著貳過道人往一旁退去。

貳過道人沉聲道：「莫慌了手腳，快結『靈藏無絕陣』！」

季孫植這一擊，使得陣法大亂，貳過道人一聲令下，眾弟子才又抱元守一，凝劍而立。周謹、柳昕入陣時，雲炤便上前接手扶住師父。

雲炤曾聽師父提過「靈藏無絕陣」，卻從未親眼見過師父或同門演練。此陣法以武功根基為底，再以法術幻化之凌厲劍氣攻擊，變幻莫測、靈動飄忽；陣中之人互補其短，融合所長，結成綿密堅固的網絡。其靈活之處，在於不論是二人、三人或七人、八人，甚至是十多人一同入陣，都能夠隨著不同人數，將其威力發揮得淋漓盡致。當四人同使，便是「四絕陣」；此時七人同使，則為「七絕陣」。

「原來當時二師兄他們使的，就是靈藏四絕陣。」雲炤想起王珵等人下山追捕她和杜孟恆時的情景，暗暗想道。

眼見師兄們劍如白虹，結成一穹頂般的光罩，將整個夜空照映得亮晃晃地，宛如白晝。眾人劍勢相互應和，攻守之際配合得天衣無縫。雲炤目光落在杜孟恆身上，但見他劍招略顯生疏，應是初學乍練。

季孫植在靈藏門人包圍下，拐杖左點右指，一道道青霧從四面八方激射而出，竟絲毫不見敗勢。青霧好幾次從靈藏弟子身旁擦過，驚險萬分。

驀地裡「啊」一聲慘呼，繼而匡啷一響，杜孟恆抱著手臂，跌跌撞撞地連退了好幾步，面頰扭曲，看來十分痛苦。下一刻，鮮血就從他的右臂滲了出來。

「十五哥！」雲炤脫口叫道。

杜孟恆頭略略一偏，卻沒有望向她這裡。他一受傷，王珵旋即補上他的位置，喝道：「快退！」杜孟恆急忙後退，季孫植卻瞧出破綻，拐杖一指，青霧逕往杜孟恆射來。

這一道霧氣挾著「嘰」一聲尖銳，以及濃烈刺鼻的氣味，來勢洶洶，與方才的攻勢盡皆不同。貳過道人方急喊：「快撤——」王珵的劍幾乎同時間挺出，擋在杜孟恆與青霧之間，「刷」地一響，王珵、杜孟恆皆被迸出的力道彈開，一左一右飛出好幾丈遠，各自倒地不起，不知死活。

眾人見此情狀，都大為驚駭。雲炤往前跨了一步，想查看杜孟恆傷勢；然而杜孟恆倒臥之處相距太遠，貳過道人又身受重傷，她生怕一離開，師父也會面臨危險，頓時踟躕不前。

那廂靈藏劍陣少了二人，加上眾弟子關切王、杜的安危，心神一亂，陣法瞬即左支右絀起來。一旁貳過、雲炤也看得心焦如焚，但一個身受重傷，一個不諳陣法，都只能空自焦急，無法插手。

眼見靈藏門人逐漸不敵，忽聽見背後一個清朗的聲音傳來：「道長，貴派所傳絕學中，可有用以擾亂心神的功夫法術？」

貳過道人和雲炤都正全神貫注觀戰，這人何時接近，竟是渾然未覺。

（三）

兩人連忙回頭，見後方站著一名長身玉立的青年，一身青衫，腰懸長劍，正凝眉望著季孫植與靈藏門人的打鬥。

雲炤一見大喜，忙道：「翟千光，你快幫幫我師兄！」她想翟千光定是感知到眾人心急如焚，因而尋來。

貳過道人已聽弟子提過翟千光名號，知道他是出自修仙正派「常樂門」，於是答道：「有。公子如此一問，可是看出了什麼？」

翟千光道：「這季孫植似乎時有心神錯亂、難以控制之狀。因此晚輩猜測，若使用可混淆其心智的招數，或可抗之。」

貳過道人頓時恍然：「不錯，不錯。我竟然忘了此節，當真該死！」忙提氣道：「人岱、平濤，快使出『地動山搖攝神術』！」

卓人岱、駱平濤聞言，右手旋即將劍往前平舉，口中喃喃，左手凌空比劃。那一瞬間，一切彷彿毫無動靜；但在下一刻，季孫植忽地身子一晃，拐杖射出的青霧不但偏了準頭，更顯得軟弱無力。

這一來眾人又驚又喜，沒想到此術竟立刻奏效，當即精神大振，劍光舞動，連番進擊。季孫植卻像是喝醉了一般，身子搖搖晃晃，半張著嘴，眼珠子骨碌碌亂轉，看上去瘋狂可怖，卻又滑稽至極。駱平濤和周謹的長劍乘隙一挺，同時刺穿他髖骨。

倏地「磅」一聲巨響，季孫植連人帶著拐杖摔倒在地，緊接著刷刷連響，五柄劍尖一齊指向他醜陋的臉龐。眾人目光望向卓人岱，但見他劍尖往前一送，就要刺入季孫植眉心。

「慢！」貳過道人忽喝道，「此人得由我來殺。」

卓人岱應諾，足尖一掃，將季孫植兩柄拐杖踏得碎裂成三、四截，要他無法站立，便難以再使出什麼花樣。

方才翟千光一到，雲炤即知不須擔心師父安危，立即前往查看杜孟恆情形；見他胸口微微起伏，仍有氣息，心下稍安。那邊廂柳昕和周謹也分別趕至王珵和杜孟恆身邊，見兩人都因受到震盪，封住經脈，故而暈厥。當下分別替二人推拿穴道，半晌後王珵率先醒轉，霍地跳了起來，道：「師父呢？季孫植——」隨即望見季孫植正倒臥在師兄弟們的劍下。

柳昕道：「二師兄，季孫植已給我們制住了，師父無恙，你毋須擔心。」

杜孟恆則遲了片刻才悠悠醒轉，朦朧中望見身畔的雲炤，立時握住了她手，喊道：「師妹，你……你終於肯理我了嗎？我……我……」

雲炤見他恢復神智，頓時放下心來，但聽他提及兩人決裂之事，立時臉色一沉，甩開他手，起身走到一旁去。

「師……師妹……」杜孟恆一時心急，忙挺身坐起，卻是一陣暈眩，眼前金星亂冒。周謹將他按住，冷冷地道：「開口閉口師妹，還不如先擔心自己的傷！」一邊替他包紮傷口，力道卻略嫌粗暴了些。杜孟恆一陣刺痛，忍不住呻吟。

貳過道人緩步走向季孫植面前，季孫植抬眼相睨，道：「你真要殺了我？親眼看著你自己過去的模樣，真能下得了手？」

貳過道人輕咳一聲，悠然道：「昨日種種，譬如昨日死。過往的這副臭皮囊，我既已決心捨去，那便沒有什麼好下不了手的。」

在場眾人聽這對話，都是瞠目結舌，不知他們到底在說些什麼。心中都想，莫非兩人當年實為雙生胎，貳過卻因故改變了容貌？然而眾人都實在難以想像，自小尊敬的師父與這大魔頭竟會是兄弟。霎時間人人屏息以待，沒人發出半點聲響，都急切地想一聞究竟。

但聽季孫植哈哈大笑：「你不要的東西，全都推卸棄置到我身上，卻不曾想我既已出現在這世間，便是個活生生的人。如今你不願面對己過，以為只要將我給殺了，你過往的罪孽就可一筆勾銷嗎？事實恰恰相反，過去不但無可消弭，你殺了我，更是多背一條傷害人命之罪。」

貳過道人一聲嗟嘆，似有著太多的一言難盡，「我並非以為殺了你就能消弭過往罪愆。只是我前半生鑽研的邪法邪術，以及一意執念，務須消滅，如此才不致繼續危害世人。至於我該償還這世人的，相信天道無親，自有因果。」

眾人聽得更是糊塗，卓人岱忍不住插口道：「師父，莫要聽這廝多言，還是趕緊下手……哎喲！」

話聲未落，卻見季孫植趁著貳過道人說話時，忽地出掌偷襲，嘭一聲大響，貳過道人踉蹌退了兩三步，又嘔出一大口鮮血。

卓人岱等一直凝神戒備，生怕師父和季孫植叨叨絮絮，夜長夢多，正開口提醒應立時斬草除根，卻不料還是遲了一步。當下瞬即上前，長劍如電光石火般挺出。

劍尖尚未觸及季孫植，又是嘭地一響。這回卻是貳過道人蓄積全身功力，在季孫植天靈蓋上擊落。季孫植適才已在靈藏門人劍下受傷，偷襲貳過道人又耗真氣，加上拐杖被毀，難以閃避，頓時頭骨碎裂、兩眼翻白而死。

貳過道人一擊之下，真氣耗盡，頹然坐倒，臉色像紙一樣白。

「師父！」靈藏眾弟子見狀都急急上前，圍在師父身邊。

卓人岱坐在貳過道人背後，伸掌抵住貳過道人背心，運功替他療傷，卻感覺到師父體內真氣虛弱無比，懸於一線，不禁大為著急。駱平濤則從懷中摸出裝著靈藏派救命丹藥的瓷瓶，正要倒出，貳過道人卻伸手阻擋，搖頭道：「不必了。季孫植這回傾盡畢生功力，就是要與我拚個同歸於盡。為師……已經不成了。這原是我應償之過，不必再浪費靈藥。」說到後來，嘴唇不停瑟瑟顫抖，顯已難以支撐。

翟千光站在一旁，一望之下，見貳過氣若游絲，瞳仁光芒逐漸黯去，便知確已回天乏術，只得暗暗嘆息。

靈藏弟子見師父如此，都不禁潸然淚下。

「休要哭泣，都忘了為師素日的教誨嗎？哭哭啼啼地，豈有個修道人的模樣？」貳過道人沉聲道，「靈藏眾弟子聽著：為師已不久於人世，臨去之前，有一席話，須對眾弟子細說。」

眾弟子聞言，皆團團圍在貳過道人身周，盤腿端坐。

翟千光見他們師徒有話要說，自己身為外人，應當迴避。舉步正待離去，卻忽聽貳過道人道：「翟公子，今日若非你出言相助，只怕我師徒都要喪命於這季孫植杖下，委實大恩無以為報。貧道待會所言，與貴門亦略有相關。若不嫌老道囉唆，是否願留步一聽？」

翟千光躬身道：「得聆道長箴言，乃晚輩之幸。」在靈藏弟子外圍坐了下來。

貳過道人苦笑道：「並非什麼箴言，只是個老道的絮叨往事罷了。」睨了一眼倒臥在旁的季孫植屍身，這才緩聲道：「你們興許會疑惑，我方才與季孫植到底在說些什麼。事實上，你們眼前所見的季孫植，並非季孫植；卻也可說，他就是季孫植，也是過去的我。」

靈藏眾弟子與翟千光一聽，都是面面相覷。難道貳過道人迴光返照，已開始胡言亂語？然而當下無人打岔，皆全神貫注，細聽貳過道人娓娓道來。

（四）

數十年前，季孫植在江湖上崛起。此人天生異相，有銅鈴般的大眼、突出的前額，令人一見難忘。更可怖的是他擁有一身強大法術，並以此害人無數。

季孫植幼時所居村莊，曾遇上鬼嶺寨的盜匪洗劫，他親眼見到族人被屠殺，女眷慘遭姦淫。季孫植將那日所見強人相貌全刻在腦海裡，立誓報仇雪恨。後來因緣際會入了修仙門派，習得武功法術，便親上鬼嶺寨尋仇。此時已過了十餘年，他卻仍可認出當年所有犯行之人，並一一打倒制伏；接著手起刀落，將這二十多人的肛門全捅得稀爛，霎時間鬼哭神嚎，血灑鬼嶺山。

他也不殺這些人，旋即飄然下山。

這一場簡直驚世駭俗，自此之後，季孫植這個名號，在江湖上無人不知、無人不曉。人人都說這夥強人雖死有餘辜，但季孫植喪心病狂、狠戾乖張，已非常人所能想像。只要一提起季孫植，往往使人不寒而慄。

此事之後，季孫植更在江湖上揚言，欲消滅世間邪惡之人。只要是他眼中品性不端、德行有虧者，若非斬殺，就是凌虐，毫不手軟。就連旁人的家務事，包括兄弟鬩牆、子弟不肖、夫妻爭執等等，他一旦遇上了都要「打抱不平」。

他單槍匹馬，走遍大江南北，恣意傷人，竟無人能制得住他。

「你再不聽話，夜半時，季孫植就會來把你抓走！」不知從何時開始，坊間父母管教孩子時，都會如此恐嚇。

而季孫植所做所為，除想鏟除自己心目中之「惡人」外，更遠大的目的，卻是為了修仙。他所承傳的修仙法門中，其一便是鏟奸除惡。然而他細細思量，認為要靠一己之力逐一尋訪世間惡人，總是無法達成；並且，要依靠翦除惡人來修仙，可不知要累積到何年何月才能成道。因此他決定鑽研一門速成之法。

他將師門所習煉丹之術加以變化，煉就「烏沙丹」，盼以此識別惡人。為了試驗，他化名紀高，前往偏遠的滇池大石村，在井中下藥，觀察飲用井水者之症狀。結果發現，只要飲用摻有烏沙丹之水，身體皆出現灰斑，人人一般無異，無法辨別何人是品性有缺者。

故又回去閉門研究，耗費了一年半載，這才終於煉製成清如水的「桃花顯」。將烏沙丹和入桃花顯後，飲用之人身上長出的斑皆呈豔紫色；而季孫植所認定的那些「惡人」，眉心又比常人多出一朵桃花狀紫斑。

試藥成功，他欣喜若狂。接下來只需設法奪取有桃花斑者的心，蒐集一百零八顆，熬製成「飛天夢魂散」，即可成就修仙之道。

志得意滿下，覺得自己苦心研究出的修仙法門，若不流於後世，實在可惜。於是書寫下來，連同自己這些年來所自創的煉丹術、法術等，都一一記載，集結成一本《季孫神丹》。

完成著作後，欲待覓個合適處所下藥、施行修仙大願，此時卻來了個不速之客——「常樂門」掌門上元散人。

上元散人言道，季孫植曾經殺害多名他在江湖上結識的好友，但他今日來並非意欲尋仇，而是盼能勸季孫植摒棄邪法及偏激行徑，回頭是岸，以免再害死更多生靈。

對於如此迂腐可笑的言語，季孫植自然嗤之以鼻，不加理會。上元散人卻是纏上了他，一出手便阻他去路，法力之高，竟是季孫植生平首見。

季孫植吃驚之餘，便不敢怠忽，兩人動上了手，一招一式都使出畢生絕學。上元散人打鬥之時，口中的勸誡之語仍毫不稍停，嘮嘮叨叨地說道季孫植自以為是的除惡之舉，其實片面且武斷，不知已傷及多少無辜；兼且下手惡毒、慘絕人寰，務須痛悟前非，改過向善。

他說得越多，季孫植越是著惱，出手越發狠戾。然而不知為何，上元散人平緩的聲調中似有股法力，聽來雖無甚特別，卻莫名使他腦中嗡嗡作響，心神大亂。季孫植此時方驚覺，這應是一門深厚的法術，透過嗓音傳送法力，以攝人心智。

季孫植心知不妙，即刻逃走，欲待研究出對抗此攝心術的解法後，再行迎戰。但因擔憂自己恐不敵上元，故先行將那罈桃花顯藏在定豐山區石洞中，並在《季孫神丹》中記錄所藏位置，如此一來，自己若身遭不測，仍能有後人循著書中指示，找到桃花顯。

不出數日，上元便即追來。兩人鬥到酣處，上元又再次使出攝心之法，對付季孫植。「你原本也是出自名門正派，卻走火入魔，墮入自己的執念，更自創偏門、危害人間。如今你捫心自問：你對得起你的師父和一眾祖師嗎？」上元此話一出，季孫植更是猶如遭人重擊後腦一般。剎那間，師父、祖師的身影竟躍然眼前，諸人臉上帶笑，目光卻流露責備，直勾勾瞅著他，並且越靠越近，臉越來越大，全部擠在他面前，壓迫至極。

季孫植「啊」一聲大叫，卻無論如何都揮之不去眼前影像。他旋即使出威力最強的絕學「旋風掃命術」，欲以此破解上元法術。但上元散人卻竟未被他掃出的強勁旋風逼退，長劍一揮，所到之處即有窒人氣息直逼而來。從季孫植眼中望去，上元散人身上宛如有千千萬萬隻手，教人目眩欲嘔。

猛聽得上元暴喝道：「既無法勸你回頭，那我今日便為民除害，拚個同歸於盡！」砰嘭一聲巨響，兩人同時往外彈開。這一下雙方都是用盡全身功力，季孫植被上元散人震得臟腑出血，倒在地上暈厥半日，才悠悠甦醒。然而一醒便吐血不止，且再也無法站立，竟是雙腿已廢。遠遠望見上元散人倒臥在地，吃力地爬近查看，見他面色慘白，身子僵直，早已死去多時。

原來上元雖心知季孫植「旋風掃命術」的厲害，卻不閃不避，逕攻季孫植要害，不惜賠上自己性命，也要為蒼生除去這個作惡多端之人。只是季孫植遭擊後僥倖未死，僅是重傷昏厥。

季孫植猛一陣劇烈頭痛，又再度暈倒。這回醒轉時，眼中不覺掉出大顆大顆的淚珠，並持續流淚三日三夜，方得止歇。

這一哭之下，他驀地靈台清明、大澈大悟。上元散人的「傳音攝人」之術，仍然起了作用，以強大法力直探季孫植心智，又勾起他內心深處對師尊的一絲歉仄，促使他頓悟己過。加之上元為此犧牲了血肉之軀，如此壯烈義舉，對季孫植更如當頭棒喝。他頓時領悟，過去憑一己偏見而斷人功過、傷人無數，實是罪孽深重，故決心痛改前非。

他獨自躲在定豐南角的深山石洞中療傷。這番受傷極重，饒是他功夫深厚，調養時仍痛楚異常，生不如死。

他雖已決心改過，心中惡念卻難以立時拔除，時時陷入天人交戰的困苦掙扎。某次有兩人從石洞外經過，為賭債爭執起來；季孫植看不過這二人嗜賭成性、連累家人，忍不住一時之忿，再次失控殺人。

雙手再度染血，他懊喪無比。痛悔之下，遂把心一橫，決定採用一門古老的仙術「金蟬脫殼」，來助自己脫胎換骨。

此法術專門用以協助希望改過、卻難以堅定意志之人，使之成功屏除惡念，往正道邁進。其十分管用，卻也十分危險，且須付出龐大代價；若非下了極大決心者，決不會輕易使用。

修習之人可將欲摒棄的惡習、惡念，全都像個「殼」一樣地脫下來。不僅如此，若對自己的相貌不滿，或身有疾病傷殘，也都可以一起留在這個「殼」上。然而所需付出的代價是：脫掉殼後，仍必須窮盡一生，多行善事，以彌補過錯。若行善腳步過慢，彌補不了惡業累積，身上肌膚便會開始皺縮壞死；若持續擴大，便會反噬其身、奪去性命。唯有持續努力不懈地行善，才可阻止壞死處擴散。

當下季孫植便將自己的外貌、傷殘的雙腿、惡習惡念，乃至於自創的邪法邪術、以及渴望邪法傳於後世的執念，全都「脫」了下來，留在那名為「季孫植」的殼上。

至於本體，則成為一個相貌清癯、四肢康健的男子。身上的武功法術，只剩下從小在師門修習的正道正法，宛如重生。

他為了揮別過往，遠走峭山，出家為道，法名貳過。此名用意即警惕自身，務須謹記所犯之過，不可再走上回頭路。

原先在脫下「殼」之後，便須將之毀去，以免這「季孫植」繼續為禍世間。但彼時貳過甫使出金蟬脫殼之術，身子太過虛弱，難以與身懷強大邪法的「殼」抗衡，而失手讓「殼」給逃了，不知所蹤。貳過只得暫且僻居峭山，休養生息，以伺恢復元氣之後，再前去尋訪「殼」的下落。

季孫植本為靈藏派弟子，所習者乃正大光明的修仙法術及武藝；只是後來行走江湖時，自創邪法，並用以殘殺他人，這才陷溺其中。此時貳過已將這些自創之偏門邪術，全都留在「殼」身上，自身則重拾年少時的師門所學，於峭山創建「好學觀」，收徒授業。

他原想將《季孫神丹》一書燒毀，但翻閱之下，又覺過去所創的煉丹術及法術雖為偏門，但總是自己苦心孤詣鑽研而出，並蘊藏諸多玄妙之學，若就此毀去，著實可惜。因此一轉念間，竟又捨不得燒毀，而將之鎖在藏書樓中。

為彌補過往錯失，貳過開始走訪民間，濟弱扶傾。遇到孤苦或受虐的孩兒，便出手相救，帶回好學觀撫養，並收之為徒。廿餘年來，座下十多名弟子因他的悉心教養，如獲新生。他更帶著弟子四處行俠仗義，所累積之善行越滾越大，好些年身上都未出現肌膚壞死情狀。

只是被他所害之人，死者已矣，卻仍有許多因此傷殘、或被他下藥而致身有宿疾者，仍抱著病痛苟活世間。為了想法子償還這些人，他連續數年多待在好學觀中，耗費許多心力研究救治之法，善舉因此停擺，身上便開始出現零星皺縮。

後來研究頗有所成，便又下山，尋訪曾被他毒害之人，伺機在其飯菜中摻下自行研製的解藥。雖未必能完全治癒，卻可使之減輕苦楚。至於被他所傷而身有殘疾者，則必須以法術為之療傷，相較麻煩得多。

於是他在傷者所居的市鎮上挑起一幡招子，替人治病。漸漸地風聲傳了出去，都說有個道人妙手回春，神奇至極。那些昔日被他所傷者，便即聞聲而來。

貳過此時已改變形貌，舊人自是無法認出。他使出法力為其療傷，手到病除，求診者無不喜出望外，紛紛準備重禮酬謝。貳過一律婉拒，旋即收攤離去，不留影蹤。

此後一路走訪仍活在世上的受害者，並故技重施。若對方沒有親自前來求診，他便設法從旁人身周探聽，透過引薦而登門救治。如此雲遊了二年餘，才回到好學觀。

那段時日他四處奔走，為人治病療傷，也連帶救治了許多百姓，身上的皺縮處擴散速度已減緩許多。只是原先的壞死之處仍不可逆轉，且他過去造孽實在太深，難以完全停止惡化。後來雲介因緣際會入了靈藏派，才會看見他身上有幾處肌膚乾癟，並且仍在緩緩擴張中。

棄惡從善後，列位靈藏祖師時時現身在貳過夢中，就如與上元散人惡鬥那日一般。眾祖師中，有藉法術、煉丹、行善等不同法門而成仙者，在夢中七嘴八舌，紛紛言道：

「唉！徒孫啊，我當年以煉丹之術成仙，如今雖位列仙班，卻僅是個灑掃庭除的雜役，實在辛苦。」

「你這樣已是萬幸了。君不見杭山派的那位，以殘害生靈之旁門左道成仙，卻成了太清天尊的座騎！每日馱重而行，連低三下四的奴才都不如。」

「還是如寧羲祖師一般，窮盡一生樂善好施、扶危濟困，才是正道。他如今都已可與諸龍王平起平坐了！」

貳過這才醒悟，透過奪心熬藥、煉丹和法術等方式修仙，雖有機會成道，卻易產生反撲之力，後果難以逆料。唯有通達世事、行善積德，才是正大光明的修仙法門。儘管此法門未必能速成，卻是絕無後顧之憂的唯一途徑。只是行善之時，不可心存功利之心；若僅是為了修仙而行善，成效便會大打折扣。因此他教弟子博覽群書、習武學道，並且要濟世助人，要弟子好好依他所教導的學習，卻從未言明修仙道路。

這些年來貳過腳踏實地，修習靈藏武功法術，越來越能領略本門絕學之博大精深之處。然而他並未將所有靈藏古傳法術盡授弟子，而是每個弟子都僅傳授個一、二招。因他過去承傳本門法術於一身，力量過於強大，便生出狂妄傲慢之心，太過自以為是，便多行不義、胡作非為起來。為避免弟子蹈己覆轍，授業時即未著重法術。如此還有另一層用心：若要使靈藏絕學傳於後世，弟子們便須團結一心，才能使本門法術齊聚完全。

而後，貳過昔日所害之人，能治的都已治了，唯獨一事他仍記掛心上，那便是人石村中罹患灰斑症的村民。

貳過在明查暗訪下得知，灰斑症患者當年雖看似並無顯著病症，但許多年過去，漸漸出現四肢無力、骨骼疼痛等症狀，發作起來痛不欲生，且有遺傳子孫之象。

烏沙丹的解藥，連他自己都未曾調配出，故《季孫神丹》中並無記載。貳過此番閉關多年，便是為了潛心鑽研烏沙丹的解方。

如此一來，行善之舉再次停擺，故出關之時，身上便已皺縮滿佈，使得行動已不大靈便，功力大打折扣。這回與季孫植的「殼」打鬥，便難以抵擋，更敵不過「殼」的臨死一擊。

其實貳過始終未放棄尋找自己當初脫下的「殼」。然而這「殼」一直潛藏未出，江湖上也從未聽聞其蹤，故而遍尋未果。也是因為如此，江湖才會傳言季孫植早在當年與上元散人一戰後，不久便即身亡。

「殼」挾著強大的執念，為盼邪法得覓傳人而活。在尚未有傳人以前，便毫無動靜；直到雲炤取得那本《季孫神丹》，並依法修習、煉藥奪心，引動了「殼」的執念，便即重出江湖，前來尋找傳人。憑此執念，即可一路循著感知，追蹤雲炤及杜孟恆而來；此執念甚至還可使他得知雲炤所需的「仇人之心」位在何方，並擒來助她修仙。

「殼」身懷季孫植當年一身邪法，威力極強；但追根究柢，它仍只是個空殼，缺乏穩定的靈魂意識，因此常有無法克制心神之狀，此破綻被翟千光瞧出，而使靈藏派弟子能一舉將之擊倒。

（五）

貳過道人提著一口真氣，緩緩道出當年往事。這番惡鬥折騰了大半夜，加上貳過這一席話，天邊早已透出熹微晨光。

在場眾人得知那倒臥在一旁的「季孫植」屍身，不但與貳過原本是同一人，更是他當年為悔悟前非而脫下的「殼」，都不禁露出難以置信的古怪神情。倘若如今說出這些話的，並非靈藏弟子們自小孺慕的師父，只怕都會以為是信口編造的無稽之談。

翟千光聽聞本門師祖上元當年身故真相，竟是捨身除害，不由得又是感佩，又是傷懷，說道：「晚輩至今方知當年師祖與道長的一番糾葛。倘若師父早知此事始末，或許就不會這麼執著於尋仇，也不會因此抑鬱而終了。」

他一直想完成師父佟岳遺願、殺了季孫植替師祖報仇，然而聽了貳過陳述的往事，卻是五味雜陳，不知該作何感想。橫豎那季孫植的「殼」已死，「真身」貳過也性命垂危，已不須他再下手，思及此處，只覺不勝唏噓。

貳過道：「我對貴門祖師，既感且愧。若非他以性命相勸，只怕直到今日，我仍執迷不悟，眼下也不會有這麼多好弟子坐在我身畔了。只可惜我當年竟然塵念並未盡除，而沒有毀去著作，才會……唉！一念之差，謬以千里哉。」

雲炤聽到這兒，羞愧地低下了頭，雙目盈滿淚水。忽感到有人輕拍她手背，抬眼一看，卻是貳過道人，正對著她露出慈和的微笑：「炤兒，為師有話要對你單獨說。眾弟子暫且退下。」

眾弟子當即應諾，退到了一旁去。翟千光也自遠遠走開。

「師父！」雲炤喚了一聲，眼淚再不聽使喚，簌簌而下，「弟子……弟子犯了大錯，實在悔恨莫及……都怪我沒有好好聽師父教誨，請師父重重責罰。」

貳過道人嘆道：「這不能怪你。是我當年除惡未盡，才造成今日憾事。你和孟恆下山之後，究竟都發生了何事，都告訴師父吧。」

他雖聽過杜孟恆敘述，已知大概；然而雲炤這兒，他仍須親自審問。

雲炤略一瑟縮，但見師父已命懸一線，不敢再隱瞞，當即將喻閎澈強逼於己、她因而殺之並取走他所盜禁書的始末，以及與杜孟恆依《季孫神丹》修法煉丹、並伸手奪心之事，全都坦承以告。而後與翟千光相識並遭擒、被季孫植的「殼」救出、前往雲宅欲奪母親之心而掀起風波、師兄們橫裡將她劫回好學觀、最後又被翟千光闖入帶走等等，也都據實說來。

貳過道人越聽，臉色越是灰敗，嘴唇不斷顫抖，顯已是在勉力支撐。好幾次雲炤察覺不妙，想勸他好好歇息、先行療傷；貳過卻只搖頭以對，催促她繼續往下說。尤其更連番追問與翟千光相關情節，包括其法術武功、為人舉止、行事作風等等，都要雲炤鉅細靡遺地回答。

雲炤說完以後，貳過道人一聲長嘆：「這年輕人品性端正，古道熱腸，法力又高。適才弟子們與我的『殼』陷入苦戰，也是因他看出此空殼時常有無法控制心神的情事，而點出其中關竅，使咱們得以除之。如此人才，委實不可多得。」

雲炤垂淚道：「但師父卻仍遭此空殼所害，若非因為弟子闖禍，也不會……」

貳過道人搖頭道：「不。個人造業個人擔，我以往犯下諸多過錯，會有今日，亦僅是理所當然罷了。」從懷中掏出一張薄絹，遞至雲炤手中，「我這幾年閉關，終於研究出烏沙丹解方。雖然你與孟恆所下之藥，另行摻了桃花顯，但桃花顯之作用，僅在顯現桃花斑而已。中毒之人身上病症，主要仍是烏沙丹所致。我在好學觀草草調製了解藥，用在鳥兒身上，雖可奏效，但那鳥僅服毒片刻，中毒未深，並且身形比人還要小得多，才能如此輕易治得。若要救治染毒之人，可就沒那麼容易了。因此你須重新依照此方調配解藥，給紫皮症患者服用。為師還得託你代我走滇池大石村一遭，救治染疫村民……當年，我曾在井中下了烏沙丹，致使大石村水井至今仍有餘毒，村民始終疫病未除。此外，那本《季孫神丹》也務須毀去，莫要再流傳世間，鑄下憾事。」

雲岹一一應諾，並將藥方慎而重之地揣入懷中。貳過又道：「往後，你務須好好修習正法，莫再走上歧路。這翟公子才德兼備，為萬中選一的好男兒。你若追隨於他，定要以他為楷模，多多學習才是。」

雲岹不料貳過竟會口出此言，頓時面紅耳赤，囁嚅道：「弟子必定謹遵師父教誨，再也不敢走上岔路了。不過……不過……那翟千光對弟子並無別樣心思，我又怎能追隨於他？怕是師父想多了。」

貳過微微一笑：「是不是為師多想，日後便知分明。」揚聲呼喚其餘弟子。

卓人岱等遂又圍了過來。諸人坐定後，貳過道人方道：「靈藏眾弟子聽令：為師壽數將盡，今日將靈藏掌門之位，傳予大弟子卓人岱。從今而後，眾弟子以其馬首是瞻，並勤學不輟，多行善舉，光大我靈藏派。」

卓人岱上前領命，拜伏在地。好幾個弟子早已按捺不住，淚流滿面。

貳過又道：「我十六弟子雲岹戕害同門、私練禁書法門、殘殺生靈，理應受戒律處置，取其性命。然而此種種情事，追根究柢，總是為師當年鑄下錯誤所致。故雲岹所犯之罪，當可衡量從輕。為師於此宣告：今日起將雲岹逐出靈藏師門。」

眾人盡皆震驚，雲岹更是睜大了眼，滿臉錯愕。沒想到師父方才如此和藹慈祥地對自己說話，竟突然做出如此重罰。儘管傷心欲絕，但自知遭門規懲處也是理所應當，遂對著貳過道人盈盈拜倒，磕了三個頭，道：「多謝師父不殺之恩，留給弟子一條改過自新之路。」

貳過溫聲道：「此後你好好悔悟，修善戒惡，如能有所成就，未始不能重回門牆。」

雲岹含淚頷首，心中卻並無把握，卓人岱當家以後，是否仍會願意接納她重回靈藏。

貳過閉目喘息，雙眉緊蹙，嗓音越來越弱：「今後，須定下門規：我靈藏派不論流傳幾世，本派法術皆不可盡數傳授於同一人。靈藏弟子修習本派法術，以三式為限。」

卓人岱道：「師父，然而未來諸多變數。萬一將來靈藏弟子不足，而難以將法術承襲完整，那該當如何？」

貳過嘆道：「若是如此，那也是命數。畢竟本派宗旨乃是循善法修仙，法術武功僅為輔佐，終究只是身外之物。其實書讀得再多，武功法術練得再高強，最終還是比不過一個通達世事，澈悟人間。只要靈藏後人都能謹記『修世間一切善法』，便已足夠。」

眾弟子盡皆應諾，表示當凜遵師父教誨。貳過呵呵一笑：「如此，那我也已無憾。」說完這句話，就此無聲無息。

卓人岱上前一探脈搏，貳過道人已然仙去。他在「殼」一擊之下，本已奄奄一息，是為了對弟子交代後事，這才將畢生功力凝於一口真氣當中，極力支撐到現在。

當下眾弟子皆失聲悲鳴，震動兩側屋瓦。

良久，王珵才對著卓人岱長揖道：「師父仙軀將如何處理，還請掌門人示下。」

卓人岱伸袖拭淚，道：「二師弟，煩你到鎮上僱輛大車，咱們將師父帶回好學觀，好好安葬。至於師父的那具空殼……」他望向伏臥在大街上的「殼」，「既是師父一心摒棄的過往，那便該當塵歸塵、土歸土。就地火化了吧。」

眾人答應了，立即分頭處置。

雲炤立在當地，一時手足無措。她雖已非靈藏弟子，但師徒一場，也極想參與師父的後事處理，克盡弟子本分。然而遲疑之間，王理已去僱車並置辦骨灰罈；柳昕和杜孟恆正替貳過道人擦拭身子，整理衣冠；駱平濤和周謹也忙著將季孫植的「殼」抬去一旁的土丘，預備火化屍身。眾人七手八腳，辦得妥妥，似乎沒有雲炤插手餘地。

她四處張望，見翟千光已不知去向，竟無人發覺他是何時離去。想是他見到靈藏師徒訣別，不便旁聽，這才默默離開。再往路邊一瞧，忽見長草旁仰躺著一人，卻是雲頌卿。

她怔了怔。適才忙著觀戰、聽師父說話，渾然忘記父親也在一旁。看他模樣，大概是目睹此生未見的驚心動魄場景，因而嚇得暈了過去。

她蹲下身來捏捏雲頌卿的人中，他方始悠悠醒轉，一見到雲炤的臉蛋，一驚跳起，期期艾艾道：「這……這是……炤兒，那老瘸子呢？」

雲炤黯然道：「他死了。爹爹，你已平安無事，快快回家去吧。」

雲頌卿一愣，這些年他每當想起這個女兒，總是想著倘若再見，第一件事便是質問她何以要將親哥哥打成殘廢；但此刻想起的，卻是上回雲炤回到家裡、意圖奪母親心臟等等情事。雖然方才自己被那老瘸子捉住時，是女兒救他脫離掌握，卻難保這瘋丫頭不會突然又心智錯亂，翻臉要來奪自己的心。當下便不敢多耽，只草草應了聲：「好，炤兒，你自個兒多保重！」一瞬即腳底抹油，逃之夭夭去了。

雲炤遙望著他踉蹌的背影，心底一陣悵惘，一陣荒蕪。

或許這是她最後一次見到父親了。他連一句「望你早日回家來」這種場面話也沒說，顯然壓根兒並不期盼她再回家——方才雲頌卿倉皇逃命的模樣，她可是看得清清楚楚。儘管她原本就不打算再回去，但如今連父親都已不歡迎她，彷彿正式宣告：她與雲家從此再無瓜葛。

她輕輕一嘆，收回目光，望向蹲在貳過身畔的杜孟恆，往前跨了兩步，卻又遲疑退縮，最後只是遙遙對著貳過倒臥之處，伏地再拜。淚痕已乾，卻是無語。

起身時，卓人岱走向她，緩聲道：「你已非本派弟子，往後日子，望自珍重。若有機緣，仍盼你終有一日，能再回歸好學觀，與眾師兄團聚。」

雲炤心中酸澀，一揖道：「多謝大……多謝掌門人。小妹就此別過。」她不欲驚動其餘師兄，語畢轉身而去，漸漸走遠了。

（六）

雲炤在靖春大街上緩步前行，從懷中拿出貳過臨終前交給她的藥方，略一尋思，便往靖春縣衙走去。

一路上腦中淨想著過往種種，想著那一年在景岫鎮寧姬湖畔，她是何以萬念俱灰，而湧身往湖裡跳下；貳過是如何出手救了她，帶她上好學觀學藝；她又是如何首度體會到何為長者慈愛，何為同儕友愛之情。

明明在好學觀中讀書習武的那些年，是她此生最快樂的時光，卻全都給自己一手糟蹋了。

想當初心中總是對師父隱瞞修仙法門之事，而存疑怨懟；然而自己屢犯門規重罪，貳過卻直到最後一刻，仍不忘對她循循善誘，愛護有加。儘管他將雲炤逐出師門，她卻只覺自己咎由自取，未有一絲見怪。

師徒師徒，也就是這樣的情份吧。

想到這兒，只覺心痛如絞，難以自已。

不知不覺已抵達縣衙。她回過神來，見到大門外站著兩個捕快，便走上前，劈頭說道：「翟千光呢？」

兩名捕快見她來得突兀，又如此無禮，都不覺瞠目，一人喝道：「你這女子什麼來路？大搖大擺就想闖入縣衙，膽子忒大！快快報上名來。」

雲炤神色輕蔑，道：「本姑娘沒空跟你廢話。你去跟翟千光說，紫皮症解藥，他要還是不要？如果不要，我現在即刻走人。」

一聽「紫皮症解藥」，兩人都是一悚；再細看雲炤相貌，越看越覺得與縣內張貼的那奪心兇犯畫像相似。當下互使了個眼色，一左一右搶上，要將雲炤捉拿歸案。

雲炤矮身從兩人間隙中竄了過去，雙手一探，以「隔空取物」揪住兩人頭髮，再猛力一扯，兩名人高馬大的捕快立時「哎喲、哎喲」連聲慘呼。

雲炤冷冷地道：「你們要不要去叫人？」

兩人輪番呻吟道：「好、好，請姑娘高抬貴手……」「小的立刻去告知翟公子！」

雲炤這才放手，喝道：「還不快去！」

一名捕快道：「翟公子現下不在衙內，我這就趕去丹承行館尋他。」

雲妱卻罵道：「怎不早說？浪費姑娘時間！不必了，我自己去快些。」語罷掉頭而去。

兩名捕快驚魂未定，以為自己險些就要死在這女魔頭手下。兩人低聲議論後，其中一人即匆匆奔進衙內通報此事。

丹承行館不如縣衙守衛森嚴，雲妱一個「穿牆取物」就打開門閂入內。遠遠望見迴廊盡頭有個小廝正低頭灑掃，便伸出手，打算隔空揪他過來探問，背後卻旋即響起一個熟悉的嗓音：「雲姑娘，讓我好等。」

她猛然回頭，卻見一道月門中，填著身穿琥珀色長衫的翟千光，正坐在庭院石桌旁，一派悠哉地舉盞品茗。

雲妱哼一聲道：「方才你一霎眼就不見了，卻是偷溜回來換了新衣。」

翟千光微微一笑，「我這幾日風塵僕僕，還未及沐浴更衣，若不趁此空檔，更待何時？」略一頓又道：「姑娘莫不是正要對行館中的小廝下手？我原以為在尊師教誨之下，你這蠻橫習氣應會收斂了些，卻不料此刻一見，依然如此。」說著搖了搖頭。

提起貳過，又戳中雲妱心中痛處，遂怒道：「要你多管閒事！」

翟千光輕喟：「罷了。你這回大駕光臨，可是有什麼要交給我的？」

雲妱瞪著他道：「你怎麼知道？」

「尊師若非資質過人，當年也不會在江湖上闖下這麼大的名聲。他既閉關多年研究藥方，想來是不會不成的。」

「哼，這豈說得準？分明就是瞎猜。你既知我會來，怎不待在縣衙等待，卻坐在這兒喝茶，好不愜意！」

「你一上縣衙，定起騷亂，哪兒還有讓咱們好好說話的餘地？」

「我送來解方就走，誰要跟你說話了？」雲娋走上前，掏出那張藥方往前一遞，沒好氣地道：「拿去吧。」

翟千光伸手接過，展開一瞧，上頭寫洋洋灑灑寫了茯苓、白朮、白芍、甘草、人參、秦歸、菟絲子等數十種藥材，都無什稀奇；只有一項「集百名極善之人髮絲入藥」，令他頓時愣了愣。

「怎樣？」雲娋見他神色有異，出手搶了回來，看到髮絲入藥，亦是一怔，奇道：「這……這是什麼？」

翟千光不禁苦笑：「極善之人，何謂極善之人？即便是尊師復生，只怕也難以再藉丹藥來斷人善惡。」

雲娋將絹片前後翻看，想看是否還另有說明，果見另一面邊角處以小楷寫道：「善惡自在人心」。

「善惡自在人心，善惡自在人心……」雲娋蹙著眉，喃喃念道，片刻後若有所悟：「我知道了！」

「什麼？」翟千光又從她手裡接過絹片，細細端詳。

「師父當年調配『桃花顯』，服下後會生出桃花斑者，是師父心中認定之『惡人』。因此，藥力端視調配之人心中認定而決。因此若由我來配這解藥，那麼只要我所認定之善人的頭髮，便是有效。」

翟千光聞言大喜，道：「不錯，此話有理。尊師將此藥方交至你手中，果然有其見地。」

雲炤神色一黯，垂首道：「師父竟將藥方獨自交給了我。難道……他不擔心，我還執著於奪心修仙，而不願將此方拿去救人麼？」

「他是為了將改過自新的機會，親自交到你手中。除此之外，他更深信你不會再執迷不悟。師徒之情，該當如此。」

雲炤抬起頭來，見到翟千光一對鳳目，正凝視著自己。她臉一熱，忙移開目光，幽幽地道：「說什麼師徒情份……師父於我，固是恩重如山，我卻一再犯戒，他又憑什麼信我？更何況……師父也已將我逐出師門。」

翟千光聽聞她已是棄徒，不覺訝然，片刻方道：「你師父自是明白人，知你仍心存善根，且已誠心悔悟。即便如今將你逐出師門，然而一日為師，終身如父，他直到最後一刻，心中仍然將你視作弟子，盼你走上正途。」

「說得如此斬釘截鐵，我師父在想什麼，你又知道了？」

翟千光輕聲道：「我自然知道。一如那日在雲家大宅，我被『季孫植』給擒住，他要你取我的心，我也相信，你不會對我下手。」

雲炤聽出他聲音中的真摯之情，不禁一陣激動，眼角又濕潤起來，雙頰卻是透著緋紅，嬌柔無比。翟千光見狀笑道：「怎麼，這也要落淚？那殺人不眨眼的大魔頭雲炤，何時也變得如此心軟，鎮日哭哭啼啼？」

雲炤破涕為笑，嗔道：「我想笑便笑，想哭便哭，干你何事！」

翟千光仍含笑瞅她，下一刻卻臉色微變，說時遲那時快，頭頂上一片黑影以迅雷不及掩耳之速壓頂而來，瞬即伸手不見五指，一團軟趴趴的物事蒙頭罩下，將兩人困在其中。

雲紹大駭，拚命舞動手足，手以「隔牆取物」穿出黑布，卻什麼都抓不到；「隔空取物」更是毫無著力之處。這黑布沉重莫名，又彷彿無邊無際，以武功對付，拳腳只能擊在軟綿綿的布上，無法掙脫，空有一身本事卻無法施展。

剎那間她以為是翟千光設計陷害，表面上對她溫柔和善，假意不為難於她，實則在等她自投羅網。她一陣氣苦，暗罵：「我怎地如此糊塗，上了這人的惡當！」

翟千光的聲音卻在耳邊響起：「雲姑娘，先別掙扎，這玩意兒似乎一時難以掙脫。」繼而揚聲道：「是葛大人嗎？將小弟罩入這大布袋裡，是何用意？」

果聽得葛培獻的嗓音隔著黑布傳來：「翟兄弟，你且莫見怪。雖然這紫皮之疫多虧有你，咱們才可一路抽絲剝繭，查知兇犯。只不過這兇犯一再脫逃，實在難辦。本縣不得已之下，只得出此下策。」

翟千光哈哈一笑，「原來葛大人是怕我又縱放人犯來著。」

葛培獻無奈道：「你身懷仙術，若非如此，吾等實在奈何你不得。」

翟千光道：「大人此舉乃是多慮了。雲姑娘這回可是親送解藥方子來的，現已交到小弟手上。還是請大人快將我們放了吧。」

葛培獻將信將疑，「是她自己送來的？這女魔頭豈有這般好心？倘若又是毒藥呢？」

翟千光道：「此事說來話長。總之，我可擔保她送來的藥方，的確可解得紫皮之疫。」

葛培獻道：「若是如此，那自是極好。然而這兇人還是得拿的，這會子可是連驤淮知府賀大人也親至靖春坐鎮，就是為了擒拿兇犯。因此，只好先委屈你一陣子了。待咱們押解了兇犯，便會將你放了，向你賠不是，賀大人亦會親自設宴犒賞你一番，沒準還會有來自京城的賞賜呢。」

靖春、定豐、康桐三縣皆在驤淮府境內。驤淮知府賀之蘊近日飽受聖上壓力，聖旨一道接著一道，頻頻探問紫皮疫事，言道朕視民如傷，疫事若一日不緩解，朕便寢食難安、茶飯不思。賀之蘊自然心知皇帝所焦慮的，乃是萬一疫事擴散至京城，只怕連皇親國戚都難以倖免，因此才亟欲趕在京城裡人人都變成滿臉紫斑的醜八怪前，將疫事撲滅。即便賀之蘊已奏秉多次，言道僅有飲水才會傳播疫病，京城不在川魏流域，當可不須如此擔憂，卻仍安不了聖心。

賀之蘊於是率人趕至靖春，與縣衙連日磋商，想出一計：上奏恭向太后商借一項番邦進貢的珍稀寶物「烏雲織」。此寶物據聞是由罕見的深海怪魚何羅之骨，混以深山異獸窮奇之毛編織而成，兩丈見方、柔韌無比，用之捕捉敵人，遭困者插翅難飛。

這日雲炤闖至靖春縣衙，捕快入內通報後，賀之蘊與葛培獻便即著人攜著烏雲織往丹承行館而來。七名衙役各執烏雲織一角，埋伏在行館屋頂，趁著翟千光與雲炤在庭院說話，撒布逮人。

此時賀之蘊見葛培獻對著翟千光嘮嘮叨叨，頗感不耐，便下令道：「將這兩人綑回大牢！待確定解藥管用後再議。」

在場一眾衙役收攏了烏雲織，將兩人裹在裡頭，扛著往縣衙大牢浩浩蕩蕩而去。

（七）

雲岹困在烏雲織內，整個身子幾已嵌入翟千光懷中。雖然目不見物，但鼻中聞的、肌膚觸及的、腦裡心上的，全都是他的氣息。她慌亂不已，惱道：「你過去些！我快悶死啦。」

翟千光苦笑道：「你以為我不悶嗎？我也是動彈不得啊。」

「你不是神通廣大嗎？快想個法子脫逃啊！」

「先別著急，須得見機行事。」

兩人壓低了聲音說話，過了一會兒，感覺一陣涼爽，一陣顛簸，繼而身子一頓，被人放了下來，烏雲織邊緣卻仍是收緊著。外頭窸窸窣窣，匡匡噹噹，最後砰一聲巨響，終至寂然無聲。

「搞什麼名堂？」雲岹叨念著，忽覺身周一鬆，翟千光不再緊貼著她；她旋即雙手亂撥，烏雲織應聲而落，眼前倏地一亮。

張望之下，卻見除翟千光外，此地空無一人；四面八方都是鐵灰色的金屬，密不透風，連扇窗都沒有，宛如置身一只極大的鐵盒當中。室內幽沉沉地，角落點著一盞燭火，是僅有的光亮。雲岹伸手在鐵壁上摸索片刻，才發現左首隱隱有一道門的形狀，卻沒有門鎖。

她驚道：「這是什麼邪門的地方？」

翟千光道：「估計是縣衙用以關押身懷法術或武功高強之犯人的鐵牢。為防犯人逃逸，才連門鎖都沒有。若要開啟這道門，須得有人在外頭操縱機關才成。」

既無門鎖，雲岹的穿牆取物便無用武之地，遂愁道：「那該如何逃出去？莫非你會穿牆之術？」

翟千光以指節輕敲鐵壁，沉吟道：「要穿牆而過，或許不難，不過，若要帶你一起，卻未必有十足的把握。」

雲炤臉色微變，「莫非……縣衙是刻意如此設計，讓你得以脫逃，如此便可將我獨留在這鐵盒子裡？」她原想說「是你與縣衙串通」，但話至嘴邊，仍忍了下去。

翟千光看向在地上攤成一團的烏雲織，緩聲道：「我知道衙門在打什麼主意。他們要抓你，因此不知從哪兒弄來這寶物，用以對付。今日你到縣衙，露了形跡，他們便帶著這物事前來逮人。見到我正與你一起，葛大人怕我出手阻擋，於是暗中偷襲，將我倆一道擒來，關在這鐵室中。你我雖身有法術，畢竟仍是凡人之軀，總不免一時半刻難以掙脫。葛大人知道這鐵室關不了我多久……你說得沒錯，他這是要我先逃，如此即可大功告成。」

雲炤仍瞅著他，摸不定他下一步如何打算，小心翼翼地道：「那麼解藥呢？他們就不怕藥方還在我身上，我一怒之下，就把方子給撕了？」

翟千光道：「有我在側，定能阻擋你毀去藥方，並搶奪在手。只要我得以脫逃，他們便可不必與你正面交鋒，只需在這室內放毒，或僅將你關著不加理睬，你便會飢渴而死。」

「可他們有把握你不會攔著我一同逃離？」

「他們確實說不準。這也算是個賭注，否則除此之外，恐怕也沒其他方法可對付你了。」

雲炤默然，不知怎地，卻無法開口問他能否帶著自己出去。只見翟千光盤坐在地，竟閉目入定起來。

她大感意外，忍不住問道：「你幹嘛呀？」

翟千光卻不回應，自顧打坐。「喂，你倒是說說話啊！」雲炤接連喚了幾聲，他都毫不理睬，不禁心中有氣，然而下一刻，卻感受到翟千光身周似有一股熱氣，蒸蒸散出。雲炤微微一驚，雖不知他在弄什麼玄虛，卻顯然正極力運功，便不敢再打擾，抱膝坐在一旁，目不轉瞬地看著他。

過了大半個時辰，翟千光才終於睜開眼來，起身道：「走吧！」

雲炤正自昏昏欲睡，聽見他說話才倏地驚醒，跳了起來，「怎麼？」

翟千光忽伸手攬住她肩頭，將她拉近身側。雲炤臉頰發熱，慌道：「你幹什麼？」

翟千光道：「快緊抓著我，待會兒穿牆時，萬萬不可離開我身畔，否則後果不堪設想。」

雲炤一悚，領悟他方才閉目打坐，原來是在養氣蓄勁，預備穿牆而過。她於是鎮定心神，手繞過翟千光背後，遲疑片刻，便緊緊摟住他的腰，覺得他的身子灼熱之極，宛如沸騰的爐火。但聽他一聲大喝，拔足往前疾衝。

雲炤只覺身周有無數星火飛舞，嗡嗡細鳴不絕，宛如置身於地底，又如飄浮在虛空，氣息凝窒，骨骼夾縮。明明正緊緊抓著翟千光，臂中卻又恍若無物，彷彿他早已已羽化成仙，將她遺落人間。

不知過了多久，一陣刺眼光芒乍現，尚未看清眼前景象，即聽見咻地一聲破空而來。她暗叫不妙，下一刻，有人摟著她身子飛躍而起，揚起的衣衫在風中啪啦作響；接著她便輕輕落在地上。

雲炤終於目能視物，見到自己正身處一偌大庭園，點綴著小橋流水、黃石假山；幾丈之外矗立著一幢碩大的銀色鐵盒，在陽光下閃閃發亮，扎人眼睛，襯著背後的亭台樓閣，突兀之至。

一片琥珀色彩擋在她身前，是翟千光的背影。他終於又回到了人間，且正就站在她的面前。

只聽一個蒼老的聲音喝道：「千光，快讓開，讓我射殺了這小魔頭！」

翟千光道：「原來葛大人安排冬嬸埋伏在此，是想萬一我真的帶了雲姑娘逃出，你便可乘其不備，將她射殺。也只你有這能耐，能在人一出鐵室時，瞬即精準下手，卻可對我毫髮不傷。若非我及時阻擋，方才那一下可就要對著雲姑娘穿心而過了。冬嬸果然箭法超卓，小姪拜服。」

雲妱垂眼望去，果見地上躺著一支箭矢，而自己又再次欠了翟千光一命。

站在鐵牢旁的那名老婦，看上去相當面熟，旋即便想起先前與杜孟恆在冀北的客店中，曾與此老婦大打出手，她的丈夫還是被自己所殺。

只見夏梅沉著臉道：「我箭法再高，終歸還是被你給擋下了，又有何用？這女子是殺害無數人命的惡人，你為何要救她？」

翟千光道：「我曾經承諾她，若交出解藥方子，便不傷她性命。如今她依約送來藥方，我自得護她周全。」

夏梅哈哈苦笑：「千光啊，你不傷她性命也就罷了；但我要殺她，你大可袖手，卻何以還出手相救？難道你為了袒護這女子，連你冬叔冬嬸，都不放在眼裡了？我已錯失先機，這小魔頭若以法術對付我，我可就再也無法抵擋了。」

翟千光道：「既然她是因我而受困，我眼見她有性命之虞，怎能袖手？冬嬸也無須煩憂，有小姪在場，必定不會讓雲姑娘傷冬嬸一根毫毛。眼下最要緊之事，乃是與雲姑娘前去尋訪用以配置紫皮症解藥之藥材。小姪無以助冬嬸報仇雪恨，實在深感歉疚。冬叔與冬嬸的恩情，小姪定當來日再報。如今迫於無奈，須先走一步，還望冬嬸恕罪則個。」

這番話說得懇切已極，語罷，對著夏梅長揖到地，轉身攜著雲妱，足尖輕點，翻出牆外。

「千光——」夏梅怒喊，對著身子凌空的雲妱又放了一箭；然而翟千光身法極快，轉瞬間便已遙遙而去，連飛箭也追趕不上。只聽得夏梅帶著哭腔的嗓音在晴空裡繚繞，千光、千光，良久不絕。

（八）

翟千光的「一步登天」，眨眼間便將兩人帶到靖春之郊。放眼一片農田綠地，正是插秧時節，田埂間抽出的嫩綠伴著氤氳遠山，青翠招搖。

雲妱甫出險境，旋即就問：「那婆婆說得對。你為何要救我？」

翟千光卻是一臉不解的神情，「我為何不救你？」

雲妱道：「我是大惡人，有什麼好救的？」

翟千光笑道：「在我心裡，你早就不是了。」

雲妱沒料到他竟如此不假思索，沒來由地有些難為情，遂轉頭眺望眼前風光，換了話鋒道：「那日，我就是和十五哥行經這片農田，見到莊家婆婆眉心的桃花斑。於是我假借強人洗劫，寄宿在她家中，一連窺伺了幾日，發現她黎明即起，日日在鄰人田中下藥。」

翟千光輕喟，半晌才道：「既已鑄下錯誤，那也無可挽回。如今所能做的，僅有自當下起腳踏實地補過。我知道在我家鄉，有個為善不欲人知的奇女子。她是大地主舒家的夫人。舒老爺將土地租用給廣大佃戶，那些佃戶往往因為貧困，且子女眾多，難以負荷，便將女兒送去青樓，或賣給大戶人家為婢。舒夫人多次勸舒老爺降低佃租，讓那些佃戶能好好將子女養育成人，舒老爺卻視財如命，堅決不允。

「舒夫人無奈之下，只得另尋他法，私下派人一一尋訪那些遭賣身的佃戶姑娘，花費大筆銀錢為其贖身，接著將這些姑娘遠遠帶離家鄉，各自轉介到好人家裡嫁了。那些姑娘出嫁前，舒夫人會著穩婆教導她們，在洞房那天預先備好沾染雞血的手帕，以免被夫家發現，她們已因為不得已的苦衷，而失去處子之身。」

雲炤不知他為何突然說起這段故事，卻不覺聽得起勁，忍不住問道：「可她們也不知嫁的是什麼樣的人家，如何就能確信是脫離了苦海？」

翟千光道：「那些人家，舒夫人都事先探聽過，至少身家清白。至於夫君為人如何，也只得看個人造化了。若當真嫁得不好，至少有個歸宿，總比在青樓裡逐漸年華老去、晚景淒涼還要好得多。」

「哼，女子就非得嫁人才算是好歸宿嗎？」

「這世道，身為女子著實不易，能好好嫁人，已是最好的出路了。」翟千光微微苦笑，「總之，以這舒夫人為人，應可算得一位大善人。咱們前去尋她，想法子取了她的頭髮來吧。」

雲炤這才知道原來他說這個故事，是為了調配烏沙丹解藥，不禁一呆，複述道：「咱們？」

「是啊。要不你還打算上哪兒去？」

翟千光微微皺眉，一副理所當然的神情。雲炤詫異地瞅著他，不知該作何感想。如今她確實已無處可去，只是她從未想過與翟千光相偕尋訪天下善人這樣的可能。

只聽翟千光又道：「我為紫皮之疫努力至今，尋訪善人、取其頭髮入藥之事，自然義不容辭。而你，定當為自己所做之事盡力補過，又豈能置身事外？」

雲妱卻嘴硬道：「我該做什麼，幾時需要你來替我決定了？」

「難道你竟不去？」

雲妱頓時陷入糾結。自貳過撒手後，她便將藥方送來給翟千光，隨後立即遭擒，直到此時方得脫逃，還未得暇細想下一步該當如何。此時才驀地想起，師父臨終前對她的種種交代：他將解藥方子獨交至她手中，要她給染疫者解毒，還要她行善補過，以及……

「……這翟公子才德兼備，為萬中選一的好男兒。你若追隨於他，定要以他為楷模，多多學習才是。」

師父親口說出的這些話，言猶在耳。看來，她接下來該當走哪一條路，已是再明白不過。

「可我怎麼配？」她卻不由得冒出了這個念頭，「我是戴罪之身，他是天之驕子，與我自是判若雲泥，無論如何不會是同路人。更何況……萬一他知道我先前與三師兄的事，是否會更加看不起我，就像十五哥當初那樣？」

不能讓他知道。她暗暗想著。永遠不能。

翟千光見她臉上青一陣，白一陣，顯是心中正流轉著無數心事。於是溫言道：「雖然你現下你尚無法回歸師門，但只要好好解得疫病，並且改過自新，未來還是有機會……」

「我自然知道！」雲妱衝口道，「師父交代過我的話，我豈會立即就拋到腦後？我……我……我是因為……」她艱難地嚥了嚥口水，「難道你除了對我說教，就沒別的話了嗎？」

翟千光瞅著她，鳳眼圓睜，微露訝異之色。他未立即回應，雲妱就更加坐立難安了，急得整張臉脹得通紅，頓足道：「你……你這人的腦袋裡，心心念念，若不是那勞什子的紫皮症，就只有天下蒼生、修道修仙，其他旁的便什麼都沒有了嗎？」

翟千光於是明白了。明白了這姑娘一路上飽受折磨，走上了歧路，而致痛悔無助；如今，曾為死對頭的他，卻竟是那唯一還留在她身畔的人。這一路種種，也是一場古怪的緣分。思及至此，他不禁嘴角勾起一弧笑意。

那笑如黑夜盡頭倏地綻放的光亮，映得雲炤暖暖的，浮浮的。她自己也說不清，曾將滿身泥濘血汙的她從深淵裡拉出來的，究竟是這樣的笑顏多些，或是那些一度遭她棄嫌的嘮叨多些？

翟千光伸出手來，替她理了理適才逃脫時弄亂的頭髮，輕聲道：「我恩師身故多年，這些年來，我一直孤身一人，雖然自在，卻仍不免寂寞。我既已開口要你隨行，日後，有你伴我行走江湖，我自然不會虧待你的。」

雲炤又是歡喜，又是悲傷，赧然垂下了頭，聲音極低極低：「可我……可我罪孽深重，你又怎會願意如此待我？」

翟千光抬頭望向眼前那片翠綠，說道：「你確實罪孽深重，但當你提起所經歷過的那些事，我心中感受之苦，卻是如此刻骨銘心。是什麼樣的苦難，才能讓一個年紀輕輕的姑娘走上如今的道路？這些日子以來，我禁不住總想著這些事。

「你說從小在家裡遭人欺凌，就連父母也不善待你，一度想跳湖自盡；後來受尊師所救，入了靈藏派練功。當你提起師門，我感受到你的悲苦之情雖然略為消散，當中卻似乎又摻雜了氣憤、失望、怨恨和煎熬，種種情緒交織，尤其是在你談起你殺害的那位師兄時……」

聽到他提及喻闔澈，雲炤不禁身子一顫，心跳快了起來。當年她以為入了靈藏派，便能就此重生；卻不料遇上了喻閎澈，又使她的人生跌落谷底。加之恰好拿到那本《季孫神丹》、對於奪惡人之心修仙門道大感投其所好，這才一步步走上岔路。想起這千般萬種，眼角忍不住酸澀。

只聽翟千光續道：「……於是我便明白了，明白你何以會如此執著於以這種法門修仙。你所遇上的事，你心中的恨意，促使你亟欲殺害你以為的那些惡人。因此，我很為你難過。」

雲炤呆呆地望著他，忽地醒悟了什麼。他淡淡帶過她殺害師兄之事，只提及他從中感受到的恨意──世上又有何事能讓一個年輕女子如此悲憤難當？雲炤孤身離家，身上並無財產或其他好處可遭人劫奪；她對家人並無留戀，亦不會是出自親人被害這樣的原因懷恨。唯一有可能的，便是關於女子最注重的清白之軀。

以翟千光的聰明才智及洞察人心的天賦，要猜到這點，自是並不困難。

雲炤頓時漲紅了臉，雙手掩面，淚珠決堤般滾落，只覺羞愧難當，恨不得立時從翟千光面前消失，化作煙塵飄散而去。

翟千光溫言問道：「你怎麼啦？」

雲炤自顧哭得傷心，許久說不出話，好不容易才抽抽噎噎地道：「我怕……我怕你看不起我。」

「我有什麼好看不起你的？」翟千光輕嘆，「不過，你殺害師兄，總是犯了殺業。待調配好紫皮症解藥、治好染疫者以後，你仍得持續行善補過，不可有一絲懈怠。」

若在平時，雲炤定會回嘴，罵他絮叨；此刻她卻一個勁地心神激盪，哽咽著道：「你和我一道，不怕旁人的悠悠之口嗎？」

翟千光笑道：「我翟千光是什麼人？我生平最不在乎的，就是他人的議論。你毋須擔憂，往後若有人來為難你，我替你一力擔下便了。」

雲炤哭得更加厲害了，望出去的翟千光迷濛一片，卻唯獨自己曾在他臉上留下的那道細微疤痕，清晰得像是在提醒她，這輩子曾犯下難以彌補的過錯；而這樣的過錯，還有眼前人願陪她一路修補。

那一年，是師父從湖面上、從雲家的深深庭院裡救了她；這一年，則是翟千光從窮途末路中救了她。

「謝謝你……」她只說得出這句話，而後便泣不成聲。

「別哭，別哭。」翟千光張臂將她攬在懷中，輕拍她背脊，像哄孩子似地。雲炤靠在他胸口，用盡全身力氣般嚎啕大哭，像是將此生所有的苦痛、壓抑和愧悔，全都化作淚水傾洩而出。

經歷這番折騰，夕陽早已西落。而那人的臉龐映著星月清輝，依舊燦如千光。

終章

此去輾轉不相見

馬蹄聲沿途灑落靖春縣的蜿蜒巷弄，延伸至一排擱置著廢棄磚窯的破草屋外。接著一聲長嘶，兩乘馬停在巷口，馬上乘客的身影被午後斜陽拉得長長的，投在茅屋前的雜亂草堆上。

其中一名乘客旋即下馬，往巷中走去，傾瀉在背後的烏黑長髮，隨著急促的步伐上下飛舞。

動身前往翟千光家鄉去尋舒夫人以前，雲炤說道還有一件要事，必須先回靖春的窯屋巷一趟。

「《季孫神丹》被我藏在先前與十五哥藏身的那間茅屋之中。師父交代，這本書務必即刻銷毀。」

藏書之時，她依師父所授的法門在茅屋中佈陣，因此連「鎮書之寶」也無法追蹤此書，僅能助王珵等人追查到盜書之人。

翟千光答應了。他回到丹承行館，取走白馬，並留下一紙給葛培獻的書信。信中言道已取得雲炤的藥方，但藥材配製不易，須四處尋訪，必定盡其所能、早日回來解得紫皮之疫。至於官府盼全力緝拿的人犯，則恕他無法效命，有違當初承諾，深自慚愧云云。

以他的身法，自是來去無蹤，未遭人發覺。

而後便與雲炤策馬來到了窯屋巷。

雲炤走向左首第三座茅屋，從歪斜的門口望進去，晦暗陰森，塵土堆積，與先前來時並無二致。她往裡頭跨了一步，屋內驀地傳來一個熟悉的嗓音：「師妹，你可終於來了。」

雲炤一驚，遲疑道：「是……十五哥？」

到屋內定睛一瞧，才藉著屋外透入的熹微光亮，看見角落立著一個人形，果然便是杜孟恆。

雲炤訝道：「你在這兒做什麼？怎地沒回峭山去？」

杜孟恆悠悠地道：「我想你或許會回來取書，已經在這兒等了好些天了。要不，天大地大，我可不知何時才能再見你一面。」

雲炤掛念著書，未及回應，逕走向灶房，蹲下身在底層的磚縫掏摸，卻沒摸到書本，遂起身問道：「十五哥，那書……」

杜孟恆舉起右手，手中拿著一本書，即是那本《季孫神丹》。雲炤道：「師父交代過，須將這書給毀了……」

「是嗎？」杜孟恆卻淡淡一笑，道：「對我而言，此書即是我與你之間最重要的回憶。」

雲炤不知他此舉是何用意，急道：「十五哥，快把書給我！」伸手就要去奪。

「裡頭是怎麼了？」門口一個聲音道。卻是翟千光繫好馬匹後，聽見茅屋裡有說話聲而前來查看。

杜孟恆一見到他，臉色倏變，對著雲炤道：「你怎會和他一起？」

翟千光見杜孟恆竟也在此，也是微微一怔。

雲炤道：「這……這不干你的事。師父臨終交代過的，要將書毀了，你現在像個寶貝似地緊緊抓在手中，是什麼意思？」

杜孟恆哈哈大笑：「不干我的事？好個不干我的事！我倆什麼樣的情份，今日你就這一句話，撇得乾乾淨淨！」

雲炤心中一酸，放緩了語氣，輕聲道：「十五哥，對不起。我知道你當初也是為了我好，可如今……唉，說得再多，也早不復以往。」

翟千光見兩人談起彼此過往，不便旁聽，於是緩步踱了出去，欣賞戶外的天光。

杜孟恆望向翟千光的背影，慘然道：「我當初可真沒想到，我的所作所為，竟是親手將你一步一步，推向他人……」

提及此事，雲婼即有疑惑未明，問道：「你那指戳胸口而致凹陷、卻不傷皮肉的招數，是從何學來？靈藏派內，未曾見過這項功夫。」

杜孟恆將《季孫神丹》翻至某頁，將書頁轉向雲婼，道：「你讀完此書後，念茲在茲的就是那『飛天夢魂散』，書中其餘的武功招式，你卻沒放在心上，想必是早就忘了，對不？這招『沉雲指』原本用意，是藉著指力將慢毒送至敵人體內，未傷及表皮，不會流出黑血，傷者便難以察覺中毒。受傷後一段時日，才會漸漸毒發身亡。」

聽到這兒，雲婼即接口道：「而你用在死人身上，則是相較於留下傷痕，此凹洞更能啟人疑竇，進而發現胸腔有異，對不？」見杜孟恆無語默認，又道，「不過，你用書中學來的招數，就不怕讓我發現是你下的手？」

「你每回下手奪心後便即離開，不復折返，若非那翟千光多事，你又怎會知道？只不過……我既然做了，會有東窗事發的一天，原本也是意料當中。」

雲婼輕聲嘆息，「這一路原是我自己作孽太深，也連累了你。」

杜孟恆搖頭道：「你離開後，我心裡也一度怪你。可自師父出關、下山，以至仙去，我卻想了很多。我會如此輕易被你左右，踏上這條不歸路，也是自己意志不堅所致。說到底，我對你的心意，或許打從一開始就是孽障心魔……」

雲婼聽著難受，垂淚道：「十五哥，其實我心裡一直記著你對我的好。那天……那天我對你說了重話，其實事後想起，很是後悔。」

杜孟恆苦笑道：「有你這句話，也就夠了。」他手中緊抓著《季孫神丹》，又道：「我原想，將這本書好好藏了起來，直到帶入棺材裡，不讓它再流傳世間，也就是了。我卻不知師父……」

雲炤低聲道：「即便師父未曾交代毀書，但留著這書，於你又有何益處？我……我對你而言，終究是個不祥的女子，你一個大好青年，未來何愁沒有良配？十五哥，你不如就此將我忘了吧。我所欠你的，來日若有機緣，定當竭力補報。」

杜孟恆哈哈大笑，越笑越大聲，兩行淚珠滾落面頰。

雲炤凝望著他，還想說些什麼，卻忽覺似乎也已沒什麼好交代的了。

半晌，杜孟恆才淒然道：「罷了！」順手將《季孫神丹》往灶爐上一扔，掏出火石引燃了書頁，發出必剝聲響。

雲炤見他終於燒書，不禁鬆了口氣。

兩人站在這破舊茅屋之中，一起看著爐火熬製著奪來的心，再將其搗碎封存，彷彿僅是昨日之事。今日景象如此相似，卻是人事已非。

待書頁漸漸化為灰燼，雲炤才輕輕地道：「十五哥，我走啦。你也早些回好學觀去吧。往後日子，還望你多加珍重，也請替我問候眾位師兄。」

她見杜孟恆未回應，躊躇片刻，即轉身離去。杜孟恆卻忽叫住了她：「師妹，即便已走到今日這一步，與你在一起的那段日子，依舊是我此生最美好的時光。」

雲炤目中含淚，淺淺一笑，柔聲道：「我也是。」對著杜孟恆一福，離開了茅草屋。

杜孟恆仍怔怔地立在當地，聽著細碎的腳步聲由屋外一路延伸至巷口，繼而是馬匹嘶鳴，逐漸遠去，終至寂然無聲。

〈全文完〉

後記

《奪心疫》結合了武俠、仙俠、愛情、疫情，說的不過是一個「善惡」的故事。什麼是善，什麼是惡？儘管從季孫植自創的奪心修仙方法，傳達出「善惡難斷」的概念；但我想，人對於善惡的定義，還是有一些普世基準的。季孫植和雲妱的方式雖然看似荒謬，但倘若把目光放回自己身上，我們是否也正在做著一些連自己都未曾意識到、或是不願意面對的惡呢？追根究柢，「良心」才是最重要的關鍵。

「良心」聽起來似乎很嚴肅或沉重，其實不過是對自己的反思罷了。我自己也具有人類天生的惡習，而不斷在改過與犯錯中拉扯著。這樣的掙扎，相信也是很多人曾有的經驗。

寫這個故事時，一直想到金庸小說《神鵰俠侶》中，也許相對沒那麼常被人提起的一個橋段：「鐵掌水上飄」裘千仞曾多行不義，後來在洪七公當頭棒喝下悔悟前非，拜入一燈大師門下，並出家為僧，法號慈恩。但出家後慈恩，惡根一直無法清除，常常難以克制想要殺人的念頭。某次在丐幫的惡丐慫恿下，將滿腔殺念發洩在一個雪人身上；殊不知雪人裡面藏著一個人，就這樣被慈恩打死了。

有心悔過、卻又難以自制心中惡念而再次鑄下錯誤，這種悔恨懊喪的心情，實在太真切了。

我在年少時讀到這段劇情，並沒有太特別的感受；直到很多年以後，才驀然覺得這真是非常撼動人心的描寫。

於是我在《奪心疫》中季孫植改過自新的段落，也借用了一下這樣的概念和精神。

最後要誠摯感謝：在《奪心疫》創作過程中，曾經給予許多寶貴建議的文友們；感謝「第三屆兩岸青年網路文學大賽」主辦單位和評審老師的肯定，讓這個作品榮幸獲得優秀獎；感謝秀威資訊給予我出版第一本書的機會；還要感謝推薦這本書的作家老師們、一直支持我創作之路的家人和朋友，以及願意花幾個小時的時間，將這本書讀完的你們。

釀冒險60　PG2766

奪心疫

作　　者	沐　謙
責任編輯	石書豪
圖文排版	陳彥妏
封面設計	蔡瑋筠
出版策劃	釀出版
製作發行	秀威資訊科技股份有限公司 114 台北市內湖區瑞光路76巷65號1樓 電話：+886-2-2796-3638　傳真：+886-2-2796-1377 服務信箱：service@showwe.com.tw http://www.showwe.com.tw
郵政劃撥	19563868　戶名：秀威資訊科技股份有限公司
展售門市	國家書店【松江門市】 104 台北市中山區松江路209號1樓 電話：+886-2-2518-0207　傳真：+886-2-2518-0778
網路訂購	秀威網路書店：https://store.showwe.tw 國家網路書店：https://www.govbooks.com.tw
法律顧問	毛國樑　律師
總 經 銷	聯合發行股份有限公司 231新北市新店區寶橋路235巷6弄6號4F 電話：+886-2-2917-8022　傳真：+886-2-2915-6275
出版日期	2022年6月　BOD一版
定　　價	320元

讀者回函卡

Printed in Taiwan

國家圖書館出版品預行編目

奪心疫 / 沐謙作. -- 一版. -- 臺北市 : 釀出版,
2022.06
面； 公分. -- (釀冒險 ; 60)
BOD版
ISBN 978-986-445-664-2(平裝)

863.57 111006063